향연

향연

강물결 장편소설

고즈넉
이엔티

향연

1쇄 발행 2022년 1월 28일

지은이 강물결
펴낸이 배선아
편 집 박미애
디자인 엄인경
펴낸곳 (주)고즈넉이엔티

출판등록 2017년 3월 13일 제2021-000008호
주소 서울특별시 중구 청계천로 40, 1203호
대표전화 02-6269-8166 **팩스** 02-6166-9199
이메일 gozknockent@gozknock.com
홈페이지 www.gozknock.com
블로그 blog.naver.com/gozknock
페이스북 www.facebook.com/gozknock
인스타그램 www.instagram.com/gozknock

ⓒ 강물결, 2022
ISBN 979-11-6316-238-4   03810

차 례

0 ⋯⋯⋯⋯⋯⋯⋯⋯⋯⋯⋯⋯⋯ 007
1
2
3
⋮
48 ⋯⋯⋯⋯⋯⋯⋯⋯⋯⋯⋯⋯⋯ 328

0

그해 겨울엔 죽음이 속출했다. 바람이 길면 운구 행렬도 길었다. 뉴스는 따분할 정도로 나쁜 소식을 전했다. 한동안 사라졌던 죽음이 재등장했고 그들은 매너리즘에 빠진 채로 블랙홀에 죽은 몸을 내줬다. 매일 살인했으나 처벌받지는 않았다. 살해되고도 애도 받은 사실이 없는 것 같이.

1

유진은 죽음의 소멸기에 출생한 세대였다. 발명된 적 없는 죽음이 퇴보했다는 것은 우스갯소리 같지만, 지금은 잊혀진 이교도의 서적에는 필멸의 유래가 나와 있다고 한다. 그건 어디까지나 귀울음같은 지식이다. 그에게 적재된 누군가가 그런 것을 기억하고 있다.

비닐 바닥재가 깔린 복도를 유진은 말없이 걸었다. 과거에 그는 태연해 보이려고 노랫말을 흥얼거리기도 했던 것 같다. 지금의 유진은 그렇지 않다. 노래를 부르는 것도 듣는 것도 더는 그의 일이 아니다. 대신에 그가 생각하는 것은 좌절감을 조장하기 위해 시공된 싸구려 바닥재를 원래의 목재 장판으로 바꿔야 하는 필요를 느끼는 것이다. 동시에 유진은 아무렇지도 않다. 바닥재는 그의 관심사가 아니라고, 이곳을 걷는 일이

약간 차갑고, 끈적하고, 성가시긴 하지만 그뿐이라고. 하나의 사물에 서로 대립하는 관점을 갖는 것을 유진은 모순으로 받아들이지 않았다. 혼재는 그의 성격을 불투명하게 만드는 방해물이 아니라, 그의 존재가 작동하는 방식이었다. 그는 기계 이전의 인간이었다.

황당무계한 발명과 진화 속에서도 세상은 의아하리만치 변하지 않았다. 이른 아침 유진은 자전거를 타고 데카동과 페타동 사이를 오간다. 섹터A부터 섹터J까지, 각각 데카, 헥토, 킬로, 메가, 기가, 테라, 페타, 엑사, 제타, 요타동으로 이름 붙여진 열 개의 수감동 중에서 데카동과 페타동은 첫 번째와 일곱 번째에 해당되는 건물이다.

오후에 짬이 나면 자전거에 기름칠을 하고 가끔 배드민턴 라켓을 들고 재소자들과 나란히 코트에 선다. 걸어도 발소리가 나지 않는 복도의 바닥재에 찾아온 변화는 이음매가 없다는 것 정도이다. 덕분에 그들이 흘린 간식과 오줌과 김치 국물을 닦기 위해 무릎을 굽히던 청소로봇들은 이제 다른 일거리를 처리하려고 무릎을 굽힌다.

유진은 문을 열고 밖으로 나갔다. 얼음송곳 같은 바람이 살갗에 빗발쳤다. 며칠째 한파였다. 교정은 사흘간 내린 폭설에 파묻혀 버렸다. 이제 이 섬은 아주 큰 빙하나 마찬가지이다. 그는 옷깃을 여몄다. 추위가 사무쳤다. 그 서슴없는 추위를 만나려고 유진은 일부러 바깥에 나왔다. 온몸의 털을 곤두세우며 열기를 지키는 자율신경계의 작동이, 사무치는 냉기에 얼어붙고 마는 인간적인 나약함이 그는 반가웠다.

그가 눈 오는 날에 걷는 것은, 그의 몸에 눈이 쌓이는 것이 즐겁기 때문이다. 쌓인 눈을 밟는 것이 고맙기 때문이다. 눈이 자신이 쓴 모자와 코트의 어깨에, 눈썹과 속눈썹에 내려앉는 것이 그는 좋았다. 고개를 조금만 들어 하늘을 보면 아무리 쏟아져도 공기 중에는 눈이 쌓이지 않았다. 눈이 그의 몸에 다가와 붙고 몸집을 불려가는 것을 보며 그는 자신이 실재함을 실감했다. 그렇게 당연한 이치의 일부가 되는 것이 즐거웠다. 그리고 또 그는 제법 쌓인 눈을 밟아 본다. 발자국을 남기며 움푹 들어갔다. 그는 자신의 무게가 고마웠다. 뽀득, 하며 그림자처럼 자신을 따라오는 눈 밟는 소리가 고마웠다. 발자국 소리만큼 자신을 끈질기게 따르는 것은 죄책감 말고는 없었다.

부채꼴의 본관 건물 너머로 구령 소리가 들려왔다. 재소자들로 구성된 일꾼들이 삽으로 눈을 퍼서 길을 내고 있었다. 일꾼의 상당수는 들어온 지 얼마 되지 않은 신참이었다. 유진은 발이 단단히 파묻힌 채로 고개를 뒤로 뺐다. 그의 눈에 들어온 것은 눈을 치우는 무거운 다리들이었다.

오늘은 요리를 하지 않아도 되었지만 유진은 취사장으로 갔다. 오후에 있을 상담을 위해서였다. 상담에 앞서 음식을 만드는 이는 유진 외에는 없다. 감상에 젖었다는 비난은 그런 유진이 감당해야 하는 몫이었다. 그래도 유진과 다른 교도관들이 공유하는 것이 있다면 저마다 특별한 감정을 느끼는 재소자를 만나게 된다는 거였다. 그것은 분노일 때도 있고 연민일 때도 있고 동질감일 때도 있다. 유진이 자신이 느끼는 감정을 오랜 시간 검토한 결과 그것은 책무에 가깝다는 결론에 이르렀다. 어째서 그가 그러한 책임감을 짊어지게 되었는가는 유진만이 알았다.

유진은 밀반죽을 오븐에 넣고 조리대 위에 눌어붙은 밀가루를 긁어냈다. 목이 무거워 고개를 들었을 때 좁은 창밖으로 운동장이 보였다. 그곳에서 눈을 치우는 지원(2-2377)이 유진의 시야에 들어왔다. 지원은 눈이 허벅지까지 쌓인 운동장에서, 눈 속에 파묻힌 발을 힘겹게 빼내고 있었다. 무거운 눈이 장화를 놓아주지 않은 탓에 지원의 발만 쏙 빠지는 모습이 보였다. 지원은 눈 속에 박힌 장화를 당기다가 그만 뒤로 넘어지고 말았다. 도무지 사람을 죽일 수 있는 사람으로는 보이지 않았다.

"역시나 김 교도관이었군."

유진은 다소 놀란 몸짓으로 뒤를 돌아봤다. 인철이었다. 유진은 그에게서 희미한 담배 냄새를 느꼈다.

"인기척을 낸다고 냈는데도 못 알아채더군. 방해했다면 미안해."

유진은 짧게 손사래를 쳤다.

"어쩐 일이야?"

"취사장에 불이 켜져 있어서. 그럴 일이 뭐가 있나 하고. 있다면 김 교도관일 것 같아서 들어와 봤지."

"요리를 할 일이 생기지 않으니까…… 이렇게라도 해 보려고."

향연은 몇 년째 이뤄지지 않고 있었다. 처음에 정부는 콜로니에 책정된 예산을 대폭 삭감하는 것으로 재소자의 수를 줄일 것을 압박해 왔다. 그렇지만 '환원'을 임의로 진행할 수는 없었다. 유진 입장에서는 다행스러운 일이었다. 더욱이 정부는 사형수들의 환원을 촉구하는 어떠한 형태의 압력도 행사하지 않고 있다. 환원률을 높이기 위해 애쓰는 쪽은 도리어 콜로니였다. 그것이 등장한 이래 많은 것이 변했다.

"들어온 지 얼마나 되었지?"

인철이 창밖의 재소자 무리를 가리켰다.

"2주에서 3주 내외."

"어쩐지. 힘이 넘치더라."

실험 대상이 되는 것은 입소한 지 10주가 지나는 시점부터였다. 실험이 제소자에게 가장 먼저 빼앗는 것은 활기였다. 그런 뒤 점차 더 큰 것을 앗아갔다.

"이요한 교도관이 위독하다는군."

교도관도 예외는 아니었다. 유진은 인철이 자신을 찾아온 진짜 목적이 이 소식에 있음을 간파했다. 요한의 감염 경로는 섹터B가 유력했다. 섹터B는 유진이 포기한 섹터였다.

"재생기술개발원에 청원을 넣을 예정이라고 해."

"무슨 청원?"

"이 교도관을 재생할 수 있게 해 달라고."

유진이 어떠한 답변도 내놓지 않자 인철이 눈살을 찌푸렸다.

"무슨 냄새가 나는데."

인철의 시선이 취사장 안을 샅샅이 훑었다.

"그만 꺼내야 할 것 같은데, 김 교도관?"

과연 오븐이 희미한 탄내를 풍겼다. 유진은 오븐에 다가가 작동을 멈췄다. 문을 열자 허연 연기가 가득 피어올랐다.

"버려야 할 것 같아."

유진이 고개를 저었다.

"탄 부분만 떼어내면 살릴 수 있을 것 같은데?"

인철이 말하자 유진은 어깨를 으쓱해 보였다. 인철은 하는 수 없겠다는 듯 문을 향해 걸어갔다. 그러다 문득 멈춰 돌아섰다.

"김 교도관."

인철이 입술을 달싹였다.

"청원에 동참해 줄 수 있을까?"

유진이 회의적인 미소를 지어보였다.

"그게 정말로 이 교도관을 위하는 길일까?"

섹터B를 넘겨준 것은 요한을 위하는 행동이었을까? 유진은 자문했다.

"김 교도관이 우리와는 다르다는 걸 굳이 단독 행동으로 드러내지 않아도 좋을 텐데."

시커멓게 탄 부분을 스콘에서 떼어내고 있는 유진을 향해 인철이 말했다. 대답하기 위해 유진이 고개를 들었을 때 인철은 이미 취사장 안에 없었다. 복도를 걷는 차가운 발소리가 유진의 귓가를 때렸다. 유진은 스콘의 탄 부분을 떼어내다 말고 그것을 그대로 쓰레기통에 버렸다.

2

눈 치우기는 2시간 넘게 이어졌다. 열 개 동의 수감동 중에서 이제 겨우 하나를 해치웠다. 속눈썹에 내려앉은 눈이 재소자들의 시야를 가렸다. 지원은 앞머리와 눈썹에 붙은 눈을 툭툭 털어냈다.

지원은 허리를 펴고 시야를 멀리까지 너머다 보았다. 얼기설기 배열된 휘감기는 나선 모양의 수감동이 보였다. 칠이 벗겨진 수감동 외벽이 하얀 눈에 감추어졌다.

"딴 짓 말고 부지런히 움직이라고."

섹터F의 교도관이었다.

"빌어먹을 놈."

시아(45-4)가 투덜댔다. 시아도 지원과 같이 입소한 지 아직 한 달도 되지 않은 신참이었다.

"퉁명스럽기로 유명하지."

섹터F의 교도관을 가리키며 시아가 말했다. 섹터마다 약 백 명의 재소자가 하나의 수감동으로 묶였고, 동마다 4~5명씩 배당된 교도관을 재소자는 사흘이면 파악할 수 있었다. 그들의 체중과 연령을 짐작할 수 있었고 습관적으로 짓는 표정을 간파했고 특징적인 발소리만으로도 누구인지 구별할 수 있었다. 지원은 눈 속에 시선을 파묻고 삽을 열심히 움직였다. 제설 작업은 이상한 죄의식을 안겨주었다. 쌓이면서 진보할 줄 모르는 눈. 한도를 넘어서면 무고해지고야 마는 몽매함. 하얀 눈 위를 적신 붉은 피. 지원은 다시금 그날의 일을 떠올렸다.

"안 들리나?"

시아가 지원을 쿡쿡 찔렀다. 고개를 들어보니 아까 그 교도관이 바로 앞까지 와 있었다.

"상담 시간이 되었어. 교도로봇! 교도로봇!"

교도관이 목청껏 로봇을 불렀다. 교도로봇이 도착하자 짧게 덧붙였다.

"인솔해 가라고. 본관 302호야."

작업복에 눈을 매달고 지원이 상담실 문을 열고 들어간 때는 시작 시각을 15분이나 지나서였다. 지원이 들어서자 유진은 시계를 봤다.

"늦었습니다."

지원이 몸을 숙이며 준비된 자리로 가 앉았다.

"물이라도 드세요."

유진이 지원 앞으로 물컵을 밀었다. 배가 고팠던 지원은 물마저도 달게 마셨다. 유진은 지원의 차트를 넘겨보았다.

"입소한 지 3주 째이시군요. 입소하신 소감이 어떻습니까?"

"나쁘네요."

유진이 짧게 탄식했다.

"괜찮아요. 이곳에 오기 전엔 더 나쁜 곳에 있었어요."

유진은 차트를 다시 내려다봤다. 폐재생인간처리장.

"그곳에 비하면 여기는 천국이나 다름없고요."

지원이 차트를 턱짓으로 가리키며 말했다. 유진은 무언가를 가늠하듯 고개를 끄덕이며 다음 질문을 이어갔다.

"잠은 잘 주무셨습니까?"

"잘 잤어요."

"식사는 어땠습니까?"

"잘 먹었어요."

솔직히 말해 지원은 잠을 설쳤고 밥도 남겼다. 새벽에는 두 번이나 일어나 수면제를 처방받아 먹었다. 아침밥은 거의 남겼고, 그 대가로 밥을 남긴 이유를 따로 설명해야 했다. 지원은 태블릿 분말이 모래알을 씹는 것처럼 느껴졌기 때문이라고는 말하지 않았다. 그저 입맛이 없어서라고 대답했다. 그러자 밥이 거의 그대로 남은 식판을 받아 든 교도관은 지원의 심리 감정을 의뢰하는 대신 제설작업 팀으로 그녀를 내려 보냈다.

지원의 작업복에 붙어 있던 눈이 물이 되어 탁자 위로 고였다. 유진은 지원의 곧은 목과 반듯한 눈썹을 바라보며 질문했다.

"눈 치우기는 어떠셨습니까?"

"힘들었지만."

지원이 탁자 위에 떨어진 물 덩어리를 손바닥으로 훑어냈다.

"잘 치웠어요."

지원은 유진의 질문에 상투적으로 대답했다. 상담 중에 절대로 속을 내비쳐서는 안 된다는 시아의 충고에 의한 것이었다. 시아는 콜로니에 수용되기 전에 교도소에서 교도관으로 일했다. 재소자가 교도관과 친해지는 것은 여러모로 비극적 결과를 초래한다고 했다. 대화가 순조롭게 진행되지 않자 유진은 지원의 차트를 앞부분부터 다시 읽었다.

"이름, 신지원. 나이, 출생 이후 37세. 재생, 3년."

지원은 서른 살부터 서른넷까지 의사로 일했다. 사건이 있었다. 지원은 눈밭을 물들인 붉은 피를 다시 떠올렸다.

"진료과목이 어떻게 됩니까?"

어떻게 되었느냐고 묻는 것이 정확했다. 지원은 더 이상 의사가 아니었다.

"정신 병리를 오랫동안 연구했고 고통 받는 사람들을 도와 줬어요."

"보람된 일이었겠군요. 얼마나 일하셨습니까?"

보람이라고 할 만한 것은 별로 없었지만, 그 점에 대해서도 지원은 이렇다 할 반대 의견을 내놓지 않았다. 질문에만 정확히 대답하리라고 마음먹은 덕분이었다.

"약 4년간 정신과 의사로 일했어요."

유진은 지원의 죄목을 확인했다. 미성년자 및 피한정후견인 살해.

"어쩌다가 이들을 죽였습니까?"

재생 이전의 지원이 누린 삶에 대해서 유진은 일부만 알고 있었다. 지원이 어째서 그 많은 사람을 죽였는가는 유진도 정말로 모르는 일이었다. 유진은 개인적인 호기심으로 열성적으로 질문에 임했으나 이번에도 지원은 묻는 말에만 대답하기로 했다.

"그게 제 일이었으니까요."

"정신적으로 고통 받는 사람을 돕는 일 아니었습니까?"

"고통에서 해방시켜 주었죠. 저를 정신과 의사로 알고 오는 사람은 많지 않았어요. 제 진짜 진료 과목은 조력자살이었거든요."

답변을 하면서 지원은 조금씩 곤경에 빠지는 기분이었다.

"나는 그들을 도왔어요. 4년 동안 백 명이 넘는 사람을 도왔어요."

유진은 차트를 넘겼다. 재생 이후의 삶에서 지원이 행한 죄목을 확인했다.

"폐재생인간처리장에서 일하면서 사람을 죽였네요."

폐재생인간처리장은 재생 이후의 지원이 파견된 일터였다.

"그래서 이곳에 온 거겠지만."

유진의 혼잣말에 지원이 대답했다.

"사람을 죽인 사람이었거든요."

"죽어 마땅한 사람이었다는 의미입니까?"

사실 지원은 그렇게 생각했다. 그자는 죽어 마땅했다.

"죽기를 자처하는 인간도 있다는 뜻이죠."

"본인의 경우에도 해당되는 말인가요?"

"나였어도 나를 찾아왔을 거예요. 더 나쁜 죽음보다는 나쁜 죽음이 낫다고 생각하니까요."

일반적인 의미 이상의 것을 전달하지 않으려고 지원은 부단히 애썼으나 내밀한 속내를 조금 드러내고야 말았다.

"환원 날짜는 정하셨습니까?"

상담을 마무리하는 공식 질문이었다.

"천천히 고르셔도 됩니다. 다만, 자원이 부족한 시대이니까요, 너무 지체하는 건 곤란하다는 걸 알아두셔야 합니다."

역시 규정대로 덧붙였다. 다행스럽게도 지원이 환원 의사를 밝히기 전에 알람이 울렸다. 시계가 상담 시간을 다 썼음을 통고하는 것이었다. 유진이 문서를 정리하는데 탁자 위에 화면이 나타났다.

— 이리 좀 와 보지.

소장이었다.

— 곧 가겠습니다.

유진은 영상 속의 소장에게 회신하고 화면을 껐다. 지원은 안도의 한숨을 내쉬었다. 앞으로 해야 할 일을 알지 못하는 그녀의 손가락이 탁자 위에서 꼼지락거렸다. 교도로봇이 그녀의 곁으로 다가왔다.

— 지원, 작업 부서로 이동합니다.

교도로봇은 지원의 팔짱을 끼고 상담실을 나갔다. 유진은 그대로 앉아 전자 종이를 꺼냈다.

'특이 사항 없음. 환원 의사 희박함.'

3

"환원 희망자가 나왔어."

자리에 앉은 소장이 화면을 보며 말했다. 정면을 바라보고 있는 한 재소자의 모습이었다.

"섹터I에 소속된 재소자이고."

섹터I는 유진의 관할 구역이 아니었다.

"자그마치 2년 만의 향연이야."

유진은 소장의 책상 앞에 서서 화면과 소장을 번갈아 바라보았다. 그는 잠자코 소장의 이야기를 들었다.

"괜찮겠나?"

유진은 시야가 흐려지는 것을 느꼈다. 먼 훗날의 자신이 이미 죽은 것 같은 현재의 자신을 내려다보는 듯한 착각이 들었다. 유진은 끝내 괜찮다는 말을 하지 못했다. 소장은 그런 유진을 안타까운 심정으로 지켜보았다.

"이요한 교도관 소식은 들었지?"

"들었습니다."

유진의 목덜미에 맺힌 식은땀이 흘러내렸다.

"재생기술개발원에 청원이 접수되었어. 김 교도관은……?"

"동참하지 않았습니다."

소장은 '그랬군' 하고 혼잣말로 중얼거렸다. 소장이 유진에게 눈길을 주지 않았기에 소장은 화면 속의 재소자와 말을 주고받는 것으로 보였다.

"김 교도관, 지금 콜로니에 재소자가 몇 명 있지?"

책상 양 옆에 선 관상목의 넓은 잎이 햇빛을 반사하고 있었다. 유진은 잎의 수를 헤아리는 것처럼 관상목을 쳐다보며 골똘히 생각했다.

"1,000명 정도 되는 것으로 짐작하고 있습니다."

"정확히 982명이야. 이번 주를 넘기기 어려운 재소자가 그중 여덟이고."

소장이 그제야 유진을 올려다보았다. 화면은 꺼졌다.

"김 교도관이 콜로니에 온 지 얼마나 되었지?"

"3년 정도 되었습니다."

"3년 3개월 하고 16일 지났어. 이제 콜로니의 일원으로 자신을 받아들일 때가 되지 않았나?"

"죄송합니다."

유진은 고개를 숙였다. 반짝이는 바닥에 자신의 얼굴이 비쳐 보였다.

"그 말은 아껴 둬야겠어. 앞으로 할 일이 많아질 테니까."

소장이 소매에 있는 단추를 눌렀다. 한 남자의 모습이 관상목 앞으로 겹쳐 보였다. 모르는 남자였다.

"재생기술개발원에서 요원을 파견하기로 했어. 이 친구 꽤 어려 보여도 풋내기가 아니야. 일 하나는 확실하게 한다는 이야기가 있어."

소장이 입체적으로 증강된 원의 요원을 물끄러미 바라봤다.

"이상하지. 어지간해서는 콜로니의 일에 관여하지 않았는데, 직접 요원을 파견한다니. 모두들 긴장하고 있어. 풀기 어려운 숙제를 내 줄지도 몰라."

"명심하겠습니다."

유진은 재생기술개발원에서 파견한다는 남자의 얼굴을 자세히 봤다. 강박적일 만큼 세련된 머리 모양 아래 연약해 보이는 인상이 자리하고 있었지만 눈빛만은 도전적이었다. 흰 피부에 길고 각이 진 하관은 양날의 검 끝을 연상시켰다. 소장이 손톱을 매만지며 입을 뗐다.

"정이 많이 가지?"

소장이 고개를 끄덕였다. '그럴 거야' 같은 혼잣말을 하는 것 같았다.

"지금까지는 주사를 놓기 어렵다는 김 교도관의 요청을 들어주고 있지만, 반발이 거세."

다른 교도관들 말이었다. 소장은 교도관들끼리의 화합을 중시했다. 그가 유례없이 교도관에서 소장의 자리까지 오른 데에는 동료 교도관들의 믿음이 한몫했다.

"하지만 말이야, 잊어선 안 돼. 그들이 범죄자라는 걸. 사람을 죽이고, 능멸하고, 혹은 동시에 모두를 한 흉악범이라는 사실을 절대로 잊어선 안 돼. 이번에 환원을 신청한 자를 봐."

소장은 재소자를 다시 화면에 띄웠다. 해당 재소자의 구체적인 정보가 나열되었다.

"도축장에서 일하다가 사람을 죽였지. 사체를 발굴하여 냉동고에 보관하다가 검거되었고."

구태여 지난 정보를 알려주는 소장의 의도를 유진이 모르지는 않았다.

"쓸데없는 연민은 접어두라고. 김 교도관의 행동이 싸구려 감상이 되어 버리지 않도록."

"무슨 말씀이신지 잘 알아들었습니다."

소장이 돌아앉으며 말했다.

"어서 가 봐. 테라동 로비에서 김 교도관을 기다리고 있는 것 같던데."

의자의 등받이 너머로 소장의 목소리가 들려왔다. 유진은
말없이 목례를 하고 소장실을 나갔다.

4

테라동 로비에서는 탁구 시합이 한창이었다.

"일종의 전통이에요. 교도소, 정신병원, 요양원……. 사람들이 갇혀 있는 곳이라면 어디든 탁구대가 있어요. 건전한 육체 활동이 건전한 정신을 고취시키리라는 기대인지 몰라도."

어째서 교도소에 탁구대가 있는 것인지 의아해 하고 있는 지원에게 다가와 말을 건넨 사람은 희도(3-3705)였다. 희도는 테라동의 몇 안 되는 남성 재소자였다. 처음에 그는 자신을 뮤지션이라고 소개했다. '어도러블 사이키델릭이라는 장르를 개척했어요. 주로 티베탄 싱잉볼을 이용해서 연주를 하고요. 그러면 고통 받는 영혼이 해방돼요. 음악을 사랑함으로써 사랑할 줄 아는 인간으로 회복되는 거죠.' 지원은 희도의 말을 듣고 있노라면 그의 직업이 매지션에 가깝겠다는 생각이 들곤 했다. 실제 희도의 전직은 간병인이었다. 정신병적 증상이 있는 환자 중에 범죄 유발률이 특히 높다고 분류된 고 위험 환자들이 입원한 폐쇄 병동이 그의 재생인간으로서의 첫 직장이었다.

간병인으로 일한 희도에게서 포도 농장을 운영한 시아에게 넘치는 활력은 감히 찾을 수 없었지만, 그래도 그에게는 사람을 낮게 하려는 본능 같은 게 있었다. 그건 시아에게도 지원에게도 없는 덕목이었다.

재소자 사이에서 이뤄지던 탁구 경기는 교도관이 합세하면서 본격적으로 교도관과 재소자가 짝을 이룬 복식 경기로 전환되었다.

희도와 지원은 경기에 참여하지 않고 잠자코 지켜만 보았다. 그러면서 희도는 이따금씩 툭툭 말을 뱉었다.

"우리 병원에도 있었어요. 탁구대가. 거기서 복지사와 환자들이 같이 탁구를 했어요." 라거나, "영원히 벗어날 수 없는 사람과 영원히 소속되고 싶지 않은 사람이 공을 주고받으며 뫼비우스의 띠를 그리는 거예요." 라거나, "여기서도 교도관들이 재소자에게 반말을 하네요. 환자에게 던지는 반말을 친근하고 인간적인 대우라고 착각하는 복지사들이 그곳에도 많았어요."라는 식이었다. 그 모든 말을 지원은 적당히 고개를 끄덕이며 들었다.

"저기 김유진 교도관이 오네요."

희도는 유진을 멀리서부터 알아보고 손을 흔들었다. 이번에 지원은 희도가 가리키는 방향으로 고개를 돌렸다. 유진이 지원을 보고 인사했기에 지원도 가벼운 목례로 답했다. 유진은 지원과 마찬가지로 탁구대 옆에 우두커니 서서 공이 왔다 갔다 하는 모양을 지켜보았다.

"김 교도관님도 같이 하시죠."

한 재소자가 유진의 팔을 잡아 끌었다. 유진은 몇 번 사양했으나 끈질긴 권유에 못 이겨 복식조가 되어 시험을 치렀다. 이기도 싶지도 않고 지고 싶지도 않았다. 이긴다면 어차피 죽일 사람을 두 번 죽이는 것이 되었고 진다면 머지않아 죽을 사람이라 불쌍해서 봐 준 것에 지나지 않았다. 유진은 생각을 정리하는 사이 점수를 많이 냈다. 드라이브. 백드라이브. 에지. 유진은 이겼다. 그리고 조금도 기쁘지 않았다.

"인정사정 볼 것 없이 해 버리시네."

누군가 거기에 '인정이라고 하긴 어렵지. 우린 보통 사람은 아니니까.'라고 맞받아치는 말이 들려왔고 와, 하는 함성에 가까운 웃음소리도 뒤따랐다. 유진은 쓴웃음을 지으며 자리를 떴다. 틀린 말은 아니었다. 그들은 재생인간이었다.

'인간 이후의 인간이며, 로봇 이전의 로봇. 생명과학에서 발생하여 산업으로 출생한다.' 이러한 캐치프레이즈를 내 걸고 시작된 이 프로젝트의 첫 의도는 불치병의 치료와 이식 상기의 수급이었다. 장기를 기증하려는 의식은 기술의 눈부신 도약을 따라잡지 못했다. 인체에 저항성이 낮은 인공 장기 개발도 꾸준한 약진을 거듭했지만, 에너지원을 공급하는 문제가 까다로웠다. 그때 출현한 것이 아미토였다.

아미토는 유도 전능 줄기세포에 인간 체세포에 존재하는 핵지도를 결합한 것으로, 주입된 지도에 맞게 배아 단계부터 스스로 분화하는 일종의 씨앗이었다. 그 씨앗은 '밭'이라 불리는 기구에서 배양되었는데, 밭에서 재배할 수 있는 것은 장기에만 국한되지 않았다. 줄기세포의 전능성으로 인해 손가락과 팔과 다리, 심지어 인체의 전부가 그곳에서 자라났다. 완숙 신체를 수확하는 것은 인간의 몫이었다.

수확된 신체는 의학적 사망선고를 받은 인체에 이식되었다. 죽어가는 이의 체세포를 줄기세포로 성장시켜 딱 맞는 인체를 제공받을 수도 있었지만 그렇게 하면 시간이 너무 걸렸다. 그럴 때에는 밭에서 수확한 성숙한 인체를 죽어가는 이의 몸에 곧바로 이식했다.

아미토로 키워낸 완전한 인체에는 딱 한 곳에 결함이 있었다. 바로 뇌였다. 밭에서 자라난 뇌의 용량은 주먹보다 작았고 정상 뇌와 비교했을 때 그 구조적 비율도 달랐다. 대뇌피질은 아예 없다시피 했다. 기술력 부족 때문은 아니었다. 마음만 먹으면 줄기세포로부터 성숙한 뇌를 만들어낼 수 있었던 것이다. 그러나 성공적으로 분화한 뇌를 지니게 한다는 건 인간 복제를 승인하는 것이나 다름없었기 때문에, 뇌를 만들어내지 못하는 건 다분히 정책적으로 의도된 한계였다.

지구 인구의 상당수가 아미토를 통한 생명 연장을 원했다. 하지만 아미토는 이른바 특권과 동의어였다. 특권을 거머쥘 수 있는 계층은 부나 명예, 혹은 둘 모두를 갖춘 사람들이었다.

부유하지 못한 사람들, 즉 지불 수단이 결여된 자들은 아미토에 접근하지 못했다. 가난하지 않더라도 인위적인 생명 연장을 거부하는 자들은 아미토 자체에 반대했다. 하지만 그들이 아미토 기술을 폐기하기엔 역부족이었다. 아미토는 오랜 기간 재원을 투입한 국가 차원의 사업이었기 때문이다.

아미토를 통해 신체를 회복하는 사람은 재력이 충분한 사람도 있었지만, 국가로부터 지명된 사람도 적지 않았다. 국가는 오래 사는 것이 유익하다고 판단되는 이들을 아미토 '회복 특권자'로 선정했고 비용을 받지 않았다. 주로 기술력을 축적한 전문가 인력, 혁신을 주도하는 기업가, 활동하는 것이 공공의 기쁨에 기여한다고 평가되는 대중적인 인기를 누리는 인사들이 그 대상이었다.

국가의 임명을 수락할지 거절할지는 이들에게 달려 있었다.

하지만 일단 임명되고 난 후부터는 함부로 죽을 수 없었다. 회복특권자는 자신이 몸담고 있는 분야에서 꾸준하고도 가시적인 성과를 내야 했는데, 만에 하나 부담을 견디지 못하고 자살하게 되더라도, 국가는 임명 계약에 의해 그를 되살릴 수 있었다. 그 과정이 반복되는 가운데, 회복특권자로 임명되었던 사람의 생산성이 기대에 못 미친다고 재평가 될 경우에는, 회복특권이 박탈되었고 그는 언제든지 죽을 수 있었다.

돈이 없거나 아미토에 반대하는 신념을 가진 집단 외에도, 아미토를 통한 신체 회복에 제약이 있는 자들이 있었다. 무기징역이나 사형을 선고받은 범죄자들이었다. 죄의 경중에 따라 가벼운 죄를 지은 전과자들은 생명 연장에 유의미하지 않은 회복 정도가 허용되었고—어디까지나 지불 수단이 있는 경우에만 가능했다—무기징역 이상의 중죄를 지은 전과자들은 사형 후 본래의 뇌에 아미토로 재배한 신체를 이식시켜 강제로 회복되었다.

사회는 이렇게 사형 후 필요에 의해 강제로 회복된 이들을 '재생인간'이라 불렀다. 새로운 인간 종이 탄생한 것이다.

무기징역 이상의 사형수를 재생인간으로 처리하는 것은 몇 가지 딜레마를 해결해 주었다. 그 딜레마는 이러한 것이었다. 기술의 진보와 함께 발달한 인권에 대한 감각이 사형은 또 다른 형태의 살인이라고 보게 했다. 하지만 극흉한 범죄를 저지를 이들을 무기한 살려 두는 것도 인권과 함께 아울러 발달한 법 감정에 위배되었다. 이러한 양립하는 시각을 두루 수렴하여 사형을 집행하되, 변형된 회복 단계를 거치게 했던 것이다. 이로써 사형수는 죽었으되, 살아났다. 완전한 의미의 갱생이었다.

하지만 이들에게는 몇 가지의 절차가 더 필요했다. 재생인간이 된 그들은 모두 전전두엽의 활성도를 측정 받았고 공명 영상을 통해 예상된 재범률에 따라 필요한 조치를 받았다. 자신이 저지른 중대한 범죄를 모방할 우려가 큰 일부 죄수들은 양측의 해마를 제거하는 수술을 받고서야 사회에 '보급'될 수 있었다. 인간 이후의 인간, 로봇 이전의 로봇으로서 재생인간이 투입되는 곳은 인간으로서 감당하기 어렵지만 기계는 해내기 불가한 영역이었다. 다시 말해 사회의 기피·혐오시설이었다.

이 재생인간은 다시 두 종류로 나뉘어졌다. 무죄의 재생인간과 유죄의 재생인간. 무죄의 재생인간은 회복의 단계를 거친 후 일을 했다. 중간에 죄를 짓지 않는 한, 무죄의 재생인간은 계속해서 일을 하며 살아가야 했다. 일을 해 나가던 중 범죄를 저지르면, 그는 형량만큼 복역한 다음 다시 일해야 했다. 만약 그 죄가 무기징역이나 사형에 해당하는 중죄라면, 그들에게는 '콜로니 행' 판결이 내려졌다. 형장 '콜로니'는 또 한

번 중죄를 지은 유죄의 재생인간이 미립자로 완전히 소거되기 전 머무는 최종의 장소였다.

유진이 콜로니21에 온 것은 일을 하기 위해서였다. 유진은 무죄의 재생인간이었다. 모범적이지는 않더라도 그저 평범한 시민이었던 그가 재생인간이 된 것은, 가족의 비극적인 죽음 때문이었다. 가족을 죽인 자를 죽임으로써 유진은 사형을 선고받았다. 생명은 쉽게 훼손될 수 없는 가치였고 마음만 먹으면 영구히 보존할 수 있는 대상이었다. 사람을 죽인 자에 대한 처벌은, 누구나 죽던 세기에 비해 한층 강화되었다. 단 한 사람을 죽이더라도, 충분히 사형에 이를 수 있었다.

콜로니의 일이 얼마나 감당하기 어려운가, 하는 것은 모르지만 고난에는 대체로 둔감하다는 것을 유진은 안다. 개인성 때문은 아니다. 유진은 개인이 아니므로. 의도적으로 주입된 다중 기억과 장기의 집합체로서, 유진은 집단성을 띠며 근무했다. '나'다움이 무엇인지 생각해본 적은 없었다. 진짜 '나'라는 것은 적어도 유진 안에는 없었다.

유진은 유죄의 재생인간의 죽음을 다뤘다. 그러한 죽음을 '환원'이라고 명명했다. 재소자가 환원을 희망하면, 환원장치인 리덕터에 그들을 집어넣었다. 리덕터는 인체에 일시정지 버튼을 누르는 것과 흡사했다. 그러한 처리를 '스위칭'이라 불렀다. 스위칭된 인체는 시체 대신 '옛터'라는 말로 통용되었다. 옛터는 모든 생명활동이 정지된 채로 72시간 동안 부패하지 않고 보존되었다.

그 후에는 폐재생인간처리장으로 가서 부검의 과정을 거쳤다—환원 중에 외압은 없었는지, 환원이 부당하게 이루어지지 않았는지 하는 일련의 가능성을 검증하는 것이다—이상 없음을 확인 받은 환원자의 마지막 거처는 엘리미네이터였다. 쓰레기 처리장치로 처음 개발된 엘리미네이터는 투입된 물질을 미립자로 변환하는 장치였다. 엘리미네이터에 들어가면 한 줌의 부스러기나 오염된 공기가 배출되었다. 엘리미네이터의 아명이 블랙홀인 것은 그 때문이었다.

'향연'은 환원을 희망하는 재소자를 배웅하는 마지막 잔치였다. 유진은 연회 음식을 장만하고 환원을 완성하는 역할을 맡고 있었다. 유진은 요리를 즐겼다. 향연에 쓰일 음식을 만드는 것이 그가 할 수 있는 요리의 전부였으므로 그는 무례하게도 기뻤다. 그러나 동시에 그는 향연을 치를 때마다 제한된 공황을 경험했다. 변형된 살인을 다시금 저지른다는 것이 그로서는 참을 수 없는 비극이었다. 하지만 유진은 자신에게 주어진 일을 해야 했다. 도망칠 수 없는 신분이었기 때문이다.

유진은 향연의 주인공을 떠올렸다. 상기(37-5479). 섹터I. 그는 오랜 기간 환원을 희망하지 않고 잡역을 해 나가다 제타동으로 옮겨진 인물이었다. 제타동으로 옮겨진 지 사흘 만에 감염의 승상이 나타났다. 제타동에는 감염의 증상을 재소자로 하여금 이겨낼 수 있도록 하는 신앙 프로그램이 마련되어 있었지만, 최근 2기로 접어든 그의 신경이 그 극심한 고통을 감당하기는 역부족이었다. 유진은 동정심과 정의감 사이에서 아슬아슬한 한기를 느꼈다. 유진은 팔을 쓸었다. 겨울이 깊었고 봄이 오고 있었다. 유진은 봄이라는 단어를 마음속으로 읊어 보았다.

5

"차조밥, 깍두기, 삼치구이, 청경채두부조림, 소고기뭇국."

유진은 식단과 차림을 차례로 대조했다. 빠지거나 더해진
것은 없었다.

"숟가락과 젓가락."

무명 헝겊으로 깨끗이 닦은 새 은수저를 식판 위에 나란히
놓았다.

"37-5479, 향연장으로 이동바랍니다."

장내에 안내 방송이 흘러나왔다. 음악 봉사자들이 입장했
다. 육지에서 봉사활동을 나온 학생들이었다. 바라보는 사람
이 없는데도 학생들은 자기소개를 하고 준비된 의자에 앉아
악보를 넘겼다. 향연에 앞서 합주를 맞춰보는 학생들의 얼굴
에 사명감이 깃들어 있었다. 학생들의 리허설이 시작되었다.

슈만의 교향곡 1번 봄이라고, 유진의 일부는 기억해냈다.

"2악장도 해야 하나?"

트롬본을 든 단원이 지휘를 맡은 단원에게 물었다.

"밥은 십 분이면 다 먹을 텐데."

트롬본을 든 단원이 덧붙였다.

"생선을 발라 먹으려면, 2장까지는 해야지."

비올라가 말했다. 그는 자리에서 일어나 문 옆에 붙은 식단을 확인하고 제 자리로 돌아왔다.

"가장 아름다운 3악장을 뺀다는 건 말이 안 돼."

첼로가 한술 더 떴다.

"2악장을 연주할 거면, 4악장까지 가는 게 낫지."

첫 번째 바이올린이었다.

"4악장까지 완주하도록 하자. 향연식을 2분 만에 먹어치우더라도, 우리가 나머지 악장마저 음미하면 되지."

지휘를 맡은 학생이 말했다. 단원들이 찬성의 뜻으로 활을 흔들었기에 때마침 입장한 교도로봇과 상기는 마치 자신을 환대한다는 착각에 빠져들 법도 했다. 상기가 장내를 둘러보며 착석을 망설이는 사이 모처럼의 향연에서 별식을 맛보려는 재소자들도 뒤따라 들어와 장내는 금세 붐볐다. 눈 치우기와 동일하게 향연에 참석한 재소자들은 모두 입소한 지 얼마되지 않은 신참들이었다. 10주가 넘은 재소자들은 고립된 자신들만의 섹터에서 질병과의 싸움을 해 나가야 했다.

유진은 지원이 향연장에 들어서는 것을 보았다. 일부러 기다리고 있던 것도 아니었는데, 유진은 지원을 알아보았다. 지원은 입구에서 교도로봇이 나눠주는 간식을 받기 위해 줄을 서 있었다. 버석한 쿠키나 감미료가 듬뿍 든 파이, 뻣뻣한 빵, 뚝뚝 끊어지는 젤리, 들큼한 발효음료가 든 간식 봉지가 교도로봇에게서 재소자에게로 넘어갔다. 한 봉지씩 배급되는 간식을 더 받아내려는 재소자와 교도로봇 사이에 실랑이가 벌어지기도 했다. 아마 콜로니에 오기 전에는 거들떠도 보지 않았을 음식이다. 하지만 콜로니의 고립성은 한 사람이 오랜 시간 쌓아올린 취향과 체면을 허무는 효과를 발휘했다. 그도 그럴 것이 콜로니에서 재소자에게 보급되는 식사는 분말, 태블릿, 캡슐 등의 간편식이 전부였다. 먹는 즐거움을 빼앗기 위해서였다. 재소자는 누군가를 물어뜯지 않고서야, 조음활동 외에 자신의 이를 사용할 일이 별로 없었다. 환원을 앞두고 향연을 여는 것은 인도적 책무를 저버려서는 안 된다는 정부의 입장을 반영한 것이었다. 덕분에 남은 재소자들도 질 낮은 음식이나마 씹을 만한 것을 조금은 맛볼 수 있게 되었다.

환원되는 당사자 외에는 재소자를 위한 의자가 마련되어 있지 않아서 간식 봉지를 든 재소자들은 대강의 줄을 만들어 바닥에 둘러앉았다. 지원도 자리에 앉기 위해 게걸음으로 줄을 맞췄다. 그녀의 손에는 투명한 간식 봉지가 들려 있었다. 재소자들은 둥글게 둘러싼 원의 중심에서부터 도미노가 쓰러지듯 앉아 나갔다. 앉으면서 조금씩 뒤로 밀렸기 때문에 지원은 앞 사람에 치여 뒤로 자빠지고 말았다. 멀리서 지켜보던 유진은 손을 내밀었다가 얼른 그 손을 거두었다.

모든 재소자가 자리에 앉았다. 지원은 다른 재소자가 깔고 앉은 간식 봉지를 빼냈다. 간식 봉지는 눌리고 터져버린 상태였다. 향연장은 무척 넓었지만 재소자들이 어지럽게 앉아 떠드는 바람에 갑갑하게 느껴졌다. 수다소리가 오래된 기계의 둔중한 진동처럼 장내에 내려앉았다. 잘 들리지는 않았지만 그 속에서도 악단은 벌떼처럼 규칙적인 운행으로 연습을 이어갔다.

이윽고 소장이 향연장으로 들어서자 계절이 바뀐 것 같은 고요가 찾아왔다. 소장이 다음 환원자를 지목하기라도 할 것처럼 재소자들은 그와 눈을 마주치지 않으려 눈을 바닥에 내리깔았다. 상기가 자리에서 일어서서 소장에게 인사했다. 그는 우발적인 행동으로 향연을 위기 상황으로 몰고 가지 않았다. 소장은 규정을 준수하는 상기에게서 눈을 떼지 않으며 향연장 깊숙이 걸어 들어갔다. 그가 가장 안쪽에 위치한 연단까지 이동하는 동안 지휘자는 손가락을 입에 대고 눈짓으로 무언의 지시를 내렸다. 연단 오른쪽에 자리한 악단은 지휘자를 바라보며 박자를 세는 것처럼 가볍게 고개를 끄덕거렸다.

소장이 앉자 의자가 그의 체형에 맞게 오그라들었다. 등을 깊숙이 기댄 그가 상기를 향해 턱짓으로 신호했다. 앉아도 좋다는 뜻이었다. 상기는 목례로 화답하며 의자에 엉덩이를 붙였다.

"향연을 시작합니다."

소장이 향연의 공식적인 시작을 알렸다. 상기가 식판 위로 고개를 숙였다.

"수저를 드세요."

유진이 말했다. 상기는 눈을 감았다. 몇 차례의 면담을 통해 유진은 상기가 기도 중이라는 것을 짐작할 수 있었다. 어느 상담에서 유진이 물었다.

무슨 종교를 믿죠?

그때 상기는 '기술 신앙을 숭배한다'고 답변했다. 신에게 안식을 구하는 상기의 팔과 배 부근의 의복이 얕은 진폭으로 파들거렸다. 우는 것은 아니었다. 그를 둘러싸고 먼지가 차분히 부유했다. 떨고 있는 상기를 창문을 투과한 햇빛이 감싸 안았다. 상기가 눈을 떴다. 그의 시선은 한동안 식판에 붙박여 있었다. 지휘자 역시 상기에게서 눈을 떼지 않았다. 식판을 향한 골똘한 감상을 끝낸 상기가 마침내 숟가락을 들었다. 향연의 비공식적인 개막은 환원자가 숟가락을 드는 것에서 시작되었다. 동정을 엿보던 지휘자가 단원을 바라보며 지휘봉을 튕겼다. 트럼본 소리가 향연의 시작을 알리며 울려 퍼졌다.

상기가 한 숟갈 뜬 국을 그릇 속으로 쪼르르 흘렸다. 움푹한 숟가락 볼 위에 황동색 그물무늬가 일렁거렸다. 젓가락을 집어 삼치를 누르자, 바삭한 소리를 내며 껍질이 찢겼다. 구수한 기름 냄새가 올라왔다. 질 낮은 과자를 든 방청 재소자들이 숨죽여 삼치의 향방을 주시했다.

"목이 마릅니다."

상기가 젓가락을 내려놓고 유진을 올려다봤다.

"물을 마시고 싶습니다."

유진은 물 캡슐을 하나 까서 상기의 입에 넣어주었다. 캡슐을 터트려 꿀꺽 삼키는 상기의 오른쪽 입꼬리에서 물이 흘러내렸다. 그가 새어나온 물을 소매로 닦아냈다. 유배복에 푸르스름한 은빛 얼룩이 들었다. 구겨진 옷을 당겨 주름을 폈지만, 수척한 몸둥이 위에서 옷은 이내 협곡처럼 굽이쳤다. 아마포로 특별히 지은 예복이자 수의였다.

"준비됐습니다."

그가 고개를 숙이고 낱말을 툭툭 떨어뜨렸다. 이런 때가 종종 있다고 들었다. 음식은 버림받고 환원자는 배를 곯는다. 유진과 눈짓을 주고받은 교도로봇이 다가와 상기를 환원실로 데려갔다. 유진은 허리춤에 꽂힌 리덕터의 해제 장치를 더듬으며 뒤따랐다.

　슈만의 봄 1악장이 차츰 빠르게 짙어졌다. 봄보다 빨리 잠들 재소자가 여름을 쫓는 것처럼, 상기는 유진을 돌아보더니 그 자리에서 쓰러졌다. 향연장의 이음매 없는 바닥 위로 상기가 흘린 피가 물음표처럼 번졌다.

6

돌이킬 수 없다는 걸 알면서도 쓰러진 상기의 뒷모습을 보며 지원은 동생을 떠올렸다.

지원에게는 동생이 있었다. 그는 남자였고 지원보다 여덟 살 어렸다. 하루의 대부분을 학교에서 보내던 지원과 달리, 남동생은 삶의 전반을 집에서 보냈다. 그는 희귀 난치병을 앓고 있었다.

지원의 부모는 가난한 사람들이었다.

"장수는 윤리적인 일이야."라고 말하던 부모는 언제나 윤리적 가책을 느꼈다. 지원의 부모는 청소부였다. 아버지는 병원을, 어머니는 골목을 청소했다. 청소는 로봇이 인간만큼 해내지 못하는 일이었다. 청소부 중에도 장수하는 사람이 있었고 돈이 많은 사람도 있었지만 지원의 부모는 그런 사람에 속하지 않았다.

"오늘은 일이 적었어." 몸이 덜 고단한 날에는, 일한 것보다 돈을 더 받아간다는 생각에 불편해 했던 아버지, "화단 너머에 크롬 장갑이 있었는데, 덤불이 너무 험해서 그냥 지나쳤어." 쓰레기 하나를 치우지 못하면 환경을 오염시켰다는 생각에 자책하곤 했던 어머니가 비윤리적이라는 생각은 들지 않았다. 적어도 직업윤리 안에서는 그랬다. 그래도 그들의 삶은 결산이 언제나 예산을 초과했고, 부족하지 않은 것은 걱정과 정성 같은, 돈으로 살 수는 없지만 없앨 수는 있는 것들이 대부분이었기에, 언젠가는 죽을 것이라는 확신을 벗어 던질 수 없었고, 그에 따라 지속가능한 인간으로 살아내지 못한다는 윤리적 채무감을 늘 이고 살아야 했다. 자본이 막강한 까닭으로 영원히 삶을 영위하다시피 하는 1%의 인구를 보며 지원의 부모가 자조적으로 내뱉은 말은 "우리는 일회용의 인간이야."라는 거였다. 그 말대로 그들은 오래 살지 못했다. 부모로서는 아직 젊었고, 미숙했고, 헌신적이었던 그들을 지원이 죽인 까닭이었다. 지원의 진료과목이 조력자살인 것을 그 부모도 알았다.

지원의 남동생은 부모의 선택에 의해 재생인간이 되었다. 희귀하고도 낫기 어려운 병, 치료하지 않으면 목숨이 위태로운 병에 걸린 아들을 부모님은 살릴 수 없었다. 지원의 학비를 더 감당할 여력도 안 되었다. "살릴 수 없다면 되살려야지." 그 일을 동생에게 권하던 날 밤 부모가 그에게 한 말이었다. 솔직히 지켜보는 지원은 탐탁지 않았다. 어느 정도였냐 하면, 차라리 죽는 게 동생으로서도 낫겠다는 생각이 들 정도였다. 하지만 부모는 완고했다. 하나뿐인 아들을 죽게 내버려 둘 수 없어서였는지, 하나뿐인 딸의 학업을 완수하지 못하게 되는 것이 두려워서였는지, 경제난에 관한 해답으로 여겨서였는지, 혹은 모두였는지 몰라도 부모는 지원의 동생을 설득했다. "그냥 부활하는 거라 생각해." 동생은 힘이 없었다. 사회적으로나, 물리적으로나 그랬다. 지원의 동생은 부모의 뜻에 의하여 살인자가 되었다.

지원은 동생이 죽던 날을 기억했다. 가장 강렬한 단 하나의 기억이었다. 지원의 동생은 살인자였으나 살인하지는 않았다. 순백의 눈 위를 물들인 동생의 피가 결백을 증명하듯 내리는 눈에 의해 뒤덮이던 장면을 지원은 지금까지도 잊지 못했다.

7

안치실로 인도된 상기는 아직도 눈을 뜨고 있었다. 그는 며칠 전 유진에게 살고 싶다고 말했다. 만약 살 수 있다면 다시는 죄 짓지 않으리라고 했다. 이곳을 벗어날 수 있고 예전으로 돌아갈 수만 있다면 그 무엇이든 하리라고 말했다. 하지만 그 말은 틀린 말이었다. 그가 그의 말처럼 예전으로 돌아가 그 무엇이든 한다면, 그 무엇은 틀림없이 죄 짓는 일일 것이다.

밥을 짓고, 옷을 짓고, 집을 짓는 것처럼 인간은 죄를 짓지 않고는 살아갈 수 없다. 죄를 짓는다는 것은 의식주와 매한가지로 인간을 인간답게 만드는 필수불가결의 요소다. 죄질의 차이로 누군가는 집에 가고 누군가는 감옥에 가고 누군가는 사형수가 되어 결국 이런 콜로니에 도착하게 되는 것일 뿐. 그러니 다시는 죄 짓지 않겠다는 그의 말은 참으로 거짓이었다.

유진은 메스꺼움을 견디며 상기의 손가락에 끼워진 반지를 돌려서 뺐다. 그의 약혼녀는 그에게 변치 말자는 약속을 받아낼 필요가 없었다. 인간은 변하지 않기 때문이다.

— 김 교도관님, 안치실에 중개업자가 도착했습니다.

"들어오라고 해."

유진은 허공에 뜬 통신로봇의 호출에 응답하며 상기의 눈을 감겨 주었다. 중개업자가 통신로봇 자라와 함께 안치실로 들어왔다.

그럴 필요가 전혀 없는데도 중개업자는 늘 흰 가운을 입고 찾아 왔다. 자신의 일이 의료업에 준하는 행위임을 밝히는 암묵적인 주장이었다. 그들 중 그가 하는 일의 범주에 대해 골똘히 생각하는 사람은 그밖에는 없었다.

"이번 주는 한 건이 전부인 겁니까?"

왠지 따지는 투로 묻는 것은 그의 천성이었다.

"그렇습니다. 그런데 문제가 좀 있었어요."

말이 끝나기도 전에 그는 이미 리넨을 걷어 상기의 몸을 수색하기 시작했다. 상기의 입꼬리에는 피를 토한 자국이 남아 있었다. 그는 상기를 뒤집어 머리칼을 한 움큼 움켜쥐고는 좌우로 흔들어 떨어뜨렸다.

"두피에 난 상처를 보는 거죠. 가끔 머리를 가격해 죽이는 수도 생기니까요."

"이곳에선 그런 일이 없습니다."

"답변은 남은 몸이 하는 거죠."

중개업자는 상기의 턱을 잡고 좌우로 틀어 뺨을 살폈다.

"이건 뭐죠?"

중개업자가 가리킨 지점은 관자놀이 부근이었다.

"여기 십자가. 2밀리미터 정도로 길이는 짧지만."

과연 중개업자가 가리키는 위치에는 십자 형태로 교차한 자상이 있었다. 총에 맞은 흔적으로는 보이지 않았다. 그보다는 십자 형태의 칼에 찔린 것 같은 상처였다. 십자 무늬 자상 주변으로 다른 외상은 전혀 없었다.

"스스로 찔렀다고 보기에는 지나치게 깨끗한데요."

중개업자가 '그렇죠?' 하는 듯이 고개를 끄덕거렸다.

"이건 마치……."

중개업자가 그답지 않게 뜸을 들였다.

"살인 사건 같네요."

유진은 중개업자의 말이 완전히 터무니없는 것이라고는 생각하지 않았다. 첫 살인 이후로 그가 할 수 있게 된 일이란 환원을 통한 변형된 살인이 전부였다. 살인은 그가 절대로 해낼 수 없을 것 같던 일이었다.

"왜 쓰러졌을까요?"

"아필라몬이에요."

"아필라몬?"

중개업자는 상기의 아래턱을 쥐고 입을 벌렸다. 그가 낀 수술용 장갑에 피가 묻었다.

"아필라몬에 중독되면 혀가 이렇게 보랏빛이 되죠."

"아필라몬을 아세요?"

유진이 놀라서 물었다.

"리덕터가 도입되기 이전에 재소자들을 죽이던, 아, 그래요. 환원시키던 도구였어요. 일종의 독극물이죠."

"어떻게 수중에 들어가게 된 걸까요? 개인 물품 소지는 엄격히 제한된 범위 내에서만 가능한데."

"누군가 준 거겠죠."

"그게 누굴까요?"

"질문이 많으시네, 교도관님. 여튼 다음번에도 이런 십자가가 있으면, 나 그때도 입 막고 있는다고는 장담 못 하겠어요."

"말해서 뭐 해요?"

"썩은 물을 퍼내는 거죠. 방송국이나 경찰서나, 아니면 재생기술개발원이라든가에 알리는 거예요. 보세요, 여기 이렇게 썩은 물이 있어요! 어쨌든 내가 가는 곳은 전국 어디든 될 수 있다는 거, 잊지 마시고요."

그런 것은 전혀 두렵지 않았다. 유진이 두려운 것은 앞으로 만나게 될 재소자들의 머리에서 비슷한 것을 찾게 될지도 모른다는 막연한 예감이었다. 유진은 중개업자에게 상기의 인도 대금을 지급하고 그를 돌려보냈다. 이제 상기는 폐재생인간처리장으로 보내져 완전히 소거될 예정이었다.

"정리를 맡아 줘."

유진은 자라에게 뒤처리를 맡기고 안치실을 나섰다. 인도 완료를 보고하기 위해 소장에게 서둘러 들러야 했다. 하지만 십자가에 대해서만큼은 함구하기로 했다. 소장도 그런 것은 묻지 않았다.

8

상기에게서 십자가를 발견했었다는 시아의 말에 희도는 놀
란 듯이 되물었다.

"십자가라고요?"

자기 목소리에 깜짝 놀란 희도가 다시 작게 속삭였다.

"십자가가 있었다고요?"

시아는 고개를 끄덕이며 입단속을 한다는 듯이 검지를 입
술에 갖다 댔다.

"분명히 내가 봤어."

희도와 시아가 동시에 지원을 바라봤다. 지원은 보지 못했
다는 의미로 고개를 가로저었다.

"잘 보이는 부분은 아니잖아."

"아는 사람 눈에는 보이지."

시아가 검지로 총구를 만들어 관자놀이를 향해 쏘는 시늉을 했다. 그러고는 말을 이었다.

"나는 가까이에 앉았었잖아."

상기의 향연 이야기였다. 지원은 우르르 밀려서 앞으로 갔다가 다시 뒤로 밀리며 엉덩방아를 찧으며 앉았던 그날의 기억을 떠올렸다.

"본 적이 있는 얼굴이었어. 그 재생인 말이야."

가끔 감정이 격해지면 재활용 쓰레기라고 부르는 경우가 있기는 했지만, 재소자끼리는 서로 재생인이라 칭하는 것이 관례였다.

"지난번에 섹터I와 합동 마루 청소를 한 적이 있잖아. 그때 내 구역까지 넘어와서 청소해 준 재생인이었어."

시아가 지나치게 작은 목소리로 소근거렸기에 희도는 시아에게로 머리를 바짝 갖다 대야 했다. 지원은 멀찌감치 떨어져서 두 사람의 머리를 내려다보았다.

"본 적 있는 얼굴이라고 더 잘 보이지는 않아."

시아는 답답하다는 듯 눈과 입을 동그랗게 벌렸다.

"아는 얼굴이라 더 유심히 보았다니까?"

시아가 허리를 곧추세우고 팔짱을 꼈다.

"너 내 말을 못 믿는구나."

지원은 어깨를 으쓱해 보였다. 설사 그렇다 할지라도 시아가 말한 대로의 의미가 있을 거라는 생각은 들지 않았다.

"상기가 그렇게 쓰러지지 않았어도 환원될 운명이었다는 데엔 변함이 없어. 그건 우리 모두 마찬가지야. 머리에 십자가가 새겨지든 아니든."

지원은 한 박자를 쉬었다.

"언젠가 죽게 돼 있다고."

희도와 시아는 죽음이라는 단어에 찔린 것 같은 표정을 하고 있었다. 자신의 의견이 받아들여지지 않는 것을 못 견디는 시아는 계속해서 고개를 저었다.

"어쩌면 네 말이 맞을 수도 있겠지."

고개를 모로 기울인 시아가 지원을 겨냥해 말했다.

"하지만 나는 문제를 꿰뚫어 보기 때문에 그냥 알아."

좋을 대로 생각하라고 쏘아붙이고 싶었지만, 지원은 시아를 달랬다.

"네가 통찰력이 있는 건 사실이야."

성격이 강한 시아와 어울리는 것은 콜로니 생활에서 이점이 많았다. 이를테면 가끔씩 찾아오는 휴식 시간에 그늘을 차지할 수 있는 것도 시아가 먼저 그곳에 앉기 때문이었고 품행이 좀 괴팍한 재소자들에게 담배나 초콜릿을 강탈당하지 않을 수 있는 것도 성질 사나운 시아 덕분이었다. 무엇보다 시아는 교도관의 특성을 파악하고 있었다. 눈 밖에 나지도 않고 눈에 띄지도 않을 정도로 적당히 처신하는 기술을 시아는 몸소 실천해 보였다. 그 덕에 지원은 가외로 작업을 할당받거나 결박되거나 정신 감정을 받는 등의 어렵고 모멸스럽고 귀찮은 일을 한 번도 겪지 않았다. 지원은 그 이점을 잃는 것이 지금으로선 아무런 도움이 되지 않는다는 걸 알았다.

"잭 월리스도 죽겠군요."

오그멘티드 버추얼 비전(AVV)을 시청하고 있던 희도가 어색한 분위기를 깨트리며 한 마디 던졌다.

"그가 이번 재평가에서 좋은 점수를 얻지 못했나 봐요."

잭 월리스는 세계적인 축구선수였다. 이십 년 전까지만 해도 그를 당할 자는 아무도 없었다. 생명보호기구에서는 잭 월리스에게 아미토 회복특권을 부여함으로써 그의 선수 생활이 마감되지 않도록 독려했다. 아미토를 통한 신체 회복으로 잭 월리스는 근 십 년간의 전성기를 더 누렸다. 하지만 지난 2년간 리그에서의 성적은 형편없었다. 회복특권을 획득한 그에게 부상이나 컨디션 난조 등은 해명이 되어 주지 못했다. 그간에 선수 생활을 영위하면서 새로운 신체에 부합하는 새로운 플레이를 보여주지 못하면서 수를 모두 읽히고 말았다는 지적이 부진에 관한 가장 타당한 이유로 지적되었다. 지난 시즌이 끝나고 그가 퇴물이 된 것이라는 촌평이 잇따랐다. 이번 리그에서도 그는 주전 선수로 발탁되지 못했다. 특출한 비교 우위를 점하지 못하게 되면서 그에 대한 평가는 급속도로 실추되었고 종국에는 아미토 회복특권을 유지할 만한 자격을 상실하고 말았다.

지원은 잭 월리스를 아미토 회복특권의 직위로부터 해제한다는 자막에 오랫동안 시선을 두었다. 시아는 팔짱을 끼고 코웃음 치며 말했다.

"한제희도 죽는 마당에 그깟 잭 월리스 따위가 죽지 않겠어?"

한제희는 지난해에 회복특권 수여자(受與者)로서의 직위가 해제된 이론 물리학자였다. '한 평형'과 '대립 우주' 개념으로 노벨물리학상을 수상한 공적을 치하하고 장래에 연구에 전념하여 인류에 이바지할 것을 장려하는 의미에서 회복특권자가 되었다. 그러다 발벨러스 병에 걸려 오랜 투병 생활을 이어가게 되었다. 발벨러스는 건강한 육체를 끊임없이 침식하는 새로운 종류의 혈액 암이었다. 한제희의 연구를 위하여 생명보호기구에서는 그에게 아미토를 통한 무한한 회복을 지원했지만, 회복 지원이 도저히 끝이 보이지 않게 되자 그것을 '소모적인 생명 연장 활동'으로 규정하여 돌연 회복특권 수여자로서의 직위를 해제한 것이 말거리가 되었던 전례가 있었다.

"사람이 죽는 것이 어째서 뉴스거리가 되는지 모르겠네."

시아는 로비를 성큼성큼 지나 방으로 들어갔다.

9

요한이 죽은 것은 다음날이었다.

유진은 그의 처리를 맡았다. 환원실에서 요한을 리덕터에 집어넣으며 유진은 작은 목소리로 죄송하다고 말했다. 식은 땀이 비 오듯 흘렀고 손은 사시나무처럼 떨렸다. 섹터B와 섹터F를 바꾸자는 유진의 제안을 무시했더라면, 요한은 지금의 유진의 자리에서 유진의 처리를 맡고 있을지도 몰랐다. 유진은 그런 가능성을 무시할 수 없었다.

유진이 섹터B를 포기한 것은, 그곳의 재소자가 너무 어렸기 때문이었다. 섹터B를 구성하는 재소자들은 대부분 이십 대 이하였다. 그 중에서 십 대 후반의 비율은 5분의 1을 넘었다. 열살에서 고작 몇 살을 더 먹고 지을 만한 죄가 무엇이 있었을까. 하지만 십 대는 가장 무모할 수 있는 시기였다. 그에 반해

전전두엽은 미처 발달하지 못해서 그들의 충동을 억제할 만한 통제력이 갖추어지지 않은 때이기도 했다. 그렇게 보면 십 대야말로 범죄를 저지르기에 가장 쉬운 나이였다.

하지만 중대한 범죄를 저지른 십 대라고 할지라도 감염을 마땅한 것으로 볼 수는 없었다. 하지만 십 대의 활성은 가능한 질병의 발현체로서 가장 훌륭한 표본이었다.

테라노이어 균이 한 차례 지구를 휩쓸고 지나간 뒤, 지구 인구의 12분의 1이 사망하였다. 오랫동안 새로운 항생제를 개발하지 않은 결과였다. 동물 실험을 통해 효과가 검증된 치료제는 인체에는 효과가 없었다. 더딘 임상 실험을 해 나가는 사이 감염자는 차곡차곡 늘어갔다. 병균의 취약 계층은 아미토를 통한 회복에 접근할 수 없는 계층과 겹쳤다. 그러나 아미토를 통한 회복에도 한계는 있었다. 병균이 계속해서 건강한 신체를 잠식시켰기 때문이다. 일각에서는 테라노이어 균이 몰고 온 파장을 세계 전쟁에 빗대었다. '테라노이어 워'는 점차 범용의 명사로 취급되었다.

테라노이어가 인간을 숙주로 삼은 지 4년 3개월 만에 세계보건기구는 테라노이어 워의 종식을 선언했다. 획기적인 치료법의 개발덕분이었다기보다는 집단 면역에 의한 것이었다.

변종은 언제든 다시 출몰할 수 있었다. 세계는 제2차 테라노이어 워의 발발을 막기 위한 항생제 개발에 박차를 가했다.

보건기구가 주목한 곳은 콜로니였다. 4년여의 '전쟁' 기간 동안 단 한 명의 사상자도 나오지 않은 유일한 장소. 세계로부터 고립된 재생인간의 서식지. 가장 위험한 사람들을 모아 놓았지만 결과적으로 가장 안전했던 곳.

보건기구는 뒤집어 생각해 보기로 했다. 감염병으로부터 안전했던 지역이라면, 그곳을 위험하게 바꾼다고 해도 세계는 영향을 받지 않게 될 거라고. 콜로니의 재생인간을 대상으로 한 생체 실험 프로젝트는 그렇게 하여 비밀리에 서막을 올렸다.

보건기구로부터 지령을 전달받은 각 재생기술개발원은 관할 콜로니에 '차세대 항생제 개발을 위한 지구적 동맹'이라는 주제의 보고서를 발송했다. 보고서는 항생제 개발을 위해 콜로니의 재소자를 실험체로 사용하는 데 협조하라는 입장문이었다. 대부분의 콜로니는 이에 반발했다—이의를 제기 않고 일찌감치 원에 협력한 콜로니도 있었다. 콜로니2나 콜로니18 같은 경우였다—재소자의 관리와 보호, 처벌은 콜로니의 고유 권한이며 원에 이임할 수 없다는 거였다. 콜로니가 대립각을 세우자 재생기술개발원은 원대로 콜로니를 압박하기 시작했다. 먼저 콜로니에 대한 모든 지원을 끊었다. 콜로니의 재정적 의존도가 높은 만큼 콜로니가 독자노선을 걷기 어렵게 하려는 의도였다. 표면적으로는 오랫동안 집행되지 않은 형장에 혈세를 낭비할 수 없다는 명분을 내세웠다. 장기간 지속된 테라노이어 워로 국가 재정이 사실상 바닥을 치는 상황이었던 것이다.

이에 콜로니는 콜로니대로 자구책을 마련했다. 돈을 벌어들일 수 있는 사업을 시작한 것이다. 재소자의 전직은 학생과 의사, 주부, 광대, 해커, 프로그래머, 밀매업자, 군수용품 제조 종사자 등으로 다양했다. 자금을 마련하기 위해 목각인형이나 누비 용품을 만드는 곳도 있었지만 로봇이나 방위산업을 시작한 곳도 있었다. 콜로니21에는 넓은 대마밭이 있었다. 겨울이면 혹한기가 찾아오곤 했지만 콜로니의 뒤편을 둘러싼 유리 수목원은 대마를 재배하기에 최적의 시설이었다. 나선형의 수감동을 두 팔로 껴안듯 둥글게 감싸 안은 대마밭은 그곳을 안식처로 느끼게 만드는 귀중한 자산이기도 했다. 콜로니21에서는 대마 산업으로 정부 예산 지원이 끊긴 위기를 타개하고자 했다. 결과는 만족스러웠다. 상품화 된 것은 마리화나뿐만 아니라, 삼베와 같은 옷감도 있었다. 질 좋은 대마에 대한 시장의 평가가 관대하게 내려지자 콜로니는 정부의 지원없이도 스스로 자금을 조달할 수 있게 되었다. 다른 콜로니도 사정은 크게 다르지 않았다. 각 정부로서는 당혹스러웠다. 정부의 압박으로 말미암아 콜로니의 재정 자립도가 높아지고 만 것이다. 그러나 정부는 별다른 해법을 모색하지 않았다. 콜로니의 대외 무역을 전면적으로 금지한다는 법령을 마련하는 것으로, 콜로니가 각고의 노력을 기울여 얻어낸 과실을 간단히 빼앗았다. 콜로니의 전멸은 시간문제라고 생각했다.

실제로 하나둘 원에 협력하겠다는 콜로니가 늘어났다. 전면적인 승인은 아니더라도 적극적인 검토를 해 보겠다는 콜로니도 있었다. 하지만 대부분의 콜로니가 재소자에 대한 고유 권한을 포기하지 않겠다는 입장을 강력하게 내세우고 있었다.

그중 콜로니17은 '독립과 자존을 위한 투쟁'이라는 이름으로 반정부 시위를 이끌었다. 무력의 개입이 일절 없는 평화 시위였지만, 이에 상당한 콜로니가 동조하여 운동의 규모는 원의 통치력을 위협할 정도로 커졌다. 재생기술개발원으로서는 협력하지 않는 콜로니가 몹시도 껄끄러웠다. 그렇다고 해도 콜로니의 독자 행동을 막을 만한 강제력은—표면적으로는—갖고 있지 않았다.

문제가 발생한 것은 이때였다. 미확인 드론이 재생기술개발원 청사 주위를 도는 것이 목격되었기 때문이다. 원에서 드론을 잡아 조사한 결과 콜로니17의 소유인 것으로 드러났다. 콜로니17은 신형 드론의 성능을 가늠해 보기 위해 시험비행을 하던 중이라고 밝혔으며, 전투력은 전혀 없는 정찰용일 뿐이라고 해명했다. 그러나 원에서는 발사가 가능한 전투용 드론이었다고 밝히며, 원의 존립을 위협하는 심각한 수준의 테러라고 명명했다. 이에 원은 관련된 콜로니17의 간부와 교도관들을 전부 무기징역형에 처하는 엄벌을 내렸다. 콜로니17에서 날려 보낸 드론은 단순 정찰용이었으며, 내려진 선고 또한 지나치다는 내부 의견이 팽배해짐에 따라 콜로니17에서는 반격을 가했다. 신무기를 만들던 콜로니답게, 그곳에서 준비한 반격은 드론을 통한 것이었다. 이번에는 정말로 전투용이었다. 곡선을 그리며 목표물을 추적하는 마법의 탄환을 장착한 드론이었다. 탄환은 자유 곡선을 그리며 재생기술개발원에 무차별 발사를 가했다. 재생기술개발원에서 근무 중이던 직원이 대거 사망했고 시가지가 공격당하며 무고한 시민이 죽었다. 세계는 분노했고 콜로니를 괴멸해야 한다는 목소리가 여기저기서 들려오기 시작했다. 이로써 정부는 콜로니를 침략할 정당성을 획득했다. 정부에도 신무기는 있었다. 바로 차세대 병원균 테라엑스였다. 테라엑스 배양액은 새로운 항생제를 개발하기 위해 고안된 전염병균이었다. 이름에서 알 수 있는 것처럼 오염된 토양에서 추출한 방선균과 또 하나의 그람양성

균인 황색포도상구균의 플라스미드 결합으로 만들어 낸 슈퍼 박테리아였다. 테라엑스 박테리아의 가공할 만한 위력은 침투력과 인체 순응력에 있었다. 인체에 침습하면 건강한 세포에 잠입해 공생하는 듯하다가, 미토콘드리아를 먹어치우고 그 자신이 정상 세포의 미토콘드리아가 되는 방식으로 번식해 나간다. 짧게는 이틀에서 길게는 3주에 걸쳐 잠복기를 갖다가 급성 테라엑스 감염증이 나타나며 병이 발현되기 시작한다. 일단 걸리기만 하면 기어이 사망에 이르는 무서운 균이었다.

정부는 더 이상의 우회적인 공격을 멈췄다. 정부 군대는 콜로니17에 테라엑스를 대량으로 살포했다. 콜로니17은 순식간에 지구에서 가장 위험한 지역이 되었다. 하지만 그 위험이 지구로 뻗어오지는 못했다. 콜로니17 역시 고립된 섬이었기 때문이다. 드론을 통한 공격은 한계가 있었다. 비축된 탄환이 넉넉하지 않고 기술자들이 감염증으로 하나둘 목숨을 잃었던 탓도 있었다. 정부군은 확실한 승기를 잡기로 했다. 콜로니17이 날려보낸 드론에 바이러스를 심은 것이다. 네트워크로 움직이던 드론은 하나가 감염되자 순식간에 같은 운영체제를 사용하는 전부가 바이러스에 감염되었다. 바이러스에 감염된 드론은 콜로니17 가까이 날아가 스스로 폭발물을 터트려 파괴되도록 설계되었기에, 콜로니17에 인접한 해상에서는 한동안 폭발음이 폭죽 소리처럼 울려퍼졌다.

콜로니17의 완벽한 패배였다. 지켜보던 다른 콜로니들은 순순히 항복을 선언했다. 어차피 다른 도리도 없었다. 정부는 콜로니로의 지원을 약속했다. 다만 조건이 있었다. 처음에 전달한 대로, 재소자들을 항생제 개발을 위한 테라엑스 실험군으로 쓰기로 하는 거였다. 콜로니는 이에 전면 동의했다. 콜로니17의 비참한 죽음을 목도한 교도관들은 교도관이 실험 대상에서 제외된 것을 다행으로 여겼다.

이 거래는 공개되지 않았다. 콜로니와 정부는 평화 조약에 의해 다시금 협력하는 체재로 돌입한 것으로 대외적으로 알려졌다. 대내적으로는 일부는 진실에 접근할 수 없었다. 재소자들은 10주가 되면 맞아야 하는 주사가 자신들의 공격성을 측정하는 주사인 줄로 알고 맞았다. 감염된 뒤에 주기적으로 맞는 주사와 처방받은 알약에 대해서는 공격성을 누그러뜨리는 약인 줄 알고 맞았다. 자신이 실험 대상이 된 줄도 모르고 환원을 신청하는 재소자도 생겨났다. 그들은 아무래도 누그러지지 않은 공격성을 마지막까지 탓했다.

그들에게 내재된 폭력성이라는 것을 무시할 수는 없었지만, 폭력성은 테라엑스 감염증의 전형적 증상이었다. 감염 1기에는 고열과 호흡곤란이라는 전형적인 감기 증세를 보이다가 2기에 이르면 과도한 폭력성을 동반한 섬망증이 주된 증상으로 나타났다. 그러다가 3기에 이르면 전신무력감이 감염자를 찾아왔고 날로 건초더미처럼 시들어갔다. 4기는 사망이었다. 테라엑스 균은 후기에 이를수록 전염성이 강해졌다. 너무 진행되지 않은 상태로 죽는 것이 교도관에게도 안전한 일이었다. 혹은 실험 대상이 되는 입소 10주가 되기 전에 환원을 선택하는 것이 모두에게 다행스러운 일이었다.

유진은 날짜를 세어 보았다. 앞으로 10주 후면 3월이었다. 유진은 봄이 오기 전에 실험 대상이 될 재소자들을 머릿속으로 떠올렸다.

10

재생기술개발원에서 파견되어 온 남자는 자신을 조 팀장이
라 불러 달라고 말했다.

"살아있는 화석이라더니, 그 말이 실감 나네요."

소장의 안내로 그는 얼마간 자리에서 일어나 자신을 소개했
다. 등 뒤의 창으로 풍랑이 이는 바다가 너머다 보였다.

육지에서 콜로니21은 '살아있는 화석'으로 통했다. 콜로니
에서 육지에 있는 사람들을 '지상의 인간'이라 칭하듯이 그들
에게도 콜로니의 사람들은 다른 존재였다. 콜로니의 기물과
콜로니에 머무는 사람들을 지배하는 생활양식은 지상에서의
흘러간 100년을 복제해 놓은 듯 뒤처져 있다. 의도적이기도
하지만 기술적인 한계도 있었다. 넓고 먼 바다 한가운데에 있
는 외딴 섬까지 첨단 기술을 조달하기는 어려웠던 것이다. 더

욱이 재생인간을 위해 그 정도의 수고까지 들일 수는 없었다.

이곳이 살아있는 화석이 된 데에는 콜로니의 구조도 한 몫을 했다. 안에서 바깥으로 바깥에서 안으로 휘감기는 나선의 형태로 축조된 건물의 모양이 중생대에 멸종한 생물 암모나이트를 연상시켰기 때문이다. 그로 인해 지상의 생물, 조 팀장의 등장은 유적 발굴단의 흙손처럼, 두껍게 내려앉아 있던 콜로니의 타성을 걷어내 줄 것만 같았다. 자리에 앉은 그가 탁자에 양 팔꿈치를 괴고 말했다.

"이요한 교도관의 일은 참으로 유감입니다."

예상보다 훨씬 빨리 본론으로 진입하는 그의 화법에 콜로니의 교도관들은 당혹감을 감추지 못했다. 괜한 헛기침을 하는 자가 있는가 하면, 고개를 돌리고 옆 사람과 말을 주고받는 자도 있었다. 바람에 흔들리는 보리밭처럼 회의실이 음전하게 술렁이는 가운데 소장만이 미동도 하지 않고 조 팀장의 말을 듣고 있었다.

"처음에 우리는 당치 않은 일이라 여겼습니다. 감염병으로 숨진 교도관을 재생해서 다시 일하게 한다는 것이, 인간적이지도 않다고 여겼기 때문입니다."

조 팀장은 방금 한 말의 합당함을 검열하는 듯이 눈앞에 검지를 세워 보였다.

"하지만 그가 감염되어 숨지지 않았다면, 여전히 콜로니21

의 교도관으로서 일했을 것입니다. 그는 꽤 모범적이고 성실한 교도관이었다고 들었습니다. 어린 재소자 비율이 높아서 누군가 포기했던 섹터B를 맡으면서도 그는 죄수들의 삶이 다하기 전에 새로운 항생제가 개발되기를 바라마지 않았습니다."

누군가 포기했던 섹터B의 이야기가 나올 때 교도관들은 유진이 있는 쪽을 흘끔거렸다. 조 팀장은 말을 이어갔다.

"하지만 결과는 잔인했습니다. 테라엑스 균을 막아낼 항생제가 개발되기 전에 죄수들은 무릎을 꿇었고 그들을 돌보던 그마저 목숨을 잃고 말았습니다."

침묵이 회의실을 에워쌀 뿐 누구 하나 선뜻 발언하지 않았다.

"이 교도관은 현재 리덕터를 통해 스위칭된 상태라고 들었습니다. 그가 소거되지 않고 재생될 수 있는 유예기간이 60시간 정도 남아 있다는 말이 됩니다."

조 팀장은 회의실 중앙에 화면을 띄웠다. 재생기술개발원장의 허가 서명이 첨부된 문건이었다.

"단도직입적으로 말씀드립니다. 우리 원은 이 교도관의 재생을 승인하기로 했습니다."

회의실에 소란이 찾아왔다. 환호를 지르며 기뻐하는 교도관들도 보였다. 청원에 동참한 자들이었다. 상기된 얼굴의 교도관들이 서로의 얼굴을 바라보며 노고를 치하한다는 듯 미소를 지어 보였다. 소장은 요한이 폐재생인간처리장으로 이송되지 않도록 조치를 취하라는 개인 메시지를 유진에게 보냈다. 조 팀장은 다시 양 팔꿈치를 괴었다. 그러고는 들을 준비가 된 청중을 향해 연설의 마지막 말을 내뱉었다.

"이것이 우리가 숙고한 결과입니다."

그 전까지 유진은 자신을 불편한 존재라고 여겼다. 모두의 편리를 위해 눈 감고 싶어 하는 일부의 불편함이 자신이라고. 그것이 재생인간의 정체성이라고. 조 팀장의 선언이 있은 후 유진은 자신의 생각을 약간 수정했다. 사람들에게 재생인간은 위험한 물질에 지나지 않는다고. 그들이 자신과 같은 재생인간에게 품은 가장 기초적인 마음은 병원체를 주입해야만 극복할 수 있는 두려움일 거라고.

그것은 유진에게도 두려움이었다. 조 팀장의 말은 재생인간의 몸 하나하나를 시험관으로 삼겠다는 선언이라고 유진은 생각했다. 교도관인 자신은 생체 실험에서 면제되는 대상이라는 것이 안도감을 안겨 주기 전에, 재소자를 향한 동질감과 이질감이 마음속에서 투쟁을 벌였다. 거울로 이루어진 절벽 위에서 외줄타기를 하는 기분이기도 했다. 한 발자국 뗄 때마다 '저들은, 나다. 나는, 저들과 같다. 언젠가 저들처럼 될지 모른다.' 하는 목소리가 골짜기에서 메아리쳤다. 수레바퀴처럼 굴러가며, 그렇게 소용되는 것이 자신을 기다리고 있는 미래인지도 모른다고 유진은 막연히 짐작했다.

적어도 2주 이상이 소요될 것이라 예상했던 바와는 달리, 정부의 승인은 사흘 만에 이루어졌다. 콜로니 측에서 그를 요식행위로 보는 것도 당연했다. 승인이라는 이름으로 이미 합의된 사안을 확인하는 것에 지나지 않은 것 같았다.

교도관의 무한 재생은 추가 설비를 요하지는 않았다. 리덕터를 통해 보존 기간을 확보한 인체를 엘리미네이터가 있는 폐재생인간처리장 대신에 재생센터로 보낸다는 것이 달라질 부분이었다.

현재로서는 만들어낸 일화 기억을 재생인간에게 심을 수는 있지만, 특정한 기억만을 말끔히 삭제하는 기술은 개발되지 않았다. 재생된 횟수만큼의 덧씌워진 기억이 그들을 혼란스럽게 하지 않을까, 하는 우려가 있었지만 심각하게 고려되지는 않았다. 재생인간은 어차피 기억의 혼재 속에 살아가야 하는 존재였던 것이다.

11

　요한이 모두의 예상을 깨고 콜로니21로 돌아온 것은 나흘 뒤였다. 재생센터에서 재생된 인간은 필요한 곳에 무작위로 보급되었기 때문에, 그의 경우에도 다음 거처는 콜로니21이 아닌 다른 곳이 될 것으로 많은 이가 내심 짐작했다. 최근 인력난을 겪고 있는 콜로니16이나 콜로니8이 거론되기도 했다. 다수의 교도관이 테라엑스 감염증으로 사망한 콜로니4의 상황이 더 열악한 것을 감안하여 그곳에 파견될 것을 예상하기도 했지만 하여튼 콜로니21로의 귀환을 점친 자는 아무도 없었다.

　교도관들은 그들 각자가 재생된 이력을 갖고 있으면서도 재생인간을 처음 보는 양 요한의 귀환을 신기해했다. 그들은 요한에게 질문 세례를 퍼부었다. 죽을 때 어떤 기분이었어?,

다시 테라엑스에 감염된다면 어떻게 할 거야?, 이곳으로 올 줄 알았어?, 깨어날 때 심정이 어땠어?

요한은 그 모든 질문에 침착하게 대답했다. 다만 아주 상세하지는 않았다. 당신들도 아는 그런 기분이었어. 그 모든 질문에 그는 그렇게 대답했다. 하지만 한 가지 질문에 대해서는 그는 조금 신중한 태도로 답변했다. 회상을 위해 눈동자를 위로 올리기도 했다. 그 질문은 이랬다.

지금은 아프지 않아?

요한은 재생센터에서 재생인간이 거치는 기본 교육 외에도 특수한 훈련을 더 받았다고 했다.

눈을 떴을 때 나는 회복실에 있었어. 나 말고도 여러 재생인간이 넓은 회복실 침대에 누워 있었지. 깨어났다는 신호가 포착되면 투명한 옷을 입은 검사자가 가까이 와서 바퀴 달린 의자에 앉히고는 나를 검사실로 데리고 갔어. 검사실로 가는 동안에 마주친 벽면도 모두 투명했어. 센터에서 일하는 사람들도 모두 겉옷 위에 투명한 유니폼을 받쳐 입고 있었어. 통신이 지원되는 것은 물론이고 간단한 검사도 마칠 수 있는 최신의 옷인 것 같았어. 내가 신기해하며 도착한 검사실은 사방이 화면으로 이루어져 있었어. 내 뇌를 촬영한 영상이 중앙 화면에 위치했고 좌우로는 붉은색, 초록색, 푸른색, 노란색 등으로 표시된 알 수 없는 표시들이 가득했어. 아무것도 모르는 내 눈에는 이국의 지도나 의미 없는 얼룩으로 보이기도 했어. 나는 계속 아팠어. 깨어난 다음에도 계속해서. 잘려 나온 풀 더미가 되어 말라가는 기분이었고 고장 난 시계 속에 꼼짝없이 갇힌 기분이었지. '인간들'은 나를 검사했어. 그러고는 내 뇌를 촬영한 그림을 보여줬어. 새로운 몸에 이식된 이후에도 앞쪽 전측 대상회의 활성도가 너무 높다는 이야기를 했어. 나는 알아들을 수 없었어. 너무 반복해서 들었기 때문에 어느 부위인지 기억하는 것뿐이야. 나는 앞쪽 전측 대상회의 활성도를 떨어뜨리기 위해 노력했어. 뾰족한 수는 없었어. 아프지 않다고 느끼는 것. 졸리다고 생각하는 것. 다른 생각을 하면서 고통을 줄일 생각을 하는 것. 결국에 나는 해냈어. 여전히 아프지만 아프지 않다고 말이야. 무감각해지는 법을 배웠어. 너희들도 배우게 될 거고 배워야 할 거야. 그건 정말이지 끔찍한 고통이니까.

자기에게 제공될 재생의 가능성에 대해서는 희망적인 전망을 하면서도 그 전에 수반될 죽음에 대해서는 심각하게 고려하지 않았던 교도관들의 얼굴에 그늘이 내려앉았다. 그래도 대체로 요한을 반기는 분위기였다. 유진이 요한을 본 것은 그가 재생센터에서의 훈련에 대해 회고할 때였다. 사람을 죽였을 때보다 더욱 자신 없는 자세로 머뭇거리고 있는 유진에게 먼저 다가간 쪽은 요한이었다. 요한은 손을 내밀어 악수를 청했다. 유진은 요한이 내민 손을 맞잡았다. 요한이 말했다.

"너무 꽉 쥐지 말아줘. 그건 여전히 아프니까."

두 사람을 지켜보던 사람들에게서 웃음이 번졌다. 묘하게 들뜬 공기, 아무도 해치지 않는 가벼운 긴장감, 호의적인 웃음들. 유진은 교도관들 사이를 떠돌고 있는 그것이 무엇인지 알았다. 그것은 희망이었다. 직무를 끝없는 고행으로 여기는 교도관—적지는 않았다—들에게는 삶 자체가 절망이었지만, 좀 더 많은 경우에 교도관들은 죽기를 원치 않았다. 삶 자체를 고행으로 여겨서 스스로 목숨을 끊는 교도관들과는 달리, 그들이 죽을 수 있는 원인은 테라엑스가 유일했다. 교도관들은 콜로니 속에서도 때때로 울었고, 더 자주 웃었다. 그들이 희망을 반기는 이유였다.

12

　목욕이 가능한 시간은 아침 여섯 시 반부터 한 시간 동안이었다. 지원은 5시에 일어나 줄을 서서 목욕실 문이 열리자마자 목욕을 끝내고 자리를 지켰다. 귤향이 나는 바디로션을 듬뿍 바른 채로 이따금씩 거울을 봤다. 본관에서 상담이 이뤄지는 몇몇 경우를 제외하고 대체로 수감동은 이른 아침부터 상담으로 북적였다. 지원은 묘하게 들뜬 공기가 수감동을 지배하는 가운데 10분이 지나기도 전에 시계를 들여다봤고, 바깥에 소란한 소음이 들려오면—수감동은 교도관이 상담을 위해 방문하는 때를 제외하면 북적이는 소음을 일으키는 일이 거의 없었다—문을 열어 로비를 살폈다. 유진이 다른 이를 먼저 상담하러 가는 것이 눈에 띄면 지원은 동태를 살핀 일이 없었던 것처럼 얼른 침대로 돌아가 책을 펴고 앉았다. 언젠가 그

앞을 지나던 유진이 '귤향이 나네요.'라고 말한 뒤부터는 목욕 후에 조금 더 많은 로션을 몸에 바르고 있었다. 귤향이 자신의 후각에도 감지되면, 그것이 평소보다 짙어서 코를 찌른다는 생각이 들 때면, 지원은 개인용 세면대에 서서 오랫동안 손을 씻었다. 팔뚝부터 손가락 끝까지 박박 훑어 씻는 그 모습은 마치 화가 난 것처럼 보이기도 했다.

유진이 F동을 들르는 시각은 일곱 시였다. 방사형의 수감동 구석구석을 돌며 지원이 있는 곳까지 닿는 데는 약 십오 분 정도가 걸렸다. 어떤 날은 더 일찍, 어떤 날은 더 늦게 나타났다. 조금 늦는 날에 지원은 관물대를 정리하고 개인용 포트—콜로니에서 재소자들은 잎차를 마실 수 있었다—에 물을 올렸고 조금 일찍 오는 날에는 수건을 목에 걸고 그를 지켜보았다. 유진이 다가오면 재소자들은 간밤에 있었던 일에 대해 이야기했다.

"교도관님! 잠을 통 못 잤어요."

"교도관님, 여기 좀 봐 주세요. 다친 것 같아요."

"교도관님! 머리 자르셨네요!"

지원은 마치 그 모습이 도깨비바늘이 바지에 달라붙는 모양 같다고 생각했다. 지원을 비롯한 재소자들이 유진이 그토록 의식하는 것은, 그가 자신들과는 다른 처지에 있었기 때문이었다. 유진이 한 재소자와 말을 평균보다 길게 나누면 금세 소문이 나기도 했다. '그 교도관이 너를 좋아하나 보던데?' 그런 가능성은 극히 희박했지만, 그런 식의 유추는 매우 흔했다.

몇 마디 말을 나눈 뒤에 유진은 그들을 떠났다. 그러면 재소자들은 유진을 다시 불렀다.

"교도관님, 우리에게도 주사를 놔 주세요."

하지만 유진은 짧고 단호하게 고개를 저으며 그들의 요청을 거절하곤 했다. 상담이 이루어지는 장소 곳곳에서 다른 교도관들이 주사기를 꺼내면 재소자들은 팔뚝을 내밀었다. 그러면 교도관은 다음과 같은 말을 하며 그들의 푸른 정맥에 바늘을 꽂았다.

"공격성을 측정하는 주사액입니다."

재소자들은 순순히 응했다. 저항하는 것이 곧 자신의 공격성을 증명하는 격이라는 생각에서였다. 아무도 항의하지 않는 가운데 바늘이 수십 명의 살갗을 뚫고 들어가는 장면이야말로 그곳에서 가장 공격적인 부분이었다.

유진이 재소자를 둘러보고 F동을 떠나는 시각은 여덟 시였다. 여덟 시가 되면 밥이 나왔고 지원은 너무 배고프지 않은 사람을 흉내 내며 허겁지겁 밥을 먹었다. 물 캡슐을 터트려 태블릿 위에 물을 떨어뜨리자 태블릿이 불어나며 분말처럼 풀어졌다가 점차 죽과 같은 모습이 되었다. 지원은 남은 물은 마시기 위해 물 캡슐을 쪽 빨아들였다. 비닐이 입속으로 들어왔다.

"주사액의 성분이 무엇인지 알아냈어."

지원의 앞자리에 식판을 놓으며 시아가 말했다. 언제나처럼 소근거렸기 때문에 지원은 입에 들어간 비닐을 뱉어내기 위해 고개를 숙이고 있으면서도 시아가 앞에 앉았다는 걸 알 수 있었다.

"아침마다 선배들이 맞는 주사 말이야."

시아가 다시 말했다. 옆 자리에서 조금만 귀를 기울인다면 충분히 들을 수 있을 만한 목소리였지만 시아는 여전히 속닥 거리는 듯이 상체를 낮게 수그리고서 말했다. 지원이 이렇다 할 반응을 하지 않자 시아는 살짝 울화가 치민 목소리로 물었다.

"너 내 말을 듣는 거니?"

지원은 입속에 단백질 태블릿으로 만든 죽을 넣고 우물거리며 대답했다.

"미안. 듣고 있는데. 말하기가 힘들어서."

시아는 어이가 없다는 듯이 얕은 한숨을 내쉬고는 다시 소근거렸다.

"십자가가 생기는 거야. 주사를 맞은 사람한테는."

"십자가?"

지원이 되묻자 시아는 자신의 관자놀이를 두드리며 주변을 두리번거렸다.

"죽음의 십자가 말이야. 죽음의 표식을 남기는 거라고."

"37-5479도 그럼 주사를 맞아서 십자가가 생긴 걸까요?"

옆자리에서 밥을 먹던 희도가 끼어들었다. 잡담의 보안 유지를 위한 노력은 소용없는 일이었다. 발화자가 정보의 보호를 바라지 않는다면 더욱이.

"그렇다니까. 너는 금세 알아듣는구나."

시아가 점수를 매기는 것처럼 희도를 향해 고개를 끄덕였다. 지원은 식사용 분말을 숟가락으로 개면서 물었다.

"주사를 팔에 맞았는데 머리에 십자가가 생긴다고? 어떻게?"

시아가 뾰족한 수를 찾는 듯이 눈알을 굴렸다. 그러나 제대로 대답할 수는 없었다.

"그것까지는 몰라. 어쨌거나 내 가설이 맞을 거야. 검증되면 너희들에게 제일 먼저 알려줄게."

시아는 어깨를 으쓱해 보이고는 캡슐에 든 물을 마셨다. 지원은 팔꿈치를 괴고 혼잣말 같은 질문을 던졌다.

"주사를 입소한 지 10주가 지난 시점부터 맞는 이유가 뭘까?"

"기회를 주는 것 아닐까요?"

"기회?"

"조금 더 인간답게 살 기회 같은 거요."

대답하고 난 자신도 머쓱했는지 희도가 물에 갠 분말을 크게 떠서 입 속에 집어넣었다. 시아와 지원은 눈이 마주쳤지만 동시에 고개를 돌렸다. 얼굴에 스친 인간다운 당혹감과 수치심을 들키고 싶지 않았기 때문이었다.

회진을 마친 유진은 자전거를 몰아 해변으로 갔다. 그곳엔 나무가 있었다.

나무는 늙고 볼품없었고 한쪽으로 지나치게 기울어 있었다. 무수한 가지와 듬성듬성 붙은 활엽수를 매달고 기울어진 나무는 마치 머리를 쥐어뜯으며 우는 모습 같았다. 콜로니에서 울부짖는 건 사람만이 아니었다.

나무의 한가운데에는 아궁이 모양의 옹이가 크게 있었다. 유진은 그곳을 무의 공간이라 불렀다. 무의 공간은 시간과 공간을 집어삼키는 곳이었다. 유진은 마음이 아플 때마다 자신의 마음속 빗장을 열고 들어가 시간 감각이 사라질 때까지 쉬곤 했다. 그럴 때면 언제나 동생이 떠올랐다. 동생이 죽은 것은 10년 전이었다. 그때 유진의 동생은 겨우 열아홉밖에 되지 않았다. 유진이 섹터B를 어려워한 것은 그곳의 평균 연령이 열아홉이기 때문이었다.

폭설이 내린 해변을 바라보며 유진은 그날의 광경을 떠올렸다. 쌓인 눈을 녹이며 번져가던 붉은 피. 당연한 죽음과 떳떳한 살인이 빚어낸 심장의 고동과 멈춤. 그리고 이곳에서 벌어지는 도리 없는 죽음과 떳떳하지 못한 살인의 장본인으로서 눈밭 위에 쭈그리고 앉아 있는 자신을 보았다.

주사를 맞은 재소자들과 주사를 아직 맞지 않은 재소자는 서로 다른 동으로 격리되었다. 주사를 맞고 나면 제타동과 요타동으로 보내졌다. 언젠가는 주사를 맞지 않은 재소자들의 비율이 현저히 줄어들 것이고, 종국에 그들은 겨우 한 동을 채울 정도만 남게 될지도 몰랐다.

유진을 비롯한 교도관들은 예방약을 먹고 있었고, 감염된 재소자를 담당하는 교도관은 따로 있었지만 감염되지 않으리라 장담할 수는 없었다. 유진은 감염된 자신을 상상해 보았다. 그리하여 다시 재생이 된다면 그때 기억하는 자신의 죽음은, 저 눈밭위에 펼쳐진 기억과 더불어 얼마나 선명할지 상상해 보았다. 자신의 죽음을 떳떳한 살인에 의한 도리 없고 당연한 죽음으로 기억하게 될지 생각해 보는 사이 무의 공간은 유진을 완전히 삼켜버릴 만큼 차가워졌다.

13

교도관의 무한 재생 시스템이 확립된 것은 요한의 재생으로부터 4주쯤의 시간이 흘렀을 무렵이었다. 환원을 희망하는 재소자가 그 즈음 섹터F에서 나왔다.

"겁먹지 말아요."

유진은 그에게 그렇게 말해 주었다. 매뉴얼 대로였다. 그러면 지나(58-559)가 대꾸했다.

"이대로 다시는 일어나지 않았으면 좋겠어요."

환원을 바란다는 지나의 의사에 유진이 제시할 수 있는 답은 '음식은 무엇으로 준비하면 되겠느냐'는 것. 유진이 할 수 있는 일은 그 정도였다.

지나는 팥죽이 먹고 싶다고 했다.

"선생님, 저는 시골에서 살았어요. 제가 말씀드렸던가요? 제가 아버지에게 많이 맞았다는 것을요. 요즘에는 그런 일을 학대라고 표현한다고 하지만, 저는 제가 받는 것이 학대인지도 모르고 자랐어요. 아버지가 제 계부라는 사실을 나중에야 알게 된 것처럼요. 아직 어렸을 때였는데, 하루는 계부가 나를 하도 때려서 산 너머로 도망친 일이 있었어요. 돌아가면 개죽음 당할 게 빤하니까 돌아갈 수도 없었어요. 산에서 나무뿌리와 뱀딸기를 먹으며 배를 곯다가 사흘째 되던 날 오후에 눈이 뒤집힐 것 같은 굶주림으로 비탈을 뛰어 내려갔어요. 마을이 보였거든요. 쇠죽 끓이는 냄새에 이끌려 한 집으로 들어갔어요. '누구야?' 묻는 여자 목소리가 들려왔고 잠시 후에 후덕한 부인이 부엌에서 나왔어요. 나는 그녀를 보고 마음을 놓았어요. 마음이 좋아보였거든요. 인사를 어떻게 해야 하나 쭈뼛거리고 있었는데, 그 부인이 먼저 나를 보고 알은체했어요. '어, 너 왔구나.' 하고요. 이미 계부의 소행은 건넛마을에까지 소문이 났던 거였어요. 부인은 이것저것 묻지 않고 제게 음식을 줬어요. 그게 팥죽이었어요. 한솥을 끓였는데 사흘을 굶었던 터라 솥단지를 다 비워버렸어요. 나는 부인의 집에서 새벽 내내 트림을 했고 집으로 돌아가 아버지께 맞으면서도 트림을 했어요. 그 후로 나는 아버지가 나를 때리거나, 때릴 것 같은 예감만 찾아와도 그 집에 갔어요. 부인은 언제나 별말 없이 제게 팥죽을 끓여줬어요. 팥죽은 제게 예의바른 음식이었어요. 그 불그죽죽한

색이 마치 내게 조의를 표하는 것 같았거든요. 어느 날이었어요. 부인이 아버지께도 갖다드리라고 팥죽을 싸 주셨어요. 너는 절대 먹지 말고 꼭 아버지께 드리라고 당부하면서요. 나는 부인의 집에서 많이 먹었기 때문에 집을 나설 때만 해도 별로 생각이 없었지만 산을 넘어가면서부터는 슬슬 배가 고파지기 시작했어요. 그래서 아버지께 싸 준 팥죽 뚜껑을 열어 보았다가, 다시 닫았어요. 아버지의 음식을 빼앗아 먹는 건 예의바르지 못한 행동일 것 같았고 나는 천벌 받을 것이 두려워 먹고 싶은 마음을 꾹 참고 집으로 갔어요. 나는 어려서부터 그게 무엇인지도 모르면서, 막연히 받을 것을 두려워하곤 했던 것 같아요. 벌, 학대, 사랑 같은 거요. 아버지께 팥죽을 드렸더니 아버지는 나를 때리지 않고 죽을 드셨어요. 그리고 다음날 아침에 일어나지 않으셨어요. 혀가 마치 칼국수처럼 길게 뽑힌 상태로 보료 위에 누워계셨는데 그게 제 처용가면이 되었어요. 그 뒤로 나는 별 탈 없이 자랐고요. 아시는 얘긴가요? 그래서 나는 재생인간이 되었어요. 아버지를 죽인 죄로요. 그리고 쓰레기장에서 일을 했고 결혼을 했고 남편과 아이를 때렸어요. 나는 그것이 무엇인지도 모르면서 고스란히 계부로부터 물려받았거든요. 벌, 학대, 사랑 같은 걸요. 그게 제 방식이었고, 나는 그것 말고는 다른 방식을 본 적도 없었어요. 남편과 아이가 죽은 대가로 나는 여기로 왔어요. 여기에 와서 달라진 점이 있다면 이제는 내가 받는 것이 무엇인지 알면서 받는다는 거예요. 벌, 차별, 혐오 같은 거 말이에요. 그리고 나는 그게 당연하다고 생각해요. 어때요, 교도관님. 제가 팥죽을 먹어도 될까요?"

그럼요, 문제없어요. 유진은 그렇게 말하고 취사장으로 내려갔다. 적두가 얼마나 남았는지 헤아려보려는 것이었다. 한 줌, 두 줌, 세 줌……. 부족하기는 했지만 한 그릇의 팥죽을 끓이는 데엔 문제가 없을 것 같았다.

유진은 소장실로 갔다. 지나의 환원 의사를 보고하기 위해서였다.

"환원 희망자가 나왔습니다. 섹터F의 손지나라는 재소자입니다."

2년 만의 향연이 있은 후 한 달만의 새로운 향연이었지만 소장은 예상했다는 반응을 보였다.

"이제 나올 때가 되었지."

소장은 덤덤하게 적당한 날짜를 짚어 주었다.

"말씀하신 날짜에 향연을 열도록 하겠습니다."

"혹시 말이야."

소장은 돌아서는 유진을 불러 세웠다.

"특이 사항이 발견되면 즉시 보고하도록."

유진은 알겠다고 말한 뒤 소장실을 나왔다. 무엇이 특이한 사항에 속하는 것일지 짐작해 보면서.

향연은 이틀 뒤에 이루어졌다. 향연이 끝난 뒤 유진은 환원실로 지나를 데려갔다. 거기까지 진행되는 데 가장 큰 걸림돌은 마지막 식사 준비에 쓸 팥의 재고가 얼마 되지 않았다는 것 정도였다.

유진은 둥근 고치 같은 캡슐 속에 지나를 눕혔다. 뚜껑을 덮고 리덕터 본체에 삽입시키면 스위칭이 진행되었다. 지나는 저항 없이 캡슐 속에 누워 있었다. 유진도 지나도 말이 없었다. 작별 인사 같은 것은 부질없다고 생각했기 때문이었다.

스위칭 중에 지나의 몸이 흐트러지는 것을 막기 위해 팔과 다리를 고정시켰다. 머리도 고정해야 하는 부분이었다. 도중에 목이 흔들리지 않도록 캡슐 속 머리 부근에는 헬멧 모양의 고정 장치가 부착되어 있었다. 유진은 헬멧을 씌워 주기 위해 지나의 머리를 양측에서 붙잡았다. 지나는 머리가 긴 편이었다. 어깨까지 내려오는 지나의 앞 머리카락이 이마에서 귀 쪽으로 내려왔다. 유진은 지나의 머리카락을 귀 뒤로 넘기며 헬멧을 내렸다.

지나의 머리카락이 들추어지자 관자놀이 부근에 자리한 십자 무늬가 보였다. 길이 2밀리미터 정도의 작은 십자가였다. 유진은 지나의 귀 뒤로 넘겼던 머리카락을 쓸어 앞으로 보냈다. 머리카락에 파묻혀 십자가는 보이지 않았다.

스위칭 버튼을 누르려는데 지나가 피를 토하기 시작했다. 지나는 점점 많은 피를 토하더니, 어렵게 입을 열어 말을 했다.

"선생님……, 제가 뭔가를 먹었어요. 그게 무엇인지도 모르면서……."

지나는 마지막 한 덩어리의 피를 토하고는 정면을 바라보며 숨을 거뒀다. 지나의 벌어진 입술 틈으로 보랏빛으로 변한 혀가 보였다.

지나가 시작이었다.

다음 주가 되자 환원을 희망한다는 재소자의 숫자가 무려 60명에 달했고 그중 58명이 향연을 치르기 전에 죽었다. 아직 살아있는 재소자가 두 명에 불과했기에 향연은 이틀 만에 끝났다. 어차피 하루에 한 건 이상의 향연은 치러질 수 없었다.

향연의 날짜와 주인공은 각 동별로 게시되었기에 수감동의 로비는 죽은 재소자에 대한 화제로 북적였다. 테라동도 예외는 아니었다.

"뭔가 음모가 있는 게 틀림없어."

삼대에서 삼을 벗기며 시아가 말했다. 두툼한 면장갑의 손바닥 부분이 황록빛으로 물들어 있었다.

"눈빛만 보면 알 수 있어."

시아는 오랜 심문 경험 덕분에 범인을 쉽게 파악할 수 있다고 했다. 하지만 자신이 이곳에서 귀띔해 줄 수 있는 범인이란 커피와 쿠키 도둑 정도라는 것을 시아는 모르지 않았다.

"범인이 따로 있을까요?"

"당연히 있어. 범인 없는 죽음은 없다고. 심지어 자살마저도 그러한 선택으로 내모는 사람이 있게 마련이지."

같은 자세로 옆에서 삼의 껍질을 벗기던 희도에게 시아가 말했다. 희도는 기다란 삼의 줄기를 중간에서 한 번 꺾어 대에서 껍질을 분리해냈다. 부러진 삼대의 짧은 쪽을 뽑아 버리고 줄기와 껍질 사이에 엄지를 넣은 다음 기다란 삼대를 향해 손가락을 훑으면 죽죽, 삼의 껍질이 벗겨졌다. 부러진 삼대가 한쪽에 쌓여갔다.

넓은 작업장 창가에는 화분이 촘촘히 서 있었다. 싱고니움이었다. 공기를 정화한다고 알려진 식물이라고 치료사는 말했다. 하지만 시아는 믿지 않았다. 정화는 교화와 마찬가지로 눈에 보이지 않는 이상에 불과한 것이었다. 재생인간이 되기 전 시아가 있던 교도소는 비교적 가벼운 형을 선고 받은 죄수가 수용된 장소였다. 그곳에서도 지금과 같은 작업 치료 시간을 갖긴 했지만 둘의 성격은 완전히 다르다고 할 수 있었다. 사회로의 복귀를 앞두고 있는 재소자들을 실질적으로 교화시키려는 의지가 그곳의 치료사들에게 있었다면, 원소로의 '환원' 외에는 사회로 환원될 도리가 없는 콜로니의 재소자들은 치료의 대상이 아니었다. 치료사뿐만이 아니라 누구라도 그랬다. 더 나아지기를 기대하지 않으면서 치료라는 이름을 붙인 활동의 진짜 목적은 노동을 통한 피로 축적이었다. 피로는 날로 의지를 꺾었고, 의지가 꺾인 인간은 다루기가 수월해졌다. 10주를 경과한 재생인들이 주사 바늘 앞에 고분고분 팔뚝을 내밀 수 있는 것은 그들의 피를 타고 흐르는 처분할 수 없는 피로 때문이라고 시아는 생각했다.

공격성을 측정한다는 그 주사액은 어딘가 석연치 않았다. 시아는 입소 7주 차에 접어들고 있었다. 시아는 입소 동기인 희도와 지원을 바라보았다. 그들의 피 속에 흐르고 있을 피로를 헤아려 보았다. 그들에게는 주사액의 성분이 무엇인지 알아냈다고 얘기했지만, 사실 시아로서도 아는 것은 없었다.

그럼에도 주사액이 십자가를 만들어낼 것이라는 막연한 심증은 굳어져갔다. 만약 10주가 찾아오고, 상냥한 교도관이 주사를 권한다고 해도 시아는 순순히 팔을 내주지 않으리라 다짐했다. 그것이 공격성의 증거가 된다고 할지라도 시아는 주사를 맞고 싶지 않았다.

"너희들은 어때? 주사를 맞을 거야?"

껍질을 벗겨낸 긴 삼대를 빈 삼대 무더기에 던져 넣으며 시아가 물었다.

"주사요? 선배님들이 맞고 있는 그 주사 말이에요?"

"그래, 그 주사 말이야."

시아는 지원을 힐끗 쳐다봤다. 지원은 말없이 삼을 벗기고 있었다. 느리지도 빠르지도 않은 속도였다.

"맞아야 하는 것 아니에요?"

희도가 손가락으로 빠르게 삼을 훑자 넓적한 껍질이 순식간에 벗겨졌다. 구수하고 축축한 삼 냄새가 훅 끼쳤다.

"나는 맞지 않을 생각이야."

"그럴 수 있어요?"

시아는 대답 대신 지원을 향해 손을 뻗었다. 삼대를 건네 달라는 것이었다. 가마에서 꺼낸 삼대 무더기가 지원 쪽에 쌓여 있었기 때문에 시아는 지원에게서 조금씩 일거리를 건네받아 작업을 하고 있었다. 지원은 잠깐 기다리라는 듯이 시아를 향해 왼손을 펴 보이며, 오른손으로 삼 몇 대를 골랐다. 기다란 삼대의 잎이 붙은 부분까지 시아에게 넘겨지기까지는 약간 시간이 걸렸다.

5분의 휴식 시간이 주어졌다. 희도는 부러진 짧은 삼대 두 개를 들고 드럼을 치듯이 박자를 매겨 나갔다. 시아는 다시 작업을 시작했다. 아직 벗겨야 할 삼이 권세 높은 귀족의 무덤처럼 높이 쌓여 있었지만, 시아는 벌써 팔이 뻐근해져왔다.

"너는 어쩔 셈이야?"

지원은 볕이 잘 드는 창가에 다가가 싱고니움에 물을 주고는 자리에 돌아와 앉았다.

"너는 어쩔 셈이냐고. 내가 물었잖아."

시아의 채근에도 지원은 벗겨낸 껍질을 가지런히 정돈하며 작업을 재개할 준비를 했다. 바닥에 듬성듬성 흩어진 삼 잎을 손날을 이용해 쓸어 모으며 지원은 그제야 입을 열었다.

"주사를 꼭 맞아야 하는 거니?"

시아가 반색하는 얼굴로 지원을 바라봤다. 그러고는 팔을 뻗어 올렸다. 하이파이브를 하려는 거였다.

"그렇지? 우린 역시 생각이 통해."

다른 재소자가 창가로 가기 위해 둘 사이를 지나는 바람에 시아의 시야에서 지원은 사라졌다 나타났다. 시아가 재소자의 몸을 피해 지원의 손에 가 닿기 위해 몸을 이리저리 들썩였다.

"나는 맞지 않을 거야."

시아가 뻗어오는 손바닥에 지원이 가볍게 손바닥을 맞댔다.

"10주가 되기 전에 신청할 거야."

맞댔던 손바닥을 다른 손으로 잡으며 시아는 잠자코 있었다. 그 모습이 마치 기도하는 사람 같아 보이기도 했다. 희도도 무심결에 엇박자를 냈다. 지원이 이어 말했다.

"환원 말이야."

지원이 모인 잎을 주머니 속에 털어 넣었다. 나중에 삼 잎을 찾는 재소자와 커피를 교환하기 위해서였다. 지원은 다시 장갑을 끼며 말했다.

"내 향연에 와 줬으면 좋겠어."

14

안치실에 수용 가능한 옛터의 수는 30구였다. 2구의 옛터는 스위칭을 마친 상태로 캡슐 속에 들어가 있었지만 환원을 거치기 전에 죽은 58구의 시신은 안치실 바닥 한쪽에 쌓였다. 오늘도 여전히 흰 가운을 챙겨 입은 중개업자는 팔짱을 끼고 장작더미처럼 쌓인 시신을 톺아보았다.

"죽은 건가요? 죽인 건가요?"

"제가 죽이지는 않았습니다."

유진은 자신이 한 말의 진위 여부를 머릿속으로 짚어 보았다. 틀린 말은 아니었다.

"누군가 죽였다는 데엔 동의하는 거군요."

유진은 마른세수를 하며 고개를 끄덕였다. 유진은 혼란스러웠다. 안치실에 누워 있는 58구의 시신과 2구의 옛터들 중에 관자놀이에 십자 모양의 자상이 새겨지지 않은 것은 없었다.

"연결고리를 조사해 보아야 하겠어요. 십자가와 죽음의 상관관계요."

"십자가와 죽음의 상관관계."

유진은 중개업자가 한 말을 읊조리듯 따라 말했다.

"정확히는 십자가와 아필라몬의 상관관계겠죠."

중개업자는 쌓여 있는 시신들 중에서 자신의 키 높이에 있는 것을 향해 팔을 뻗었다. 아래턱을 벌리자 보랏빛으로 변한 혀가 드러났다.

"수용자들이 아필라몬을 소지할 수는 없을 테니, 범인은 아필라몬을 취급할 수 있는 사람이어야 하겠군요."

유진은 뜨끔했다. 아필라몬을 관리 감독하는 사람은 다름 아닌 자신이었던 것이다.

"하지만 나는 그런 일을 한 적이……."

"불행히도."

중개업자가 말을 잘랐다.

"죽은 자는 말이 없다죠."

중개업자는 벌어뜨린 턱을 올려 제자리로 돌려놓았다.

"하지만 산 자는 소임을 다 해야죠."

"무슨 말인가요? 그게."

유진이 물었다.

"아무래도 말해야겠어요."

중개업자가 시신더미에서 돌아서며 유진에게 말했다. 유진은 마른 뺨을 매만지며 재소자들의 관자놀이에 새겨진 십자가 형태의 자상을 뚫어지게 쳐다봤다. 마치 십자가에게 대답이라도 기대하는 모습이었다.

"어디에 말할 수 있어요?"

유진은 짚이는 데가 없었다.

"경찰, 검찰, 정부 기관, 혹은 중앙의 재생기술개발원 같은 곳이죠."

"원과 교류가 있으세요?"

"아, 물론 아주 작은 부분에 국한 되어 있지만요."

"그렇게 되면 원이 개입해서 이 사건을 파헤치게 되는 건데…… 선생님은 어떻게 보시나요? 이 사건을."

유진은 단어를 신중히 골랐다. 중개업자가 가진 특유의 강직성과 의협심을 도발하여 유진의 편으로 포섭하려는 것이었다. 중개업자는 하마터면 기쁜 표정을 지을 뻔하였으나 대수롭지 않은 척 덤덤하게 대답했다.

"말했듯이 이제는 명백히 살인 사건이라고 봐요."

"공통적인 자상만으로 살인이라고 할 수 있을까요? 환원은 자발적으로 신청하는 것인데……."

그것은 유진이 가진 실제 의문이었다.

"원에서 밝혀 주겠죠."

"선생님은 그곳에서 하는 말을 다 믿으세요?"

"다 믿지는 않더라도 어느 정도는 믿죠."

"진짜 정보를 쏙 빼 버리고 가짜 내용만 전달할 수 있다는 생각 안 해 보셨어요?"

"그건 어느 것이나 그렇죠. 그렇게 따지면 세상에 믿을 사람 하나 없어요."

"나는 이 사건을 선생님과 제가 조사했으면 좋겠다고 생각해요. 우리 곁에서 벌어지고 있는 일이니, 우리가 더 잘 알 거예요."

유진은 중요한 단어를 힘주어 말했다. 중개업자는 잠시 고민에 빠진 모습이었다.

"직접 파헤쳐 보는 거예요. 원에는 그런 다음에 전달해도 늦지 않겠죠."

자신이 간청하고 있는 바를 들키지 않으려 신경 쓰며 유진이 덧붙였다.

"사실은…… 내가 아는 게 하나 있어요."

중개업자가 가운의 소매를 접으며 말을 시작했다.

"여기 두 명은 스위칭이 되었지만, 문제는 따로 있어요."

"무슨 문제예요?"

유진은 중개업자를 똑바로 쳐다봤다. 중개업자도 소매 접기를 멈추고 유진에게 시선을 맞췄다.

"스위칭된 이들이 가는 곳이 재생센터라는 거예요."

"그건 무슨 말이에요?"

"그건……."

중개업자는 한기를 느끼는 듯 두 손으로 양어깨를 쓰다듬었다.

"이들은 소멸하지 않아요. 다시 태어나는 거죠."

"그 무슨……."

"당신이 알아들은 그대로예요."

유진은 엣터가 안치된 캡슐을 쳐다보았다. 호흡이 가빠지는 것을 느꼈다.

"기가 막히는군요. 지금껏 감쪽같이 속고 있었군요."

"이건 좀 조심스러운 이야기지만…… 그들은 어쩌면 이런 방식으로 비밀이 새어나가길 의도했는지도 몰라요."

"그들이라면?"

중개업자는 굳이 대답하지 않았다.

"그들은 당신들을 두려워하지 않아요. 당신들을 좌절시키는 데 거리낌이 없다는 얘기죠."

"그렇다면 애초에 왜 명백히 밝히지 않은 거죠?"

"명목상으로는 합당함을 유지하고 싶었던 것일 수도 있지만, 진실을 공유할 대상으로서 당신들을 인정하지 않았다고 보는 게 맞겠죠."

"믿을 수 없어요. 내가 환원시킨 재소자들이 모두 재생된다니……."

인간 실험체 사업은 원과 콜로니가 공유하는 일급 기밀이었다. 하지만 이미 재생센터마저도 무한한 재생을 묵인하고 있었다.

"언제부터 알고 있었어요? 당신은."

유진은 배신감과 모멸감 사이에 있는 감정을 느끼며 중개업자에게 질문했다.

"……처음부터 알고 있었어요."

유진은 다리에 힘이 풀리는 것을 느꼈다. 가까이 놓인 침대의 프레임을 잡아보려 했지만 팔을 뻗었을 때에는 이미 바닥에 주저앉은 다음이었다.

"이런 것이었군요."

"뭐가요?

"인간 이하의 인간이라는 게."

재생인간을 일컬어 인간 이후의 인간이라고 말하는 경우가 많았지만, 인간 이하의 인간이라는 조롱 섞인 패러디가 이미 널리 퍼져 있는 상태였다. 중개업자는 허리를 굽혀 유진의 어깨에 한 손을 올렸다.

"뭔가 내막이 있을 거예요."

하지만 유진에게 위로가 되는 말은 아니었다. 중개업자가 입맛을 다시며 잠시 머뭇거렸다.

"잘해 봅시다. 살인 사건 해결."

중개업자가 다른 한 손을 내밀었다. 유진은 손을 내밀지 않았다.

"수상한 움직임이 보이면 바로 보고 바랍니다."

중개업자는 자신이 뱉은 내막이라든가, 보고라든가 하는 말이 주는 무게가 마음에 들었다. 유진의 어깨를 쥔 손에 힘을 주며 가볍게 흔들자 유진은 중개업자가 내민 손을 힘없이 맞잡으며 대답했다.

"그럽시다."

"우선은 용의자부터 찾아 봐야겠는 걸요."

유진은 자신이 아는 사람의 얼굴을 하나하나 떠올려 보았다. 하지만 그럴 만한 사람은 아무도 없었다.

15

깜빡 잠이 들었다 깬 소장은 시계를 확인했다. 오후 두 시 사십칠 분. 특별한 일은 없었다. 잠에서 깬 그는 얇은 슬픔을 느꼈다. 잠을 자고 일어났는데 아직 밝을 때 그는 그런 기분을 종종 느끼곤 했다. 그건 마치 환하게 불이 밝혀진 수술대 위에서 눈을 뜨는 기분과도 같았다. 재생의 감각이라고 할까.

그는 담배를 피우려고 책상 위를 더듬었다. 마침내 담배를 손에 넣은 그는 타들어가는 궐련을 바라보며 강에서 수영을 하는 상상을 했다. 그가 깨어나기 직전 꾼 꿈이었기 때문이다. 꿈속에서 그는 오랜 잠수를 끝내고 물 밖으로 고개를 내밀었고, 멀리서 들려오는 낚시꾼들의 기척과 훼방 놓는 아이들의 비명소리를 들었다. 그가 있는 수면은 잠잠했고 고요했고, 수심처럼 깊은 인파의 무관심이 물속에서 버둥대는 그의 무릎

관절에 깊이 사무쳤다. 그 순간 그는 잠에서 깼고, 깊은 분노와도 같은 슬픔을 느꼈다. 그가 가장 두려워하는 감각이 있다면, 그것은 소외감이었다.

그는 달력을 봤다. 시계를 보는 것처럼 달력을 보는 것은 그의 오랜 습관이었다. 2월 17일. 두 시 사십칠 분이 그러했던 것처럼 특별한 날은 아니었다. 낮잠을 자는 건 계획에 없던 일이었다. 졸음을 이기지 못했다. 그는 계획에 어긋나는 상황을 몹시도 싫어했다. 하지만 다행히도 오늘은 특별한 일정이 없었다. 그는 다시 시계를 봤다. 2월 17일 오후 두 시 사십팔 분에 그는 조바심 가운데 만족감을 느꼈다. 하나둘, 계획한 대로 되어 가고 있었다.

그는 처음에 이 콜로니에 왔을 때의 심경을 지나치게 건강한 신체로 지옥에 떨어진 기분이었다고 회고한다. 이미 이십오 년 전의 일이었다. 엘리미네이터와 리덕터가 개발되기 한참 전이었다. 인간이 우주 원소의 하나로 돌아간다는 의미에서 채택된 용어인 '환원'은 리덕터와 함께 개발된 단어였다. 사형은 고압 전류가 흐르는 캡슐에서 이루어졌었다. 그가 콜로니에서 다룬 것은 문화적인 살인이었다.

과거에 비해 환원율이 낮아졌다고는 해도, 당시의 사형 집행률도 지금에 못지않게 저조했다. 당시에도 인권은 쟁론의 중심에 있었다. 그가 생각하기에 인권이란 가위눌림 상태의 허깨비였다. 인간이 만들어냈지만, 인간이 당해내지 못하는 것. 만들어진 개념에 불과한 인권을 처치하지 못해 사형수가 쌓여가는 것을 보며, 그는 절대로 정에 휘둘리지 않으리라 결심했다. 그는 그 결심을 지켜내지 못했다.

환하게 불이 밝혀진 캡슐 속으로 죄수들을 밀어 넣을 때면 그는 어김없이 슬픔을 느꼈다. 잠에서 깬 순간에 맛보는 매우 못마땅한 슬픔과 같은 종류였다. 그는 재생인간들을 죽이며, 어느 누구도 그 일이 일어나는 쪽을 향해 고개를 돌리지 않는 것에 대해 말로 표현하지 못할 소외감을 느꼈다.

그가 어째서 그토록 사형수들을 지켜내고 싶어 했던가. 법의 판결이 자의적이라거나, 도덕이 상대적인 가치라거나 하는 이유에서는 아니었다. 그보다는 음지의 밀살자가 되고 싶지 않았다는 게 더 솔직한 고백이었다. 생의 순환의 한 아이디어로 탄생한 재생인간이었지만 그는 죽음의 순환의 한 복판에 있었다.

크로스나인. 담배를 비벼 끈 그는 중지만 한 두께의 볼펜처럼 생긴 물체를 펜대를 돌리듯이 손가락으로 돌렸다. 색깔은 진회색. 길이는 십오 센티가량. 콜로니17의 발명품. 그는 처음 이것의 제조가 성공했다는 이야기를 전해 들었을 때의 감동을 떠올려 보았다. 콜로니의 우세를 점쳤던 순간을, 지난한 대 정부와의 전투에서 마침내 콜로니에 승리를 안겨줄 것이라는 기대를 심어 주었던 신무기를 향한 여망을 되새겨 보았다.

그 의기양양했던 소망이 테라엑스에 의해 산산조각나 버리자 콜로니는 절망했다. 하지만 패배를 말하는 건 성급하다고 소장은 생각했다. 테라엑스가 살포되면서 신고식도 치르지 못하고 물러선 크로스나인이었기에, 정부에 탈취되지 않은 유일한 무기가 될 수 있었던 것이다. 그 잉걸불과도 같은 희망을 가둔 채 5년 3개월을 보냈다. 사장된 줄로만 알았던 크로스나인의 설계도가 한 콜로니5의 간부에 의해 발견되었다. 콜로니5는 설계도를 따라 크로스나인을 재현했다. 하지만 그들 중에 쓰임을 아는 이는 아무도 없었다. 그들은 동물 실험을 하기로 했다. 콜로니5의 수색견이자 애완견이었던 저먼 셰퍼드 종의 개—그 개의 이름은 윌리였다—의 목덜미에 크로스나인을 쐈다. 그 불쌍한 개는 27일 만에 죽었다. 자살이었다.

두 시 오십육 분. 타고 남은 담배를 그제야 재떨이에 버린다. 소장은 죽음에 대해 생각했다. 윌리의 죽음과 어딘가에서 죽어 가고 있을 이름 모를 소녀와 소년, 가엾은 노년과 청년의 죽음을 순서 없이 애도했다. 끝없는 삶을 사는 사람과 끝없는 죽음을 향해 다가가고 있는 두 존재에 대해 생각했다. 마지막으로 그의 생각이 가 닿은 곳은 윤회였다. 전생에 죄를 지으면 하찮은 생명으로 태어나지만 공덕을 많이 지으면 점차 덜 하찮은 것으로 태어난다는 것. 그러다가 열반에 도달하여 부처가 되면 다시는 태어나지 않는다는 그것에 대해서.

16

방사형의 수감방이 합류하는 지점인 중앙 로비는 저녁까지 주어진 자유 시간을 즐기려는 재소자들로 북적였다. 약간의 공간만을 두고 띄어진 탁자마다 트럼프와 보드게임이 펼쳐졌다. 게임을 하지 않는 재소자들은 니은 자로 놓인 소파에 앉아 AVV의 곡면형 화면을 기계적으로 시청했다. 희도는 소파에 앉아 멍하니 화면을 바라봤고 시아는 범인을 찾는 보드게임에 열중했다.

지원은 침대에 웅크리고 앉아 나가지 않았다. 침대 옆 벽면은 오목렌즈처럼 완만한 경사를 이루며 들어가 있었고 지원은 웅크린 척추를 알맞게 기댔다. 지원은 그 굽은 공간을 약실이라 불렀다. 약실에 들어가 생각에 잠길 때 지원은 예측할 수 없이 위험한 생명체가 되는 기분이었다. 저녁 시간이 다가

오고 있었지만 지원은 좀체 배고픔을 느끼지 않았다. 지원은 밥을 굶기로 했다. 동생이 죽은 대가로 살아있는데, 배까지 부르고 싶지 않았다.

동생이 살인자가 되기로 한 날 지원의 가족은 밥을 먹었다. 드문 일이었다. 부모는 많은 말을 했고 지원은 이따금씩 밥을 뱉어냈다. 동생은 모든 말에 네,라고만 대답했다. 자백을 하러 가는 동생의 뒷모습을 바라보며 지원은 원치 않았지만 그런 생각을 했다. 내년에는 수업을 받을 수 있게 되는 것인가. 의사가 되기까지 앞으로 몇 년이 남았는가. 머릿속 계산과 안도감을 물리치지 못하고 있는 사이에 동생은 경찰서에 도착했다.

동생이 자백을 하러 들어갔고, 경찰은 자신을 진범이라고 주장하는 자를 마주하게 되었다. 그 사건은 그들이 2년 넘게 매달렸지만 끝내 해결하지 못한 연쇄살인사건이었다. 미심쩍은 일이었다지만 수사할 기운을 남겨두지 않은 탓이었을까, 경찰은 동생의 자백을 순순히 받아들였다. 동생은 그간에 매스컴에 발표된 사건의 개요를 익힌 대로 말하고 상상력을 발휘해 현장 검증에 협조했다. 사람을 죽인 동생에게는 사형이 언도되었다.

재생이 되고 나면 집으로 돌아오기로 했지만 동생은 약속을 어겼다. 동생은 집으로 돌아오지 않았다. 그래도 매달 꼬박꼬박 돈을 보냈다. 적지 않은 돈이었다. 지원은 동생이 보내는 돈의 액수를 가늠해 그만한 보수를 받을 만한 곳을 이곳저곳 찾아가 보았다. 어디에서도 동생을 만날 수는 없었다.

지원은 동생의 무늬를 상상해 보았다. 뇌의 주름과 신경망에도 지문과 같은 무늬가 있고 자신에게는 식별 장치가 있어서, 오로지 뇌에만 남은 동생의 동일성을 알아볼 수 있다면. 동생은 어떤 무늬를 가졌고 자신은 어디에서 그 무늬를 발견하게 될지 쓸모없는 상상을 해 나가면서도, 지원은 졸업을 했고 시험에 합격했고 면허를 취득했다.

병원에서 일하는 동안 지원은 혹시나 동생을 다시 만날 수 있지 않을까 기대했다. 그 바람 덕분이었을까. 늦은 밤 귀가하던 지원은 낯선 남자가 자신의 집 앞을 배회하는 것을 보았다.

지호니?

남자는 말없이 지원의 눈을 꿰뚫듯이 바라보고는 집 앞을 떠났다. 그 후로 몇 번 더 지원은 그 남자와 마주쳤다. 아침일 때도 있고 저녁일 때도 있었다. 그 무렵 지원은 병원에서 살다시피 했고, 어쩌다 집에 오더라도 그 시각이 일정치 않았다. 그에 반해 남자는 일관되었다.

늘 낙엽색 모직 코트를 입고 나타났고 집 앞 갈참나무 아래에 말없이 서 있었다. 갈잎이 드문드문 붙은 나무 아래에 선 남자는 지난 계절에 치우지 못한 수북한 낙엽 더미처럼 보이기도 했다. 마주치는 횟수가 잦아질수록 지원은 그가 동생이 아니라고 막연히 짐작하게 되었다. 이유를 설명할 수는 없었지만, 그의 동공의 무늬, 눈 밑 주름의 무늬, 곱슬진 머리카락의 무늬, 부드러운 손가락 안쪽에 그려진 물결치는 무늬가 동생이 아니라고 말해 주고 있었다.

여기서 뭘 하세요?

동생이 아니라고 생각하게 되면서 지원은 남자에게 처음 물었다.

사람을 기다려요.

뜻밖에 남자는 대답을 했다.

누구를요?

지원은 남자와의 대화를 이어갔다.

지호라는 사람을요.

지원은 깜짝 놀라 되물었다.

지호를 아세요?

남자는 고개를 위아래로 두 번 끄덕이며 짤막하게 대답했다.

네.

지호를 왜 기다리시는데요?

한 번은 와 줄 것 같아서요.

그건 지원도 바라는 바였다. 지원도 마음속에 그런 희망을 품고 있었다.

동생을 만난 건 그로부터 반년이 더 지난 무렵이었다. 눈이 많이 내린 날이었다. 나무 아래에 동생은 쓰러져 있었고 바닥은 동생이 흘린 피로 물들어 있었다. 동생 곁에는 그 남자가 서 있었다. 지원은 쓰러진 동생에게로 달려가 무릎 꿇었다. 피의 무늬를 보고 알 수 있었다. 그것이 지원이 그토록 찾아 헤맸던 동생의 무늬였다.

"이곳에서 먹는 밥은 정말로 끔찍해."

윤아린(27-662)이라는 재소자가 지원에게 말을 붙였다. 아린은 지원의 맞은편 침대를 쓰고 있었다. 지원은 아린을 물끄러미 쳐다봤다. 무슨 영문인가 하는 얼굴로 자신을 보는 지원에게 아린이 말했다.

"차라리 굶고 말지."

아린이 축축한 눈을 끔뻑이며 비닐봉지에서 간식을 꺼냈다. 약밥이었다. 아린은 약밥의 한 귀퉁이를 떼어내어 지원에게 건넸다. 지원은 고개를 가로저으며 무릎 속에 턱을 파묻었다.

"어서 빨리 이 동을 벗어나고 싶어. 요타동과 제타동으로 가면 매일 동원되는 노역에서 면제된다고 하잖아."

입소 후 10주가 지나면 요타동과 제타동으로 갈 수 있는 자격이 주어졌다.

"눈 치우기 작업은 정말로 지긋지긋해. 오늘은 발목을 삐었는데 치료해 주지도 않았어. 이 상태로 아침에 다시 눈을 치우러 가야 해."

지원은 대화를 하고 싶지 않았고 아린은 아랑곳 않고 말을 붙였다.

"너는 들어온 지 얼마나 되었니?

"7."

지원이 여전히 고개를 파묻은 채로 짤막하게 대답했다.

"나는 이제 9주차야."

아린은 자신이 선배라는 생각을 했다.

"입소 후 10주차가 되면 공격성 검사를 받게 돼. 검사에 통과하면 제타동으로 이동되고. 기준치 이상의 분노 성향과 공격 성향이 검출되면 공격성을 잠재우는 주사를 맞아야 해. 주사는 뇌 속에서 활성화된 공격 신호 체계를 둔화시키는 역할을 하거든. 주사를 맞아야 해도 제타동으로 이동하는 건 똑같아."

애석하게도 그가 알고 있는 것은 사실과 많이 달랐지만 아린은 지원을 가르쳐야 한다는 사명감을 가진 사람인 양 설명을 했다. 공격성을 가늠하는 검사라는 명목으로 맞는 주사는 물론 테라엑스였다. 이후에 제타동과 요타동으로 옮겨져서 맞게 되는 주사와 투약받게 되는 약은 모두 실험을 위한 주사제와 약이었다.

"그래도 담당을 잘 만났어."

담당이란 자신을 맡고 있는 교도관을 말하는 것이었다. 아린은 제 담당을 권의행이라 소개하면서 지원의 담당이 누구인지도 알고 싶어 했다.

"김유진."

지원은 성의도 귀찮은 내색도 없이 짤막하게 대답했다.

"융통성 없다는 김유진이 걸렸구나."

아린은 애도의 표시로 지원을 잠시 측은하게 바라보았다.

"나는 좀 운이 좋았어."

아린은 마지막 약밥을 입속에 던져 넣고 아무것도 남지 않은 손을 털어냈다.

"권의행은 불필요한 규정은 무시할 줄 알아. 원래대로라면 2주 후에 검사를 받을 수 있지만 나는 미리 검사를 받았지. 요타동으로 갈 수 있는 시기를 앞당겼다는 뜻이야."

먼저 가서 미안하다며 아린은 장난스럽게 기도하는 시늉을 했다.

"이걸 봐."

아린이 눈썹을 덮고 있는 앞머리를 걷어냈다. 지원은 아린의 이마를 물끄러미 바라봤다.

"거기 말고 여길 봐."

아린이 고개를 돌리자 드러난 귀 부분이 지원의 시야에 들어왔다.

"이런 자국이 생겼어."

지원은 구부리고 있던 등을 곧게 폈다. 발화되어 나오려는 말과 저지하려는 의지가 부딪혀 지원의 입술이 닻 모양으로 굳어졌다. 결국 지원은 아무 말 없이 아린의 관자놀이에 새겨진 십자 무늬를 유심히 바라볼 뿐이었다.

윤아린은 일주일 뒤에 죽었다. 윤아린에 앞서 죽은 재소자는 칠십이나 되었다. 자신이 죽던 날, 로비를 한참 헤매다 방에 들어선 아린은 무언가를 떨어뜨린 사람처럼 관물대 구석구석을 두리번거렸다. 서랍 안쪽에서 갈색 유리병을 꺼낸 윤아린은 "찾았다!" 외치고는 방을 나갔다. 아린이 두고 간 것은 방에 남은 지원 만이 아니었다. 아린이 두고 떠난 것은 희망이었다. 잠시 후 화장실에서 피를 토하며 쓰러진 채로 아린은 발견되었다. 아린의 침대보는 그녀가 떠난 지 세 시간 만에 치워졌다.

연거푸 한꺼번에 많은 동료를 보내고 수감동은 실의에 잠겼다.

"십자가가 사람을 죽이고 있어."

시아는 몸서리를 치며 말했다. 삽으로 바닥에 쌓인 눈을 퍼내느라 구부정해진 등 위로 그 사이 눈이 내려앉아 있었다. 지원은 속눈썹에 내려앉은 눈을 털어내며 시아를 똑바로 보려

애썼다. 그러면서 시아의 두려움과 좌절을 이해해 보려 노력
했다. 하지만 잘 이해되지는 않았다.

"어차피 우리는 죽으러 여기에 온 거야. 그렇지 않니?"

시아는 아연한 얼굴로 지원을 바라봤다. 지원은 다시 눈이
내려앉는 속눈썹을 껌뻑이며 그런 시아를 마주 봤다. 그것이
지원이 시아를 외면하지 않는 방법이었다.

유진은 안치실에서 중개업자를 기다렸다. 초조한 모양으로
안치실을 오가며 시신 40여 구의 머리카락을 차례차례 쓸어
올렸다. 결과는 좀 전에 봤던 것과 같이 관자놀이에 십자 모양
의 자상이 새겨져 있었다. 유진은 몇 가지 가정을 머릿속에 그
려 보았다. 우연의 일치일까? 이런 상처를 내는 일이 재소자
들 사이에서 유행처럼 번지고 있는 것일까? 십자 무늬를 남기
는 새로운 검사가 내가 모르는 사이 추가 되었나? 그러다 마
지막에는 한 가지 의문으로 귀결되었다. 누가 죽였을까? 아필
라몬을 다룰 수 있도록 공인된 사람은 유진 말고는 없었다. 비
공식적으로 접근 가능한 한 사람을 제외하면 유진이 유일했
다. 유진은 자신이 기억하지 못하는 사이 범죄를 저질렀을 가
능성도 점쳐 보았다. 수면 중에 밥을 먹거나 물건을 부수는 몽
유병 환자들이 있다고 들었다. 유진은 어쩌면 자신이 그런 사
람에 속하지는 않을지 염려되었다.

유진이 다양한 가능성을 생각해 보는 때에 안치실 문이 열렸다. 중개업자인가 보다고 생각한 유진은 몸을 돌려 들어오는 사람을 확인하지 않고 말했다.

"조금 늦으셨군요."

"내가 더 일찍 왔어야 했나?"

들려오는 목소리는 중개업자의 목소리가 아니었다.

"김 교도관."

시신 곁에서 머리카락을 쓸어 올렸다 내렸다를 반복하고 있던 유진은 동작을 멈추고 뒤를 돌아보았다. 외출 복장을 한 소장이 서 있었다.

"무슨 문제라도 있나?"

유진은 십자가에 대해 이야기 해야 할지 잠시 고민했다. 어쩌면 소장도 알고 있으리라는 추측이 섰는데, 그러한 이유로 유진은 소장을 시험해 보고 싶어졌다. 아무것도 보고하지 않기로 한 것이다.

"아니요. 아무 문제없습니다."

소장은 사십여 구의 시신이 쌓여 있는 안치실을 휘, 둘러보았다.

"특이사항은?"

"특이사항 같은 것은 없습니다."

유진은 앞에 누워 있는 시신의 머리칼을 쓸어 올려 관자놀이를 덮었다.

"그렇군. 아무 문제가 없군."

"문제가 있다면, 이 많은 시신을 부패하기 전에 이송하기가 어렵다는 것이죠."

"수송기가 더 필요하다면 원에 얘기해 보지."

"그렇게 해 주십시오. 최소한 다섯 대는 필요합니다."

"알았어. 오늘부터 중개업자를 더 보내라고 하겠어."

"감사합니다."

유진은 엷은 미소를 띄고 소장을 응시했다. 그것이 유진이 소장을 외면하는 방법이었다.

소장은 두툼한 모직 코트 끝자락으로 눈 덮인 길을 쓸며 앞으로 나아갔다. 해변으로 가려는 것이었다. 멀리 기울어진 나무가 보였다. 소장이 침몰하는 나무라 이름 붙인 그것이었다. 비스듬히 기울어진 나무와 역시나 굽이쳐 뻗은 나뭇가지가 깊은 물속으로 가라앉는 형상 같았다. 나무 아래에 선 남자의 뒷모습이 보이자 소장은 걸음을 재촉했다. 무릎까지 빠지는 눈길을 걷는 조용한 투쟁 소리에 남자가 뒤를 돌아보았다.

"소장님."

소장은 팔을 들어 올려 두드리는 시늉을 했다. 잠자코 있으라는 뜻이었다.

"죄송합니다. 소장님."

하지만 남자는 그로 인해 몇 마디 말을 더 하고 말았다.

"보는 눈이 없더라도 항상 조심해야 해. 목소리를 낮춰."

가까이 다가간 소장이 남자에게 주의를 줬다.

"알겠습니다. 소장……."

소장은 쉿, 하고 남자의 말을 가로막았다. 소장은 고개를 돌리지 않고 곁눈질로 주위를 살폈다. 남자의 옆에 다가선 소장이 남자를 보지 않고 입을 열었다.

"조금 속도를 늦출 필요가 있겠어."

소장과 같은 방향을 바라보는 남자가 대답했다.

"그렇지만 그렇게 하면 감염 속도를 따라잡을 수 없습니다."

"물론 모두가 소중하지만."

소장은 바다에 대꾸하는 듯 여전히 남자 쪽으로는 조금도 눈길을 주지 않고 할 말을 계속했다.

"모두를 구하는 것에 의미를 두면, 하나를 구하는 일을 하찮게 여길 수 있어."

남자는 눈이 파묻힌 자신의 무릎을 내려다보았다.

"속도를 늦춰."

소장은 마지막 말을 던지고 그대로 돌아섰다. 거센 바람이 불어왔다. 기울어진 나무가 가지를 흔들며 물결이 치는 바닷속으로 가라앉는 듯했다.

17

'어차피 우리는 죽으러 여기에 온 거야. 그렇지 않니?'

시아는 머리를 감싸 쥐었다. 지원이 한 말이 자꾸만 머릿속을 맴돌았기 때문이다. 시아가 보기에 지원은 투정을 부리고 있었다. 살지 못하는 처지를 비웃음으로써 자신을 타자화하는 것이라고 생각했다. 더군다나 자신의 향연에 와 달라는 말은 서른이 되기 전에 자살하겠다는 치기 어린 선포와도 같게 느껴졌다.

마음에 들지 않는 것은 지원만이 아니었다. 시아는 살집 있고 단단한 손목을 들어 올려 시계를 봤다. 상담 시작 시각이 3분 정도 지나 있었다. 그의 교도관은 제시간에 도착하는 법이 없어서 늘 시아를 기다리게 만들었다. 불규칙적으로 이루어지는 상담실에서의 심층 상담에서 시아가 얻은 것이라고는 무기력한 기분이 전부일 때가 많았다. 그의 교도관은 다소 고압적인 태도로 상담에 임했고 시아의 지난 경력을 애써 무시하려 들었다.

　교도관의 일을 안다고 생각하겠지만, 당신이 아는 건 극히 사소한 일에 불과해요.

　시아가 전직 교도관으로서 여러 재소자들에게 훈수 아닌 훈수를 두고 다니는 것이 콜로니의 교도관들의 귀에도 들어간 모양이었다. 그의 교도관은 여러 차례 언사를 통해 시아의 경험을 축소시키려 하였지만 시아가 보기에 교도관으로서의 자질이 부족한 쪽은 자신이 아닌, 그녀를 맡은 교도관이었다. 그녀는 언제나 그녀가 맡은 재소자들을 상담하기 위해 인간적인 이해를 총동원했었다. 하기는 그게 낫다고는 볼 수 없었다. 그녀와 재소자가 형성한 래포는 결과적으로 그녀에게 사형이라는 무거운 짐을 짊어 주었다. 단 한 번 그녀가 휩싸인 연애 감정으로 인한 것이었다.

　그 남자의 이름은 주얼이었다. 첫 순간에 시아는 알았다. 수인복을 입고 체중계 위에 올라서던 모습. 그의 몸무게를 가리키던 62.8이라는 숫자. 여행용 짐 가방 속에 입고 왔던 옷을 쑤셔 넣고, 출입문에 접한 천장 라커에 커다란 짐 가방을 낑낑대며 올리던 모습—천장이 꽤 높았는데도 그는 가벼운 발돋움만으로 짐을 올릴 수 있었다—한번 맡긴 짐은 찾을 수 없다는 설명을 듣고서도 방금 올린 짐이니 제발 한번만 내려 달라며 애원하던 모습. 마지못해 눈감아 준 교도관에 의해 내린 짐 가방에서 두꺼운 책과 이어폰, 세면도구를 꺼내던 모습. 음악을 듣는 것도, 개인용 세면 용품을 사용하는 것도, 두꺼운 책을 읽는 것도 자신에게 허락되어 있지 않다─자유는 금지된 항목이었고, 두꺼운 책은 자해와 공격의 위험이 있기 때문이었다─는 설명을 받아들이고 마지막으로 책의 접힌 부분을 펼쳐 읽어 보던 모습을 지켜보면서 어떠한 순간에도 그의 편이 되고 말 것이라는 것을 그녀는 미리 알았다.

처치실에서 수인복을 들어 올려 그의 몸을 수색하면서 시아는 물었다.

가정이 있어요?

얼은 대답했다.

아니요.

다행스러움에 시아는 가슴이 철렁 내려앉는 것을 느꼈다. 하지만 질문의 의도를 간파당하고 싶지는 않았다.

이상이 없어요? 가정에서 좋은 남편이 되고 싶다거나, 좋은 아빠가 되고 싶다거나 하는.

있죠, 그런 건.

그러면 이런 델 오면 안 되지.

안 되죠.

얼른 나가요.

숨긴 것이 없음을 확인한 시아는 얼의 등을 치며 문을 열어
주었다. 그녀는 그가 빨리 나가지 않기를 바랐다.

두 사람은 상담에 앞서 웃을 때가 많았다. 시아가 앞머리를
구불거리게 만들고 갔기 때문에, 얼이 머리를 묶었기 때문에,
시아의 손바닥이 지나치게 뜨겁고, 얼의 손톱이 예뻤기 때문
에 두 사람은 영문도 모른 채로 웃었다. 왜요? 왜? 질문하면서
도 웃었다. 처음 몇 회의 상담은 뉘우침에 치중되어 있었지만
회를 거듭하면서 점차로 두 사람은 서로가 잘하는 것과 잘하
지 못하는 것, 좋아하는 것과 싫어하는 것에 대해 털어놓기 시
작했다. 얼이 묻고 시아가 답할 때도 있었다.

내 정체성이 어떤 건지 모르겠어요. 재생인간은 아니지만
재사용되기 위해 이곳에 왔죠.

얼이 넋두리를 늘어놓으면 시아는 공감했다.

저희 같은 교도관이 정말 교도관이냐 말하는 사람들도 있어
요. 죄인이라는 거죠. 그렇게 치면 비슷한 거 같네요.

때로 시아는 거기에서 더 나아갔다. 대학 시절 투철한 계급
의식으로 자신을 괴롭게 했던 한 교수에 대해 말하는가 하면,
학위 취득을 포기하고 내려간 시골에서 포도밭을 가꾸게 된

경위와 포도 농사를 교묘하게 방해했던 이웃 사람에 대해 이야기하기도 했다. 그러면서도 함께 포도밭을 일구었던 자신의 남편에 대해서는 말하지 않았다. 타고난 촌부였으며 타고난 폭군이었고 타고난 겁쟁이면서 포도밭의 거름이 되어버리고 말았던 사나이에 대해서.

얼은 모범수로 가석방되었다. 시아는 얼과 잘해보고 싶었다. 얼은 그 제안을 받아들였다. 갓 출소한 얼에게 시아는 유일한 기반이었다.

시아의 집에는 두 개의 방과 부엌이 있었다. 거실 겸용으로 쓰이는 큰 방과 복도식으로 난 부엌과 맞은편에 위치한 작은방과 화장실. 그 구석구석에 얼의 물건이 자리하게 되었다. 교도소에 있는 동안 얼은 다리를 쭉 뻗고 자는 날이 없었다. 여러 명이 함께 쓰는 방은 비좁고 불결했다. 시아는 얼을 위해 작은 방에 1인용 침대를 들이고 큰 방에 1인용 소파를 놔 주었다. 침대도 소파도 한 사람이 쓰기에는 넓고 두 사람이 쓰기에는 좁았다. 밤에는 작은 침대에서 함께 잠을 잤고 근무가 없는 낮에는 1.5인용 소파에 앉아 가만히 창밖을 바라볼 때가 많았다. 한동안 두 사람은 무엇이든지 함께하는 나란한 시간을 보냈다.

가지런했던 동행 속에서 시아가 가장 강렬하게 추억하는 장면이 있다면, 부엌에 서서 요리를 하던 얼의 뒷모습이었다. 골몰한 채로 요리하느라 얼의 견갑골 부근이 축축해진 것을 보았을 때 시아는 등골이 선득해졌다. 믿기지 않도록 화창한 날들이 그녀의 삶에 펼쳐지고 있다는 사실에 그녀는 식욕을 전연 느끼지 못할 때도 많았다.

이거랑 같이 먹어 봐.

어울리는 음식을 권하고, 시아가 좋아하는 반찬을 가까이 밀어주고, 깻잎의 윗부분을 지그시 눌러주던 모습이 시아는 잊히지 않았다. 어쩌면 처음과 마찬가지로 시아는 미리 알았다. 행복한 장면은 유리창처럼 와장창 깨져버리고 말 거라는 걸. 깨진 유리창 주변이 우범 지역이 되어가듯, 지금 그 장면이 사라지면 자신도 완전히 황폐해지고 말 거라는 걸.

사람과 동식물을 통틀어 시아에게 그만큼 친절했던 존재는 없었다. 물건도 시아에게 오면 이내 망가졌다. 얼은 망가지지 않고 1년 6개월을 시아와 함께 보냈다. 그동안 얼은 일이 없었다. 시아는 얼에게 대학에 갈 것을 권했다. 얼은 입장이 달랐다.

구시대의 유물이야. 요즘 세상엔 아무도 대학 같은 델 가지 않아.

시아도 물러서지는 않았다.

공부를 하라는 뜻은 아니야.

시아가 생각하기에 대학의 쓸모는 상아탑으로서가 아니었다.

취업을 하라는 말이지.

대학의 구실은 계급의 분화에 있었다.

결국에 얼은 뜻을 굽히고 대학에 갔다. 얼이 선택한 전공은 문학이었다.

예정에 없던 학업이었지만 일단 시작하고 나자 얼은 멈출 수 없이 빠져들었다. 밤을 새워 과제를 하는가 하면, 낮에는 내내 책을 읽었다. 시아가 앉던 1.5인용 소파의 옆자리는 참고 서적이 대신했다. 그래도 시아는 그게 다 잘 되어 가는 징조라고 생각했다.

시아의 집으로 한 여학생이 찾아온 것은 얼이 입학한 지 석 달쯤 지났을 무렵이었다. 현관 앞에서 여학생은 시아에게 공손히 인사했다.

안녕하세요, 어머니. 말씀 많이 들었습니다. 얼과 함께 학교에 가려고요.

시아는 얼보다 열일곱 살이 많았다.

집은 어떻게 알고 찾아왔니?

우리 서로 집에 바래다주곤 하거든요. 어제는 제가 이곳까지 왔다 갔고요.

그때 얼이 나왔다. 얼은 여학생을 황급히 돌려보냈다.

얼이 사라진 것은 여학생이 찾아온 지 일주일이 되지 않아서였다. 얼은 그냥 사라지지 않았다. 시아의 집, 큰 방과 작은 방, 부엌과 화장실에 있던 그의 물건과 자취를 남겨두고 떠났다. 얼은 그냥 떠나지 않았다. 얼은 달아났다. 시아가 가장 아끼는 보석과 시아가 몇 년간 모은 금과 돈을 챙겨 달아났다.

시아는 얼을 추적했다. 금괴에 달린 추적 장치를 통해 얼의 위치는 쉽게 찾을 수 있었다. 얼에게 가기 위해 집을 나서다 시아는 닫았던 문을 다시 열고 들어와서는 부엌에서 칼을 꺼내서 가방 속에 숨겼다. 가장 잘 드는 칼이었다.

시아는 오랜만에 포도밭을 찾았다. 오래 전 농사 지었던 땅은 헝클어진 야생의 서식지가 되어 있었다. 가장 큰 포도나무—시아는 빨간 리본을 매달아 그곳을 표시해 두었다—아래로 갔다. 새의 둥지가 있었다. 시아는 새의 둥지를 파괴했다. 어차피 잘못 튼 둥지일 거라고 생각하면서, 나무 아래를 팠다. 몇 년 만에 다시 파는 것이었다. 얼은 시아의 전 남편 바로 옆에 묻혔다.

어차피 죽을 사람이었다. 그는 아미토를 통한 신체 회복을 감당할 만한 재력이 없었고 유명세를 치르지도 못했고 인류에 공헌하지도 못했다. 어차피 그는 지구에 있어 중요한 사람이 아니었다. 어차피 죽을 사람이 자신의 손에 의해 죽었다고

해서 죄책감을 가져야 할 것은 없다고 생각하면서 시아는 다시 한번 머리를 감싸 쥐었다. 자신의 변명이 지원의 입장과 다르지 않다는 자각에서였다.

시아가 예기치 않은 괴로움에 몸서리치고 있을 때 상담실 문이 열렸다. 문을 열고 들어온 사람은 시아의 담당 교도관 권의행이었다. 의행은 코트에 붙은 눈을 간단히 털어내고 자리에 앉았다.

긴 타원형의 탁자 12시 부근에 시아가 앉아 있었다. 의행은 5시 즈음에 있는 의자를 빼냈다. 의자 위로 미처 털어내지 못한 눈이 떨어졌다. 의행이 앉기 전에 눈은 녹아서 물이 되었다.

의행은 다리를 꼬고 비스듬히 앉았다. 시아의 자세가 덩달아 기울어졌다. 시아와 의행 사이에 차트가 나타났다. 반투명하게 증강된 차트 너머로 의행이 어른어른 보였다. 의행은 차트를 빠르게 넘겼다. 시아의 앞머리가 차트에서 뿜어져 나온 빛을 반사시켰다. 의행은 트릴을 연주하는 초보 연주자처럼 탁자 위에 검지와 중지를 반복적으로 두들겼다. 그 작은 소리가 시아의 마음을 불편하게 만들었다.

"옷이 젖었네요."

의행의 젖은 코트를 보고 시아가 말했다. 코트에 남아 있던 눈이 녹으며 짙은 음영을 만들어냈다. 의행이 젖은 코트를 벗어서 빈 의자에 걸쳤다.

"산책을 했습니다."

"오늘은 작업이 없어서 다행이다 싶었어요. 이런 날씨에 나가시다니 걷는 걸 무척 좋아하시는 모양이에요."

"걷는 게 좋다기보다는 갇혀 있는 게 싫어서요."

의행이 말려 올라간 셔츠 소매를 내리며 대답했다. 잠깐 드러난 팔뚝 부근의 살갗이 오톨도톨 돋아나 있었다. 온통 흰색으로 칠해진 상담실 내부는 추웠다. 두 사람이 입을 열 때마다 희미한 입김이 생겨났다.

"좀 어떠세요?"

"뭐가요?"

의행이 커프스의 단추를 채우며 되물었다.

"얼마 전에 집단 사망이 있었잖아요. 교도관으로서의 소감이 궁금해서요."

"이런 대답이 어떨지 모르겠지만……."

의행은 잠시 머뭇거리다 말을 이었다.

"귀향길 같다고 생각했습니다."

"귀향이요?"

"죽음은 우리 모두가 고향으로 돌아가는 의식이니까요."

상담자와 내담자의 역할이 뒤바뀐 것을 알아챈 의행이 자세를 바로잡더니 차트를 넘기며 시아에 관한 정보를 읽어 내려갔다.

"이제 곧 9주가 되시는군요."

"제타동과 요타동으로 갈 날이 머지않았어요."

"그곳에 대해 아시는 바가 있으십니까?"

"죽는 곳이라고 들었어요."

의행은 놀란 것을 감추려 시아의 눈을 피했다.

"노동이 종말을 고하는 곳이라고요. 그곳에 가면 정말로 일을 하지 않아도 되나요?"

"그럴 겁니다. 아마도. 지금까지 그래왔으니까요."

"그렇다면 지금 당장 가고 싶어요."

의행은 차트를 내려놓고 시아를 바라봤다. 두 손을 탁자 위에 가지런히 올린 채로 같은 음을 연주하듯 손가락을 두들겼다.

"방법이 없지는 않아요."

"궁금하네요."

"공격성 검사를 미리 받는 거죠. 기준치 이상의 공격 성향이 검출되면 주사를 맞아야 하지만, 어쨌든 갈 수는 있어요."

"검사를 받을게요."

"지금은 곤란해요."

"왜죠?"

"검사 인원을 조절하라는 지시가 있었기 때문이에요. 눈이 계속 내리고 있고 작업할 사람이 갑자기 빠지면 안 되니까요."

"아쉽네요."

"일을 하는 게 힘들긴 하겠죠."

시아가 자신의 관자놀이를 매만지며 의행에게 말했다.

"십자가를 새길 수 있는 기회를 놓치게 되어 아쉽다는 말이었어요."

의행은 가볍게 주먹 쥐고 탁자 위를 노크하듯 두들겼다. 냉기로 가득한 상담실을 노크 소리가 에워쌌다.

"알고 있군요."

"공격성 검사를 한다는 핑계로 죽음의 표식을 새기는 거죠? 재생인들이 죽어 나가는 거, 다 그 때문이죠?"

의행은 의자에 걸어 두었던 코트를 다시 입었다. 그러고는 안주머니에서 무언가를 꺼냈다. 그가 꺼낸 것은 중지만 한 주사기였다.

"계획을 조금 수정해야겠군요."

의행은 시아의 굳센 팔을 붙잡아 뒤로 꺾었다. 탁자 위에 엎드린 채로 시아는 저항했다. 그러나 위에서 짓누르는 의행의 힘을 당할 수는 없었다. 잠시 후 뾰족한 바늘이 자신의 강인한 팔뚝을 파고드는 것을 느꼈다. 피스톤을 끝까지 밀어 넣은 의행은 비로소 시아를 풀어 주었다. 시아는 핏발이 선 눈으로 의행을 노려봤다.

"아직은 당신이 국가를 위해 할 일이 남아 있는 것 같습니다."

18

　다섯 명의 중개업자가 부지런히 움직인 까닭에 안치실에 쌓여 있는 시신은 삼일 만에 20구 이하로 줄어들었다. 하지만 거의 매일 열 명씩의 사망자가 발생했으므로 결과적으로 안치실에는 언제나 20~30구의 시신이 쌓여 있게 되었다. 중개업자들은 시신을 하나씩 침대에 올려 각자 외상의 흔적을 조사했다. 의견은 하나로 수렴되었다. 아필라몬에 의한 중독사라는 거였다. 네 명의 중개업자가 솜씨 좋고 속도 빠르게 작업을 진행했다. 처음부터 콜로니21을 방문했던 중개업자는 은근히 작업에서 빠지며 유진을 향해 다가왔다.

　"함께 하자고 했죠. 수사."

　중개업자는 흰색 가운의 주머니에서 무엇인가를 꺼냈다. 손바닥 위에 펴 보인 것은 미세한 칩들이었다.

"폐재생인간처리장에 아는 사람이 있어요. 그래서 부탁을 좀 했어요."

유진은 손바닥 위에 놓인 칩들 중 하나를 들어 대강의 모양을 관찰했다. 십자가 형태의 칩의 한쪽 면은 닻처럼 뾰족하게 드러나 있었다.

"이런 게 나왔다고요?"

중개업자는 고개를 끄덕였다.

"이송된 시신들의 측좌핵에서 동일하게 발견되었어요. 측좌핵은 해마, 편도체, 전전두엽 등과 중요한 신호를 주고받는 곳이에요. 도파민성 신경전달 물질로 동기를 유발하고, 전전두엽과 이어진 신경회로에서 행동을 선택하도록 하죠."

유진은 칩을 도로 손바닥 위에 내려놓았다.

"무슨 의미가 있죠?"

"갈망과 행동을 제어하는 쪽으로 칩이 사용됐을 가능성이 있다는 말이에요."

"죽음을 갈망했다는 뜻인가요?"

"그렇게 디자인되었을 가능성이 높다고 봐요. 그리고 한 가지 특이한 점이 발견되었어요."

"그게 뭐죠?"

"검사 결과 측좌핵과 전대상피질의 칼슘이온 농도가 지나치게 높았다는 거예요. 설사 스위칭이 되었다고 하더라도 재생에 부적합하다는 판정을 받게 되었을 거예요."

"스위칭되어도 재생될 수 없다? 십자가가 새겨지면 재생이 불가능하게 된다는 말로 들리는데요."

"홍분독성 때문이에요. 미토콘드리아가 세포 자살을 부추기는 거죠. 칩이 선택적으로 세포 자살을 유발하고 있다고 지금으로선 짐작하고 있어요."

"칩을 제거하면 되지 않나요?"

"신경 세포의 축삭돌기가 칩을 꼭 붙들고 있어서 선택적으로 제거가 어려운가 봐요."

"칩이 홍분독성을 일으킨다는 것은 알겠어요. 갈망을 담당하는 부분이 지나치게 활성화된 결과로 둔화되고, 삶에 대한 의지도 어쩌면 함께 꺾이는 걸 거고요. 하지만 아직도 풀리지 않은 문제가 있어요. 이들이 왜 죽었느냐는 거예요."

"아직 풀리지 않은 수수께끼의 해답은 이 칩 속에 있어요."

중개업자가 몸을 틀자 손바닥 위의 칩들이 반짝 빛을 반사했다.

"그런데, 한 가지 문제가 생겼어요."

"좀 지나갑시다."

다른 중개업자가 침대에 실은 시신을 밀고 나가며 유진 앞을 비켜갔다. 유진과 이야기를 나누던 중개업자는 목소리를 한층 낮춰 소곤거리듯 말했다.

"일흔 개가 넘어서 처음엔 헷갈리기도 했지만……틀림없어요. 하나가 없어졌어요."

중개업자가 주먹을 쥐고 가운 주머니 속에 도로 손을 집어넣었다.

"누군가 선수를 쳤더라고요. 가져갔어요."

"그게 누구죠?"

"그건 말해 주지 않았어요. 아무튼 서둘러야 할 것 같아요. 나는 느낌이 굉장히 잘 들어맞아요. 그런데, 이대로 있으면 왠지 우리도 안전하지 않다는 느낌이 강하게 오거든요."

"안전해야죠. 모두."

중개업자는 다섯 개의 칩 중 두 개를 유진에게 넘겨 주었다.

"할 수 있는 조사를 당신도 해 봐요. 나는 나대로 해 볼 테니까. 이를테면 수사랄까……."

유진은 살짝 미소 지었다.

"협조해 줘서 고맙습니다. 그런데 선생님. 여태 이름도 모르고 있었네요. 이름이 뭐예요?"

"리나라고 불러 줘요."

"유진이에요."

"알고 있어요."

유진은 손을 내밀었다. 리나가 유진의 손을 맞잡고 가볍게 흔들었다.

19

희도는 유리헬멧을 쓰고 테라동을 빠져나가는 시아를 지켜
보았다. 교도로봇 두 기가 양쪽에서 시아를 붙잡고 있었다. 시
아는 어떠한 저항도 하지 않았다. 돌아보지 않는 시아를 향해
희도는 손을 들었다 내렸다.

희도는 지원을 찾아갔다. 작업이 없는 날이었다. 방에 지원
은 없었다. 윤아린이 빠진 침대 위에 담요가 반듯하게 접혀 있
었다. 시트는 벗겨진 상태였다. 당분간 지원은 혼자서 방을 쓰
게 될 것이었다. 희도는 지원의 관물대 서랍 맨 위 칸을 열어
보았다. 커피와 사탕 초콜릿 따위가 모여 있었다. 희도는 간
식 더미를 휘저어 아무 것이나 손에 잡히는 것 하나를 들어
올렸다. 손에 잡힌 것은 커피였다. 희도는 그것을 들고 바깥
으로 나갔다. 지원은 로비에 있었다. 희도가 알은체하자 지원

이 다가왔다.

"시아가 테라동을 떠났어요."

"……"

"말은 붙여보지 못했어요. 교도로봇들이 가까이 다가오지 못하게 했어요. 헬멧을 쓰고 있기도 했고요. 제타동이었으면 좋겠네요. 시아가 발음이 마음에 든다고 했던 곳이니까요."

"……넌 어떻게 할 거야?"

"뭘요?"

"언제 떠날 거냐고."

"글쎄요. 지금 떠나도 상관없을 것도 같고. 아닌 것도 같고."

희도는 테라동을 떠날 날에 대해 지원이 묻는 것이라 생각했다. 출입문이 열리며 몇몇 교도관이 로비에 들어섰다.

"나는 결정했어."

로비에 유진이 다가오자 재소자들이 달라붙었다.

"언제 갈 건데요?"

유진은 지원에게로 다가오며 희도에게 실례한다는 의미의 가벼운 목례를 했다. 일곱 시 반이었다.

"나중에 이야기하자."

지원은 유진을 따라 창가 아래의 긴 나무의자로 갔다. 희도가 눈으로 좇자 나무의자에 나란히 앉아 상담을 하는 두 사람이 보였다. 어떤 재소자들은 방으로 들어가고 어떤 재소자들은 심층 면담을 위해 약식으로 마련된 상담실로 들어갔다. 교도관이 지나간 로비에는 차례를 기다리는 재소자들이 남아 보드게임을 하거나 카드놀이를 했다. 희도는 그들 가운데에 섞여 소파에 푹, 몸을 묻었다.

희도는 다시 시아를 생각했다. 테라동을 떠나기 이틀 전부터 시아는 독방을 썼다. 접근 금지라고 붙어 있었기에 희도는 시아에게 말을 붙여 볼 수도 없었다. 바깥에서 훔쳐보았을 때 시아는 침대에 누워 있었다. 침대에 누운 시아의 가슴이 큰 폭으로 오르락내리락거렸다. 호흡에 곤란을 느끼는 모양이라고 생각했다. 희도는 시아가 떠나던 모습을 떠올렸다. 유리헬멧을 쓰고 순순히 그들을 따라나서던 모습. 희도는 시아의 그 걸음이 왠지 쉬러 가는 것 같지 않았다. 본격적으로 시작되는 일을 하러 가는 느낌이었다.

희도는 주머니에서 지원의 서랍에서 가져 온 커피를 꺼냈다. 캡슐의 입구를 뜯자 검붉은 커피가 쪼르르 흘러나와 얼른 입을 갖다 댔다. 희도는 입술에 묻은 커피를 핥았다. 쓴맛이 났다. 희도가 기억하는 커피는 이런 맛이 아니었다. 분노와 후회, 두려움이 사무치는 가운데 스며드는 단맛이었다.

그때 희도는 범행이 발각되어 신문을 받고 있었다. 신문이

길어지자 검사는 하품을 거푸 했고 커피를 거듭 마셨다. 그러다 알쏭달쏭하다는 표정을 지으며 맞은편에 앉은 희도에게도 한 잔의 커피를 건넸다. 어쩌면 당신이 그녀를 죽이지 않았을지도 모른다는 생각이 들어. 검사가 일말의 믿음을 갖고서 내민 커피를 희도는 깨끗이 마셨다. 그리고 그가 뱉은 말은 자백이었다.

아닙니다. 제가 죽였습니다.

그 순간 희도의 머릿속을 채운 하나의 이미지가 있다면 맞은편에 앉아 있던 검사의 적갈색 셔츠였다. 죄를 저지르고도 태연히 살아가는 인간의 죄과가 적갈색 셔츠라면, 자신은 붉게 물든 셔츠를 입고 있다는 자각이 들었다. 처음부터 마지막까지 붉은색의 염료가 더해진 셔츠. 하지만 그가 그렇게 붉은 셔츠를 입게 된 까닭은 태초의 자신이 너무 흰 옷을 입고 태어났기 때문이라고 희도는 생각했다. 죄가 물들기 쉬운 색깔. 한 번의 죄를 짓는 순간부터 돌이킬 수 없이 변색되어 버린 자신의 운명을 희도는 패배주의적인 감정으로 받아들였다.

폐쇄병동에서 일하던 희도가 사형수가 된 것은 어느 날 찾아온 기회 때문이었다. 근무한 지 일 년이 되던 어느 여름날이었다. 여느 때와 마찬가지로 조금 늦게 퇴근한 희도는 인파로 어지러운 보도블록을 걸어가고 있었다. 단맛을 따라 한 줄로 이동하는 개미와 보조를 맞출 정도로 희도는 느리게 걷고 있었다. 거리의 대형 전광판에서는 실시간 복권 추첨이 한창이었다. 희도는 우뚝 걸음을 멈추고 전광판을 올려다보았다.

〈이번 회 1등, 누적 수명 400년 당첨!〉

희도는 새로 주어지는 삶에 대해 생각했다. 그러면서 자신의 삶은 푸른색이 얼마 남지 않은 리트머스 시험지 같다고 느꼈다. 사는 게 지긋하긴 했지만 살기 싫은 것은 아니었다. 희도는 다시 살고 싶었다. 그는 그 자리에서 접속해 복권을 샀다. 언제 어디서나 네트워크에 접속할 수 있는 의복을 희도도 입고 있었다. 희도가 산 복권은 수명 복권이었다. 희도는 큰 기대를 하지 않은 채로, 그러나 은근한 조바심을 누그러뜨리면서 일주일을 기다렸다. 관심이 없는 척, 희도는 같은 시간에 같은 거리를 걸었다. 나란히 걷던 개미를 보내고 또 다시 우뚝 멈춰 서며 희도는 전광판에 뜬 번호와 자신의 복권 번호를 대조했다. 희도는 믿을 수 없는 사건과 맞닥뜨렸다. 복권에 당첨된 것이었다.

〈이번 회 1등, 누적 수명 450년 당첨!〉

희도는 전광판이 내려다 보이는 거리에서 무릎을 꿇었다. 감사합니다. 감사합니다. 누구에게인지 모를 감사를 희도는 연발했다. 복권에 당첨되기까지 그는 특별한 꿈을 꾸지도, 특별한 연구를 하지도 않았다. 그 삶에서 벗어나고 싶다는 강렬한 갈망을 가졌을 뿐이었다.

희도는 주의를 기울여 복권을 옷 속에 저장했다. 복권은 보안에 강하고 복제가 불가능한 데이터였다. 의복의 팔뚝 부근에 저장한 복권이 정상적으로 보존된 것을 확인하고, 희도는 생명보호기구를 찾아 집을 나섰다. 생명보호기구에서는 희도에게 축하 인사와 함께 450년간의 아미토 회복특권을 수여할 것이었다. 사실 희도는 콩팥의 기능이 벌써 떨어져 있는 상태였고 피부에는 점도 많이 나 있었기 때문에, 아미토를 통해 새로 태어날 기회를 얻는 것이 더 없이 반가웠다. 일하는 시간이 늘어나면 돈을 벌 시간도 늘어난다. 희도는 부자가 될 기회를 얻었고 부자가 되면 다시 수명을 연장할 수 있었다.

생명보호기구를 찾아가는 희도를 찾아 온 사람은, 재생인간이 되기 전에 팀을 이뤄 일했던 한 여자였다.

"안녕? 팀파니."

팀파니는 그가 속했던 직업 세계에서 희도의 이름이었다. 그곳에서는 그곳에서만 통용되는 새로운 이름이 있었다. 희도는 음악을 좋아했고 곡을 짓기도 했으며 건반악기와 현악기, 관악기를 아우르는 다양한 악기를 연주할 줄 알았기에 팀파니라는 이름이 붙여졌다. 그가 그토록 많은 악기를 연주할 수 있게 된 데에는 서커스 유랑단에서 어린시절을 보냈던 탓이 컸다. 그는 부모가 어디에 있는지 몰랐고, 다음 행선지가 어디인지 모르는 채로 서커스단에서 연습과 공연을 했다. 매우 혹독한 스승이었던 음악 단장 켈은 그에게 쉴 틈을 주지 않았다. 그 덕분에 희도는 악단에서 가장 많은 악기를 연주할 수 있는 단원으로 거듭났다. 희도가 실수를 하면 켈은 서슴지 않고 그가 피우던 담배를 희도의 팔뚝과 허벅지 위에 비벼서 껐다. 그네 타기 단원이 아파서 공연을 할 수 없게 되었던 날, 켈은 대타로 그네를 타게 되었다. 희도는 켈이 매달린 그네의 줄을 끊었다. 켈은 죽었고 희도는 켈의 책상 위에 있는 상자에서 돈을 훔쳐 달아났다.

희도가 도착한 곳은, 매일 털어 매일 먹고 사는 직업 도둑의 소굴이었다. 월요일에는 부녀자의 물건을 소매치기했고 화요일에는 흉포한 청년의 물건을 훔쳤다. 수요일에는 삐뚤어진 어린 아이의 장난감이나 학용품 따위를 훔쳤고 때로는 다른 도둑의 물건을 훔치는 날도 있었다. 목요일에는 교회 장로나 교수와 같은 이들의 비밀 장부를 훔쳤다. 금요일에는 젊은 여성의 물건을 훔쳤고 토요일에는 노인의 물건을 훔쳤다. 일요일에는 아무 것도 훔치지 않고 책을 읽었다. 희도는 월요일과 목요일에 특화된 팀원이었다. 그가 훔친 것 중에 가장 값나가는 것은 정교하게 세공된 다이아몬드가 촘촘히 박힌 부인의 뜨개 가방이었다.

희도를 찾아온 여자는 희도에게서 그 뜨개 가방을 빼앗아갔었다. 여자의 이름은 레일라였다.

"안녕? 레일라. 무슨 일로 나를 찾아 왔어."

레일라는 그곳에서 우두머리 역할을 맡고 있던 남자의 약혼녀였다.

"좋은 소식이 있다고 들었거든."

"아직 내게서 빼앗을 것이 남아 있어?"

"우리는 팀이었잖아. 좋은 것은 나누어야지."

만약 생명이 나눌 수 있는 것이었다면, 희도는 절반의 시간을 떼어 주고 살인을 면할 수도 있었을 것이다. 하지만 회복특권은 양도할 수 없는 것이었다.

"안 됐지만, 줄 수 없어."

레일라는 비웃음을 흘렸다.

"너, 이곳에 오기 전에 말이야 사고가 있었지?"

희도는 레일라가 무슨 말을 할지 직감했다.

"너도 알다시피, 그래서 재생인간이 되었잖아. 하지만 그건 실수였어. 강도짓을 하려던 마음은 절대로 없었어."

"도둑질을 하려다 죽인 교수를 말하려는 게 아니야. 론에 관한 이야기를 하는 거지."

론은 레일라의 약혼자였다.

"네가 재생인간이 되어 우리를 떠난 후에, 론도 나를 떠나 갔어."

"헤어짐은 필연적인 거야."

"네가 죽였다는 걸 알아. 론의 자동기록장치에 네가 범행을 하는 모습이 기록되었어."

"고맙다는 말을 하려는 거라면, 괜찮다고 미리 말해 둘게."

론은 레일라를 상습적으로 폭행했다. 론이 죽은 뒤, 레일라는 론의 지배에서 가까스로 벗어났다. 레일라는 경찰에게 나이가 많은 론이 뜰에서 넘어지는 바람에 바위에 머리를 부딪혔다고 진술했다. 가난한 사람의 죽음에 경찰은 큰 관심이 없었다. 론의 죽음은 사고사로 처리되었다.

"네가 론을 죽인 건, 론이 단장의 죽음에 대해 알고 있었기 때문이었지. 단장을 죽였다는 사실이 알려지면, 너는 사형수가 되어야 했으니까. 론은 널 협박했고 넌 월급을 모조리 론에게 바쳐야 했잖아. 나도 너의 자유를 원했어. 한 사람이라도 론의 지배에서 벗어나길 누구보다도 강렬하게 원한 사람이 나니까."

희도는 무릎을 꿇었다.

"부탁이야. 말하지 말아 줘. 복권은 너에게 줄게."

거리의 전광판이 두 사람을 내려다보고 있었다.

"너도 알다시피, 복권을 양도하는 건 무척 까다로워. 겹겹의 방어막이 쳐져 있거든. 데이터를 해방시키려면 시간이 필요해. 오늘은 일단 우리 집으로 가자. 따뜻한 저녁을 먹고 편안한 잠을 자자. 네가 쉬는 동안 나는 복권의 잠금 장치를 모두 풀어 놓을게."

"수작 부리지 마."

"내가 죽으면 복권도 사라져. 우선은 나를 믿는 게 좋지 않겠니?"

레일라는 옛 동료를 믿어 보기로 했다. 그 대가로 살해되었다. 레일라는 자신의 약혼자와 마찬가지로 머리를 맞아 숨졌다. 희도의 범행 도구는 티베탄 싱잉볼이었다.

이제 자신에게 그 악기는 없었다. 무기가 될 만한 물건은 콜로니에 반입할 수 없기 때문이다. 희도는 반전을 준비해 놓지 않았을 자신의 남은 운명을 짐작해 보았다. 앞으로 이곳에서 얼마나 더 버틸 수 있을까? 요타동으로 가면 해방일까? 제타동으로 가면 시아를 다시 만날 수 있을까? 희도는 시아에게 묻고 싶은 것이 많았다. 활력이 넘치던 그녀가 어째서 돌연 잠잠해졌는지. 어디가 얼마큼 아픈 것인지. 자신을 기다리고 있는 운명도 병들어가는 신세인 건지. 남은 커피의 마지막 한 모금을 삼키며 희도는 지원에게 자신이 본 것을 이야기해 주리라 마음먹었다. 희도는 지원이 상담을 받는 창가 아래를 바라보았다. 서로를 향해 살짝 몸을 돌려 앉았던 두 사람이 자리를 털고 일어서는 게 보였다. 유진은 인사를 하고 다음 재소자를 상담하기 위해 다시 로비로 나왔다. 한 발짝 떨어서 걷는 지원을 기다리는 시간이 희도는 몹시 길게 느껴졌다.

"희도."

자신을 기다리고 있는 희도를 보고 지원이 말을 건넸다. 희도는 지원에게 귓속말을 하기 위해 다가섰다. 시아의 마지막 모습이 이상했다고. 아무래도 감춰진 비밀이 있는 것 같으니 공격성 검사는 받지 않는 게 좋겠다고 속삭일 참이었다. 그런 마음을 지원은 아는지, 저지하려는 듯 먼저 말을 꺼냈다.

"아까 하던 얘기 있지."

"무슨 얘기요?"

"언제 떠날 거냐고 물었었잖아."

"아, 그 얘기요. 테라동을 떠나지 않는 게 좋을 것 같아요. 시아의 마지막 모습이 마음에 걸려요."

"난 떠날 거야. 이곳을."

"그러지 않는 게 좋을걸요."

"갈 거야. 오래 있을 순 없어."

"언제 가려고요?"

"가능한 빨리 부탁한다고 교도관에게 말했어. 내일이라도 상관없어."

"공격성 검사는 받으셨어요?"

"그럴 필요 없어. 나는 환원을 선택했으니까."

"환원이라고요? 제타동으로 가는 게 아니라요?"

지원은 고개를 짧게 끄덕이며 미소 지었는데, 희도가 보기에 그것은 꼭 비웃음 같았다.

"전에 얘기 했지. 내 향연에 와 달라고. 그래줬음 좋겠어."

약간 얼이 빠진 모습을 하고 선 희도의 어깨를 지원은 툭툭, 치고 지나갔다.

20

조 팀장은 현미경에 두 눈을 바짝 붙이고 설명을 들었다.

"죽은 자들에게서 공통적으로 발견되었습니다."

조 팀장은 현미경을 문지르며 배율을 조정했다.

"이렇게 봐서는 아무 단서도 찾을 수 없겠는데요."

"화학 검사 결과로 실마리를 얻을 수 있었습니다."

조 팀장의 뒷모습을 향해 남자가 말했다. 조 팀장이 현미경에서 눈을 떼고 남자를 마주 봤다.

"칩 내부에 소량의 신경전달물질이 남아 있었습니다."

"그게 뭐였지요?"

"글루타메이트였습니다."

"화학 검사로 발견된 실마리라면 뇌 속에 화학 작용을 일으키는 것이겠군요."

"글루타메이트는 세포를 흥분시키는 물질입니다."

조 팀장은 계속해보라는 듯 턱을 위로 까딱 움직였다. 남자는 손을 크게 움직여 가며 보고를 이어갔다.

"이것이 발견된 곳이 측좌핵이라는 곳인데요. 그곳에서 다량의 글루타메이트를 내보낸 것으로 추측됩니다."

"그렇게 보내면 어떻게 되나요?"

"흥분독성을 일으켜 세포가 사멸하게 됩니다."

"흥미롭군요."

조 팀장은 내부를 거닐었다. 반들반들한 대리석 벽면과 나무유리 바닥이 팀장의 구두 굽 소리를 극성맞게 튕겨냈다. 팀장은 거울 앞에서 멈춰 섰다. 거울 속에 팀장과 남자의 얼굴이 나란히 들어왔다.

"내가 그렇게 많은 시간을 준 것 같지는 않은데요."

"네?"

"일주일도 되지 않는 시간 동안 이 많은 정보를 알아내다니. 그건 당신이 유능하다는 뜻이겠지요?"

"그렇게 봐 주신다면 감사합니다."

고개 숙이는 남자의 모습이 거울 속에 비쳐 보였다.

"내가 사람을 잘 보거든요."

"그렇습니까."

남자는 고개를 들지 않고 대답했다. 남자의 음성이 다소 흔들렸다.

"단서가 맞는지는 뇌를 보면 확실해지겠군요."

"하지만 처리장에서 뇌를 제공하지는 않습니다."

팀장이 남자를 향해 돌아섰다.

"확보하세요."

"네?"

"뇌를 확보하세요. 당신은 유능하니까 할 수 있겠지요?"

"열심히 하겠습니다."

남자가 다시 고개 숙였다.

"아니, 열심히 하는 건 중요치 않습니다. 잘하는 게 의미 있지요."

팀장의 등과 고개 들지 않는 남자의 머리가 거울 속에 비쳤다. 팀장은 다시 현미경에 눈을 갖다 댔다.

"일주일의 시간을 주겠습니다."

"서두르겠습니다."

"그런데."

조 팀장이 렌즈의 배율을 조정하며 운을 띄웠다.

"주사를 놓지 않는 교도관이 있다고 들었습니다. 사실인가요?"

"몸 상태가 편치 않아 그렇게 하고 있습니다."

"그건 옳지 않지요. 그렇지 않은가요?"

남자는 처음으로 대답이 없었다.

"그 교도관에게 전하세요. 테라엑스를 죄수들에게 주사하라고."

"지금 저희의 인력으로도 충분합니다."

조 팀장이 재물대에 놓인 칩을 바닥에 떨어뜨렸다. 윤이 반질반질한 뾰족한 구두 코가 바닥에서 좌우로 움직이자 칩은 으스러졌다.

"하루의 시간을 주겠습니다."

21

지원은 가능한 빨리 환원이 진행되길 원한다고 밝혔다. 환원 날짜를 확정하기 위해 소장실로 향하면서도 유진은 마음이 무거웠다. 지원의 환원만큼은 집행하고 싶지 않았다. 단지 미루고 싶어서가 아니었다. 죽어야 될 사람이라고 생각지 않아서였다. 지원에게 선고된 사형은 착오였다. 그렇게 믿었다. 유진은 판결을 되돌리고 싶었다. 유진에게는 시간이 필요했다.

돌아갈까? 소장의 방문 앞에 서서 유진은 들어가기를 망설였다. 이대로 날짜를 정하면 돌이킬 수 없었다. 지원이 환원을 신청했다는 사실은 자신만 알고 있었다. 유진이 함구하면 누구도 지원의 환원을 준비할 수 없었다.

소장의 방은 밝았다. 그에 비하여 소장의 얼굴은 몹시 어두웠다.

"김 교도관 꽤 바빠지겠어."

"네?"

"오늘 환원 신청자가 마흔 일곱 명이야."

하루 평균 환원 신청자가 20명을 웃돌면서 향연은 집단 향연으로 변경되었다. 매일 열 명씩 모아 향연을 치르면, 마흔 일곱 명의 환원까지 마치는 데에는 대략 닷새가 소요되었다. 물론 중간에 아필라몬을 먹고 죽지 않는다는 가정 하에서였다.

"이대로 끝이라는 보장도 없겠지. 앞으로 더 늘어날 수도 있어."

유진은 소장의 표정을 살폈지만 그의 얼굴에 떠오른 감정이 안도인지 근심인지 알기 어려웠다.

"환원 신청자가 있나?"

유진은 지원을 떠올렸다.

"없습니다."

다음 상담에서 지원을 설득하리라 유진은 마음먹었다. 그렇게 되면 방금 자신이 한 말은 당분간의 거짓으로 존재했다가 진실이 될 거였다. 이로써 지원을 한 번 살렸다는 생각이 들었다. 유진이 지원을 죽인 적은 없었다. 죽이려 했던 적도 없었다. 하지만 유진은 지원을 이미 죽였다. 그 사건으로 원래의 지원은 자신의 삶을 잃었다. 지원이 재생인간이 된 데에도 사형수가 된 데에도 유진은 일정한 채무감을 지고 있었다.

유진은 실험실로 갔다. 리나가 맡기고 간 두 개의 칩을 조사하기 위해서였다. 실험실은 여느 때처럼 밝은 냉기로 가득 차 있었다. 유진은 현미경이 있는 곳으로 갔다. 재물대 위에 칩 하나를 올렸다. 정확히 무엇을 봐야 하는지 알 수 없었지만 유진은 회전대물부를 돌려 저배율의 대물렌즈를 선택했다. 접안렌즈에 눈을 갖다 대자 한쪽 면은 편평하고 한쪽 면은 나사처럼 돌출된 구조를 갖고 있는 칩이 눈에 들어왔다. 전체적으로 십자형의 윤곽이었다. 유진은 고배율의 렌즈로 바꾸고 다시 칩을 관찰했다. 나사처럼 돋은 면에 날카로운 돌기가 촘촘히 솟아 있었다. 곤충의 입과 다리에서 발견할 수 있는 털처럼 가느다랗고 끝이 뾰족한 돌기였다. 유진은 더 높은 배율의 렌즈를 선택해 칩을 들여다봤다. 그러자 돌기 끝에 생긴 자국이 눈에 들어왔다. 그것은 흡사 말라붙은 액체의 흔적 같았다. 칩이 세포자살을 부추긴다면 흥분독성을 일으키는 물질이 돌기를 통해 흘러나왔을 가능성이 있었다. 유진은 재물대에 놓인 칩을 거두고 얕은 숨을 내쉬었다. 유진의 힘으로 알아낼 수 있는 것은 여기까지였다.

유진은 실험실을 나와 좁고 기다란 통로에 섰다. 통로 끝에서 기역 자로 꺾으면 바깥 출입구와 연결되었다. 유진은 빠른 걸음으로 걸었다. 통로 끝에서 유진은 반대 방향에서 걸어오는 누군가와 하마터면 부딪힐 뻔했다. 섹터A의 교도관인 인철이었다. 유진이 지나온 길에는 실험실 외에 다른 공간은 없었다. 유진은 인철이 묻지도 않았는데 행선지를 고백했다.

"취사장으로 가는 길이야. 향연이 많이 잡혀 있어서."

인철은 입술에 힘을 주며 한숨을 푹 내쉬고는 이내 유진을 위로했다.

"많이 힘들지?"

"다들 그렇지."

유진은 어깨를 으쓱해 보였다. 인철은 다소 취조하는 투가 되어 유진에게 말했다.

"이번에도 환원 전에 사람이 죽을까?"

"순리라고 생각해야지. 내 말은…… 죽음은 피할 수 없다는 뜻이었어."

유진은 순리가 어쩐지 비인간적이라는 생각이 들었다.

"주사 놓는 것도 자연스러운 일일까? 사람이 병 드는 건 필연적이니까."

"너야말로 쉽지 않겠어."

유진은 남의 일처럼 얘기할 수밖에 없었다.

"네 담당 몇몇이 다음 주면 10주가 될 텐데."

유진은 지원을 떠올렸다. 지원을 석방시킬 궁리를 하고 있다는 말은 하지 않았다.

"잘 부탁해."

인철은 난처한 미소를 지으며 유진을 바라봤다.

"이번엔 내게 미안해하지 않아도 될지도 몰라."

"무슨 말이야?"

"조 팀장 말이야…… 너만 테라엑스 주사를 놓지 않고 있다는 걸 알고는 무언가 지시를 내릴 눈치였어."

"하지만 난 할 수 없어."

"다른 교도관들의 불만도 커. 김 교도관이 정말로 주사를 놓기 힘들어 하는 건지, 진정성을 의심하는 이들도 많아. 알잖아."

"내가 재소자들을 빨리 죽이기 위해서라고 떠드는 그 말들? 정 교도관도 그 말을 믿어?"

"모두가 그런 건 아니야. 그러니 벌써부터 화내지는 마."

인철은 딱딱하게 웃으며 통로를 꺾어 들어갔다.

"저기, 정 교도관!"

유진은 인철을 불러 세웠다. 지금 이루어지는 환원의 실체에 대해 말해 주고 싶어서였다.

"무슨 일?"

인철이 뒤를 돌아보았다. 유진은 그만 하려던 말을 삼키고 말았다.

"밥 안 먹으면 취사장으로 오라고."

"싱겁긴. 하지만 입맛이 없네."

인철은 억지웃음을 지어 보이고는 돌아섰다. 유진은 인철이 걷는 좁고 긴 길을 한동안 바라보았다.

22

리나는 매일 콜로니에 와서 시신들과 옛터를 실어갔다. 특별한 용무가 없는 한 리나는 유진에게 말을 걸지 않았다. 리나가 다시 유진에게 말을 붙인 것은 칩을 주고 간 지 일주일 만이었다.

"뭔가 알아낸 게 있어요?"

칩에 관한 이야기임을 안 유진은 주머니에서 칩을 꺼내 리나에게 건넸다.

"돌기가 있었어요."

리나는 유진에게서 건네받은 칩의 끝부분을 유심히 살폈다.

"돌기에서 신경전달물질이 나오는 것 같아요."

흡족한 얼굴로 리나가 고개를 끄덕였다.

"같은 생각이에요."

리나는 안치실에 누워 있는 한 재소자에게 다가갔다.

"이렇게 관자놀이를 통해 칩이 침투하고 나면."

그러고는 관자놀이에 칩을 대어 보며 설명을 이어갔다.

"전기 신호를 주고받으며 측좌핵까지 이동하는 거예요. 그곳에 일종의 커맨드센터를 마련해 놓고 신경전달물질을 곳곳으로 보내는 것 같다고 했어요."

"어떤 물질일까요?"

"글루타메이트라고 해요."

"흥분독성을 일으키는 물질이겠군요."

리나는 고개를 끄덕였다.

"삶의 의욕을 담당하는 부분의 세포 자살이 자살을 갈망하게 만들고요."

"그런 것 같아요."

리나는 손바닥에 놓인 칩을 주머니 속으로 거둬들였다. 오늘도 변함없이 흰 가운 차림이었다.

"하지만 그 이상의 발견은 없었어요. 글루타메이트와 아필라몬 사이에 존재하는 보이지 않는 연결 고리를 찾는 게 이제부터 할 일이에요."

안치실의 침대 어느 한 지점을 응시하며 리나가 말했다. 유진도 비슷한 지점에 의미 없는 시선을 두며 혼잣말처럼 중얼거렸다.

"누가 할 수 있을까요? 이런 일을."

"재소자가 죽으면 이득을 보는 쪽이겠죠."

"딱히 이득 보는 쪽은 없어요. 이득을 본다면……."

"이득을 본다면?"

리나가 물었다.

"재소자들이 가장 큰 수혜자겠죠."

리나는 한 걸음 물러서며 유진을 쳐다봤다.

"그 말은 마치 이런 일을 할 만한 사람이 당신이라고 말하는 것 같은데요."

"그렇게 들린다면 하는 수 없죠."

"나도 하는 수 없네요. 당분간 믿기로 할게요. 수사 파트너니까요."

리나는 운반해야 할 시신과 옛터를 휘 둘러보며 가벼운 두통을 느꼈다.

"한 번에 가는 건 무리겠죠? 이번에도."

"오늘은 두 명이 빠졌지만……."

콜로니21의 집단 사망 사태에 파견된 중개업자 다섯 명 중 두 명은 휴가로 쉬는 중이었다.

"그래도 두 번이면 될 것 같아요. 네 구까지는 운반 가능하니까요."

— 김 교도관님, 소장님이 소장실에서 기다리고 계십니다.

통신로봇 자라의 호출이었다.

"중개업자가 와 있어. 끝나는 대로 가겠다고 전해."

— 알겠습니다.

리나는 안치실 입구에 마련된 침대를 가까운 옛터 옆으로 옮겼다.

"도와드릴게요."

리나는 사양한다는 표시로 손바닥을 세워 보였다.

"이 정도는 충분히 할 수 있어요."

리나는 조용한 기합을 넣고는 안치실 침대에 누워 있던 옛터를 뒤집었다. 지켜보던 다른 중개업자가 리나를 도와 옛터를 다른 침대로 옮겼다. 짧게 인사를 건넨 리나는 엎드린 자세가 된 옛터를 눕힌 채로 입구 방향으로 힘차게 침대를 밀고 나갔다.

23

유진이 소장실 문을 열었을 때 소장은 외투 차림으로 문 가까이에 서 있었다.

"부르셨습니까."

소장은 옷걸이에서 모자를 집어들며 머리에 썼다.

"좀 걷지."

소장은 해변까지 걸어갔다. 멀지 않은 곳에 나무가 보였다. 유진이 울부짖는 나무라 이름 짓고 소장은 침몰하는 나무라 이름 붙인 그 나무였다. 오늘도 나무는 두 가지 모습을 모두 갖추고 있었다. 신의 노여움을 산 인간이 헝클어진 머리채를 붙잡고 울부짖는 것처럼 보이는가 하면, 지느러미를 흐느적거리며 가라앉는 물고기나 부서져 내리며 침몰하는 난파선처럼 보이기도 했다. 나무 가까이 가자 소장이 멈춰 섰다. 바람이 불어 소장의 외투를 붙잡고 흔들었다. 소장은 장갑을 낀 손으로 외투의 단추를 채워 나갔다. 단추를 다 채운 소장은 한동안 말없이 바다를 바라봤다.

"내가 말했던가?"

소장이 이어 말했다.

"나는 바다가 무서워. 정확히는 물이 무섭다고 하는 게 맞겠지."

유진으로서는 들어본 적 없는 이야기였다.

"내가 어렸을 때, 강물에 빠져 죽을 뻔한 적이 있었어. 그 후로도 몇 번 물은 나를 삼키려 했지. 저 바다를 보고 있으면 언젠가 내가 빠져 죽을 것 같다는 생각이 들어."

"요즈음 스트레스를 많이 받으신 모양입니다."

최근 사망자가 지나치게 치솟긴 했다. 모두 환원이 예정되어 있던 재소자들이었다. 소장이 환원 절차를 꺼린다는 것을 유진은 어렴풋이 느끼고 있었다.

"하지만 정말로 무서운 건 이 일이야."

3월이 되었지만 바닥은 아직 눈으로 덮여 있었다. 지난달처럼 무릎을 삼킬 만큼 쌓인 눈은 아니었다. 흰 눈이 햇빛을 번쩍 반사해냈다.

"위안이 되는 사실이 있다면 그들이 사람을 죽인 사람이라는 것뿐이지."

유진도 같은 심정이었다.

"미안해."

줄곧 바다만 바라보던 소장이 마침내 유진을 올려다보았다.

"김 교도관도 예외가 아니야. 이제부터는 주사를 놓아야 해."

유진은 커다란 빙하가 가슴에서 쩍 갈라지는 것 같은 충격을 느꼈다.

"조 팀장의 지시야."

"언제부터요?"

유진은 점차 호흡이 가빠왔다.

"오늘부터."

짙푸른 바다가 시야에서 사라졌다가 나타났다. 유진은 눈을 끔뻑이며 시야를 확보하려 애썼다.

"10주가 된 재소자들부터 우선 주사를 놓아 봐. 몇 명에게 언제 놓았는지 모두 기록해서 보고해야 해."

유진은 지원이 몇 주가 되었는지 헤아려보았다. 오늘로 10주 반이었다. 유진은 심호흡을 했다. 자신의 판단 착오로 엉뚱한 사람을 죽인 후로 유진은 발작적인 공포에 시달렸다. 살인의 장면을 상상하거나 회상하는 것만으로도 유진은 끔찍한 신체적 고통을 느꼈다. 유진은 더는 사람을 죽이고 싶지 않았다. 그건 도덕을 위한 것도 윤리를 위한 것도 아니었다. 자신의 건강을 위한 선택이었다. 환원을 견딜 수 있었던 건 그것이 고통 없이 생명을 끊어주는 절차이기 때문이었다. 불가해하게도 유진은 환원이 재소자들에게 해 줄 수 있는 가장 인간적인 배려라고 생각했다. 하지만 테라엑스 균을 주사하는 것은 이야기가 달랐다. 그것은 재생인간에게 부여된 제한된 인간성을 전제로 행해지는 인간성 파괴의 행위였다. 재생인간이 가질 수 있는 인간성은 고작 인간을 이롭게 하기 위해 설계된 유사성일 뿐이었으므로, 이 파괴의 행위는 아무런 문제가 되지 않았다. 유진은 실험체 사업이 중단되기를 원했지만, 권한이 없었다. 다소 겁먹은 자세로 다른 교도관에게 그 파괴적인 일을 떠넘기는 것, 사태를 막지는 못하는 상태로 괴로워만 하는 것이 유진이 지닐 수 있는 양심이었다.

24

유진은 엘게눕이었다. 엘게눕은 재생인간 부모에게서 태어난 자연 그대로의 인간이다. 유진의 동생도 엘게눕이었다. 그들의 부모는 형제가 성장하여 가문의 위신을 높여줄 것을 기대했지만, 둘째 아들은 엘게눕으로 태어나 엘게눕으로 죽었고 첫째 아들은 엘게눕으로 태어나 재생인간이 되었다. 유진이 재생인간이 되었을 때, 부모는 그에게 재생인간으로서 이 세상을 살아가는 데 지녀야 할 마음가짐을 가르치는 데 꼬박 십사 일을 썼다. 유진은 부모가 새삼스러운 것을 알려준다고 생각했다. 그들이 일러준 것은 지금껏 자신이 지녀온 사고방식과 크게 다르지 않았다. 재생인간 부모를 둔 그는 출생부터 이미 절반 이상이 재생인간이었다.

사회도 엘게눕을 재생인간과 달리 분류하지 않았다. 형제는 엘게눕 학교를 다녔고 엘게눕 전형으로 대학에 입학했다. 엘게눕이 엘게눕 전형을 통해 쉽게 대학의 문턱을 밟는다며 자연인들이 반발하던 때였다. 동생이 대학 합격 통지를 받고 살해되었을 때, 엘게눕이 입학 정원을 채운 것에 대한 자연인의 분노가 부른 범죄일 거라고 유진이 짐작한 것은 그 때문이었다. 그때 동생의 나이는 고작 열아홉이었다. 유진의 상실감은 말로 표현할 수 없었다. 짧은 획에 기댄 시옷의 첫 획처럼 나이로는 자신이 위였지만, 유진은 늘 동생에게 마음을 기대고 있었다.

유진은 동생을 죽인 자를 죽이기 위해 삼 년을 추적했다. 재생인간이 될 것을 각오하고 준비한 복수였다. 어차피 엘게눕으로서의 삶은 재생인간의 그것과 크게 다르지 않다고, 유진은 생각했다.

유력한 용의자는 일대에서 같은 방식으로 두 번의 살인을 더 저지른 연쇄살인범이었다. 살인이 일어난 장소를 이으면 직각삼각형이 되었고, 피해자에게서 발견된 자상의 개수가 각각 9개, 16개, 25개였기에, 언론은 그 연쇄살인을 피타고라스 살인 사건이라 이름 붙였다. 유진의 동생은 빗변에 해당되는 세 번째 피해자였다.

동생이 죽은 지 삼 년 되던 해에 붙잡히지 않던 용의자가 자수했다. 유진이 살던 블록에서 멀리 떨어진 곳에 거주하는 스물한 살의 청년이었다. 살인의 이유에 대해 그는 혐오감 때문이었다고 진술했다. 그간 언론이 진단한 것과 다르지 않았다. 범인은 사형을 선고받고 재생인간이 되었다.

유진은 범인의 집을 찾아갔다. 하지만 범인은 나타나지 않았다. 재생인간이 된 후에 자신이 살던 곳을 떠나는 경우가 종종 있었다. 재생인간이 사회적으로 공인된 부속품이었다고는 하나, 재생인간이 되기까지의 행위가 용인되는 것은 아니었다. 자신의 터전에서 이웃들과의 마찰을 피해 도망을 가는 가서 그들이 터를 닦는 곳은 주로 새로운 일터 근처였다. 그래도 유진은 하루도 빠짐없이 범인의 집 앞을 서성거렸다. 언젠가 한번은 제가 살던 곳을 보러 올 것이라는 예감 때문이었다.

사 년을 기다린 끝에 유진은 범인을 만날 수 있었다. 눈이 하얗게 내린 날, 집 근처에 서 있는 갈참나무 아래서였다. 범인의 손에는 커다란 가방이 들려 있었다. 유진의 손에는 날이 잘 드는 주머니칼이 들려 있었다. 주머니칼의 판매자가 아메리카흑곰의 가죽도 뚫을 수 있다고 전한 칼이었다.

안녕하십니까?

유진은 환하게 웃으며 범인에게 다가갔다.

누구신지?

짐을 끌며 집 쪽으로 걷던 범인은 어리둥절해하며 돌아봤다. 그가 가만히 서서 눈을 가스름히 뜨고 유진을 바라본 것은, 자신이 잊었을지도 모르는 기억 속의 삽화를 건져올리려는 시도였지, 경계는 아니었다.

접니다.

유진은 가까이 다가서며 악수를 위해 손을 내밀었다. 범인은 기억해내지 못한 것을 미안해하며 손을 마주 내밀었다. 범인이 유진의 손을 잡자마자 유진은 범인을 자기 쪽으로 강하게 끌어당겼다. 그러고는 귓속말로 속삭였다.

저 모르시겠어요?

유진에게 맞닿은 범인의 어깨에서 위기감이 전해졌다.

당신이 스물다섯 번 찔러 죽인 동생의 형이에요.

유진은 범인의 배 깊숙이 칼을 찔러 넣고는 니은 자로 꺾어 뱃가죽을 베어냈다. 범인은 쓰러졌다.

저를 이곳에서 치워 주세요. 제가 죽은 것을 알면 가족들이 슬퍼할 거예요.

가족을 잃은 슬픔을 경험한 바 있던 유진은 피가 거꾸로 솟는 기분이었다. 남은 스물 네 번의 칼질을 마치자 주변은 범인이 흘린 피로 온통 붉게 물들었다. 범인은 죽어가며 말했다.

동생의 일은 미안합니다. 솔직히 말하면 저는 당신의 동생을 죽이지 않았습니다. 본 적도 없지요. 저는 재생인간이 되기 위해 거짓으로 자수했습니다. 제 이름은 지호입니다.

그의 결백을 증명하듯 하늘에서 무더기로 쏟아져 내린 주먹만한 눈이 차가워진 피와 아직 따뜻한 그의 몸을 덮어 주었다.

눈밭에 엎드린 지호의 곁을 떠나지 못하고 있을 때 다가온 사람은 지호의 누나였다. 이후에 치른 재판 과정에서 유진은 그녀의 이름이 지원이라는 것을 알게 되었다. 그녀가 주로 사람의 죽음을 돕는 일을 하는 의사라는 것도 알게 되었다. 하지만 그 이상의 것은 알 수 없었다. 동생을 잃은 슬픔의 크기가 얼마큼인지, 자신의 동생을 죽인 유진에 대해서 어떤 종류의 적의를 품고 있는지, 동생의 죽음 뒤에 그녀가 어떠한 길을 걷게 되었는지 유진은 알 수 없었다.

나중에 그녀의 소식을 듣게 된 것은 삼 년이 흐른 뒤였다. 콜로니의 교도관이 되어 있던 유진은 피타고라스 살인 사건의 진범이 살해당했다는 뉴스를 접했다. 뉴스를 장식한 피의자의 이름은 '지원'이었다. 유진은 그것이 우연의 일치가 아님을 직감적으로 알았다.

25

해변에서 소장을 보내고 유진은 좀 더 걸었다. 유진에게 필요한 선택지는 도망이었다. 콜로니는 도망을 허락하지 않는 장소였다.

유진은 주위를 둘러보았다. 이른 봄을 맞아 새싹과 함께 여기저기 잡풀이 솟아나 있었다. 재소자들이 모여 있는 수감동 앞에서는 잡초 제거가 한창이었다. 그들은 띄엄띄엄 쭈그리고 앉아 풀을 뽑았다. 일부러 새싹을 뽑거나, 정오가 가까워지며 짧아진 수감동의 그림자 그늘에 숨어 농땡이를 치는 이들도 있었다. 그들을 에워싸고 우뚝 솟아오른 수감동 건물은 가장 키가 큰 잡초 같기도 했다. 뒤편으로 본관과 수감동을 감싸 안은 유리 수목원이 보였다. 그 어느 곳을 보아도 도망칠 빈틈은 없는 것 같았다.

유진은 돌연 뒤돌아서서 해변 방향으로 걷기 시작했다. 모래 정령이 장난을 치는 것처럼 장딴지에 흰모래가 툭툭, 와 닿았다. 해안가에는 멀리 조각배 한 척이 떠 있을 뿐, 어떤 기척도 느껴지지 않았다.

유진은 멀리 수평선을 바라보며 바다로 나아갔다. 수위는 점차 높아졌다. 유진은 물속에 엎드리는 듯하더니, 이내 떠오르며 앞으로 나아갔다. 유진의 수영 솜씨는 그렇게 뛰어나지 않았다. 하지만 아무리 뛰어난 누구라도 저 수평선이 맞닿는 부분까지 나아갈 순 없을 것이었다. 멀지 않은 곳에 솟아오른 바위가 보였다. 바다 안의 가장 작은 육지. 유진은 일단 그곳을 향해 헤엄쳐 갔다.

첫 번째 시도는 성공이었다. 이런 식으로 바위를 찾아 헤엄을 쳐 나가면, 어쩌면 다른 뭍으로 발을 내디딜 수도 있을 것 같았다. 유진의 심장은 빠르게 뛰었다. 오랜만에 느껴 보는 기대였다. 그가 아직 재생인간이 아니었을 때, 그는 일상적으로 설렘을 경험하곤 했다. 하지만 이제는 아니었다. 처음보다 조금 더 떨어진 곳에 솟아오른 바위가 보였다. 유진은 그곳을 목표로 다시 물속으로 첨벙 뛰어들었다. 물살이 점점 거세졌다. 팔은 뻐근해졌고 호흡은 가빠왔다. 숨을 쉬기 위해 고개를 틀었을 때 파도가 쳤다. 파고는 그리 높지 않았지만 유진은 물을 가득 마셨고 파도가 친 반대편으로 떠밀려갔다. 이어서 수평

선으로부터 해안까지 파도가 담요처럼 말리며 다가왔다. 유진은 팔과 다리를 움직여 보았지만 물 위로 솟을 수는 없었다. 한 차례 파도가 지나간 뒤, 수면은 다시 잠잠해졌다. 가까스로 파도 속에 잠겨 있던 유진은 처음의 진로에서 한참 떨어진 곳에서 위로 떠올랐다. 하지만 헤엄을 칠 수는 없었다. 그는 멍하니 하늘을 바라보며 부표처럼 바다 위를 둥둥 떠다니고 있었다. 수평선 끝에서 다시 파도가 밀려왔다.

"김 교도관!"

유진은 목소리가 들리는 쪽으로 고개를 돌리고 싶었지만 그럴 수 없었다. 그러나 누구의 목소리인지는 한 번에 알아들을 수 있었다. 유진을 부르는 목소리는 점점 가까워졌고 유진의 눈은 스르르 감겼다.

유진이 다시 눈을 떴을 때, 그는 갑판 위에 누워 있었다. 그의 눈에 들어온 것은 흐린 하늘이었다. 몸에서는 아직도 조금씩 바닷물이 주륵주륵 흘러내렸다. 갑판과 맞닿은 몸에서 약간의 온기를 느꼈다. 유진은 오스스 몸을 떨었다. 잔잔한 바람이 불며 유진의 살갗에 돋아 오른 소름을 쓸고 지나갔다.

"정신이 좀 들어?"

유진은 고개를 끄덕였다. 그러고는 웃음을 터트렸다.

"거기까지 무슨 일로 간 거야? 이 교도관?"

"같은 이유로."

요한이 나직하게 대답했다. 유진은 더 이상 묻지 않고 하늘을 올려다보았다.

— 김 교도관님, 어디 계십니까?

통신로봇 자라였다.

"근처야. 멀지는 않아."

유진은 요한을 향해 고개를 돌렸다. 요한은 해안가에 배를 댔다고 유진에게 설명했다.

— 테라동 처치실로 와 주십시오.

"무슨 일이야?"

— 사고가 발생했습니다. 속히 와 주십시오.

통신이 끊겼다. 유진은 몸을 일으켰다.

"어디까지 갔다 왔어?"

유진이 물었다.

"아무 데도. 갈 수 없었어."

요한이 대답했다.

유진은 주머니 속에 든 앰플을 굴리며 처치실을 향해 걸었다. 젖은 옷은 갈아입었지만 머리는 아직 젖어 있었다. 처치실 문을 열고 들어가서 유진이 마주친 사람은 희도였다. 교도로봇 한 기가 침대 발치를 지키고 있었고 희도의 두 팔과 두

다리는 결박되어 있었다. 희도는 두 팔을 힘껏 당기고 두 다리를 거칠게 차보기도 했지만, 자신을 속박한 장치를 푸는 데 번번이 실패했다. 문이 열리며 문 앞을 지키던 통신로봇 자라가 들어왔다.

"무슨 일이지?"

희도는 고개를 돌려 유진을 외면했다.

— 교도관을 공격했습니다.

자라가 당시의 상황을 설명했다.

— 개인용 포트를 휘둘러 교도관의 머리에 중상을 입혔습니다.

"왜 그런 겁니까?"

희도는 고개를 돌려 유진을 응시했다. 희도의 두 눈이 분노로 이글대고 있었다.

"공격성 측정 주사를 맞아야 한다고 하더군요. 저는 싫다고 했어요. 그게 어떤 주사인지 아니까!"

"어떤 주사라고 생각합니까?"

"죽음으로 이끄는 주사잖아요."

희도의 말만으로 그가 주사액의 성분을 안다고 보기는 어려웠다.

"소장님께 보고하면 되나?"

유진이 통신로봇 자라를 향해 물었다.

— 소장님은 이미 알고 있습니다.

자라가 대답했다.

"주사만 놓으면 되는군."

자라는 갖고 있던 주사기와 앰플을 유진에게 건넸다.

"담당은?"

— 공격받았습니다.

희도의 담당은 권의행 교도관이었다.

"얼마나 다쳤어?"

— 현재 회복 중입니다.

유진의 두 손에 주사기가 들려졌다. 유진은 자라에게 앰플을 돌려주었다.

"내가 미리 챙겨 왔어."

유진은 주머니 속에서 앰플을 꺼냈다.

"몇cc를 주사하면 되지?"

— 4cc 이상입니다.

유진은 앰플에 주사기를 푹 꽂았다. 피스톤을 당겨 주사액을 빨아들이자 3cc의 주사액이 주사기에 채워졌다.

— 4cc 이상을 주사해야 합니다.

자라가 유진이 아래로 떨어뜨린 팔을 들어올렸다. 앰플에 남은 주사액을 유진은 끝까지 빨아들이자 5cc의 주사액이 채워졌다. 유진은 희도에게 다가갔다. 결박되어 위로 향하고 있는 왼쪽 팔을 문지르며 유진이 말했다.

"아무 일 없을 거예요"

"뭘요?"

"푹 자도록 해요."

"나를 죽이려는 거라고 순순히 자백하는 거예요?"

"그래요. 당신을 죽이려는 거예요."

유진은 희도의 왼팔에 주사 바늘을 찔러 넣었다.

"다른 방식으로요."

주사액을 삼킨 희도의 어깨가 부르르 떨렸다.

26

이번에는 콰르텟이었다. 유진은 현악4중주가 흐르는 향연장으로 들어섰다. 일찍 도착한 단원들이 향연에 앞서 소리를 맞춰 보고 있었다. 유진은 음악의 이름을 생각해 내려 기억을 더듬었다. 하지만 이전의 유진에게서도, 새로이 주입된 군집 기억에서도 음악의 이름은 발견되지 않았다. 유진은 단원들 앞에 펼쳐진 악보를 보고서야, 그 음악이 '죽음과 소녀'라는 것을 알 수 있었다. 유진은 그럴듯하다고 생각했다. 오늘 향연의 주인공이 열일곱이었기 때문이다.

지나의 죽음 이후 60명의 환원 신청자와 사망자가 생겨나면서 매일 20여건의 환원 신청이 보태어졌다. 한 사람당 두 시간씩 할애되었던 기존의 향연 방식으로는 도무지 감당할 수 없는 숫자였다. 향연은 콜로니에서 비중 있게 치러지는 행사였다. 일견 불가능해 보인다고 해서 포기하기는 어려운 예식이었다. 그리하여 고육지책으로 마련된 것이 합동 향연이었다. 향연마다 열 명에서 스무 명 정도의 재소자를 모아 향연을 치르는 거였다. 환원의 당사자들은 커다란 타원형 식탁에 둘러앉아 같은 음식을 먹었다. 그마저도 일부는 다 먹지 못하고 도중에 피를 토하고 죽었다.

소녀는 연잎밥이 먹고 싶다고 했다. 어렸을 때 가족끼리 나간 첫 근교 나들이에서 먹었던 음식이었다는 것이다. 연잎은 구하기가 힘든 것이었다. 유진은 연잎 대신 대나무를 이용해 밥을 지었다.

도라지 무침과 애호박 무침, 두부조림과 고들빼기, 백김치와 배추김치. 유진은 밑반찬을 식탁 위에 알맞게 배치하고 죽통 밥을 의자 앞에 올렸다. 마지막으로 수저를 놓자 향연장 입구에 소란이 찾아들며 재소자들이 대거 몰려들었다. 재소자들은 침통함 가운데서도 식욕을 잃지 않았다. 교도로봇은 간식을 한 봉지씩 나누어 주었고, 재소자들은 한 방울씩 떨어지는 물을 마시기 위해 입을 벌리고 있는 영양들처럼 자기에게도 배급 차례가 오기를 갈증 난 마음으로 기다렸다. 조금 늦게 도착한 소녀가 양팔로 무언가를 품은 채로 입장했다. 자리에 앉은 뒤에도, 재소자들이 줄을 맞춰 향연장 바닥에 앉은 뒤에도 소녀는 팔을 풀지 않았다. 이윽고 소장이 들어오자 소녀가 인사했고 소녀는 양팔을 가슴 앞에서 엑스 형태로 교차시킨 상태로 상체를 숙였다. 소장은 장내를 둘러보며 자신의 자리가 마련된 연단을 향해 걸어갔다. 착석한 소장이 신호를 주자 소녀가 앉았고, 소녀가 숟가락을 들자 슈베르트의 현악 4중주가 무너져 내리듯 시작되었다.

"식사를 하십시오."

유진이 말했다.

소녀는 왼팔로 들고 온 것을 꼭 붙들고 오른손으로 밥을 조금 떠먹었다.

"손에 든 게 무엇입니까?"

유진이 묻자 소녀는 오른팔을 원래대로 가슴 앞으로 가져가 들고 온 것을 가렸다.

"부탁 하나 해도 될까요?"

소녀가 대답 대신 질문을 했다.

"해 보십시오."

유진이 너그럽게 말했다. 소녀는 긴장이 다소 누그러졌는지 그제야 팔 속에 품었던 것을 꺼내 보였다.

"제 일기장이에요. 환원될 때 이것과 함께 있어도 될까요?"

"한번 봅시다."

유진은 소녀에게서 일기장을 건네받아 펼쳐 보았다. 콜로니에 들어와서 쓰기 시작한 수기였다. ……1월 18일. 무척 흐린 가운데 비가 내렸다. ……나는 어서 빨리 가고 싶다. ……2월 4일. 이제는 간다고 말을 해야 할 때. ……3월 7일. 사라지고 싶다. 처음부터 끝까지 환원을 희망하는 듯한 이야기가 가득했다. 유진은 일기장을 덮고 소녀에게 돌려주었다.

"그렇게 하십시오."

유진이 고개를 끄덕이며 허락하자 소녀는 일기장을 꼭 안고 눈물을 흘리기 시작했다. 소녀가 흘린 눈물로 향연은 조금 지연되었다.

소녀의 향연은 연주가 알레그로에서 안단테로 바뀐 지 몇 분 만에 종료되었다. 교도로봇과 소녀를 앞세운 유진이 환원실로 들어갔고 남겨진 사람들은 주춤주춤 끊겨가는 음악과 함께 자리에서 일어났다. 환원실에 들어선 유진은 리덕터에 소녀를 눕히고 팔과 다리를 고정시켰다. 소녀의 가슴 위에는 일기장을 올려 주었다. 마지막으로 헬멧을 씌우기 위해 머리를 붙잡으면서, 유진은 체념한 마음으로 소녀의 이마를 덮고 있는 머리카락을 쓸어내렸다. 하지만 왼쪽 관자놀이 부근에 유진이 예상했던 십자가 무늬는 없었다. 오른쪽도 마찬가지였다. 어디에 있을까. 유진은 어느새 십자가를 찾고 있었다.

"스위칭을 시작하시죠."

교도로봇의 권고에 따라 유진은 십자가 찾기를 중단해야 했다. 헬멧을 씌우고 리덕터의 덮개를 덮어 스위칭 버튼을 눌렀다. 앞으로 네 시간 동안 긴 잠에 빠져들듯 소녀는 환원될 것이었다.

안치실에 옮겨진 소녀를 유진은 홀로 남아 살펴보았다. 머리카락을 샅샅이 쓸며 훑어보았지만 어디에서도 십자가 무늬의 자상은 발견되지 않았다. 소녀의 혓바닥은 붉은빛이 감도는 분홍색이었다. 피를 토한 흔적도 없었다. 소녀의 환원은 최근 공통적으로 이어져 온 사건들과 궤를 함께 하지 않았다. 유진에게, 소녀가 스스로 환원을 선택했다는 판단이 섰다.

"만약 스스로 선택한 환원이라면……."

유진은 혼잣말로 중얼거렸다. 옛터가 된 소녀는 앞으로 72시간 동안 모든 생명활동이 정지된 상태로 보존될 것이었다. 중개업자는 이틀 뒤에 방문하기로 되어 있었다. 중개업자는 옛터가 된 소녀를 폐재생인간처리장이 아닌 재생센터에 넘길 것이고, 그렇게 되면 소녀는 다시 한번 재생인간이 될 것이었다.

"데려가게 해선 안 돼."

유진은 밤을 기다렸다.

깊은 밤이 찾아왔다. 창밖으로 굵은 비가 쏟아지고 있었다. 유진은 외출을 준비하며 일기예보를 확인했다.

'지금 이 시각 체계적인 비가 내리고 있는 가운데, 전날 밤부터 시작된 집중호우로 먼 바닷가에서는 너울성의 파도가 일겠습니다. 비는 앞으로 이틀간 더 내릴 예정이며, 곳에 따라 시간 당 40밀리미터의 비가 쏟아지겠습니다. 관리에 유의할 것을 당부드리며…….'

일기예보가 끊겼다. 유진은 모든 통신을 차단하고 창문을 바라보았다. 창문에는 검은 우의를 입은 남자가 서 있었다. 준비를 마친 자신이었다.

유진은 창문에 바짝 다가가 얼굴을 맞댔다. 해안가 동정을 살피려는 것이었다. 하지만 굵은 빗줄기 말고는 아무것도 보이지 않았다. 빗줄기로 인해 바깥은 쇠창살 속에 갇힌 것처럼 보였다.

유진은 캐비닛에서 커다란 가방을 챙겼다. 바퀴가 달린 가방이었다. 길이는 120센티미터 정도 폭은 80센티에 달하는 이 가방에 모든 짐을 싣고 유진은 콜로니로 왔었다. 이곳에 짐을 푼 이후로 내내 잠들어 있던 가방을 오늘 유진은 다시 꺼내게 되었다.

복도에 나선 유진은 커다란 짐승을 끌고 가는 기분이 들었다. 바퀴는 굴러가며 잠들어 있는 모든 이를 깨우려는 듯 과장되게 컹컹댔다. 가방 손잡이를 쥔 유진의 손바닥에는 어느새 땀이 흥건해졌다. 안치실에 도착했을 때 유진의 손은 땀으로 범벅이 되어 있었다. 안치실 출입문 앞에서 신원을 확인하려는 음성이 들려왔다. 유진이 인식 장치를 응시하자, 홍채를 인식한 문이 열렸다. 안치실 안은 여느 때와 같이 서늘했다. 똬리를 튼 뱀이 금방이라도 치솟아오를 것처럼 불길한 적요가 한동안 이어졌다. 유진은 캡슐 하나의 잠금 장치를 해제했고 그 속에서 전날 잠이 든 소녀와 일기장을 꺼냈다. 유진은 짧은 기도를 마쳤다. 그런 다음 자신이 가져온 커다란 가방의 지퍼를 열고 그 속에 소녀와 일기장을 집어넣었다. 소녀의 키가 170센티미터에 가까웠기에, 소녀는 태아처럼 웅크린 자세로 가방 속에 들어갔다.

유진은 처음에 자전거를 두고 가려 했다. 폭우를 뚫고 나갈 자신이 없었던 것이다. 하지만 해안까지의 먼 거리를 가방을 끌고 걸을 자신 또한 없었다. 유진은 시설물 관리 창고에서 화재 대피용 로프를 찾아냈다. 자전거 짐칸에 로프를 걸고 충분한 거리를 두고 가방을 묶었다. 자전거 차체에는 낮에 묶어 놓은 괭이가 있었다. 잡목 제거 반에서 쓰다가 화단에 던져 둔 괭이였다. 유진은 가방과 자전거를 잇는 로프의 매듭을 확인했다. 유진이 자전거에 올라타자, 콜로니 곳곳에 우뚝 선 탑에서 불빛이 비쳤다. 360도로 돌며 주변을 비추는 등이었다. 유진은 약한 불빛에 의지해서 앞으로 나아가는 페달을 밟았다. 비가 쏟아졌고 해안까지 완만한 경사가 나 있었기에 자전거는 미끄러질 듯 빠른 속도로 나아갈 것 같았다. 하지만 짐칸에 매인 둔중한 가방의 무게로 자전거는 조심성 많은 뱀처럼 머리를 흔들며 조금씩, 조금씩 해안 방향으로 가까워졌다.

길게 생각하지는 않았다. 사람을 묻어야 할 장소를 오래 전부터 고민해 온 사람처럼 유진은 나무 옆에 괭이를 꽂았다. 힘줄처럼 뿌리가 도드라진 땅 바로 옆이었다. 땅을 파내면서 유진은 조금 더 멀리 떨어진 곳을 팔걸 그랬다고 생각했다. 뿌리가 소녀를 휘감을 것이 상상되어서였다. 하지만 유진은 위치를 바꾸지 않았다. 날이 밝으려면 아직 멀었음에도 막연히 쫓기는 기분을 느꼈던 것이다. 구덩이를 충분히 판 유진은 가방을 쥐었다. 가방 위로 빗줄기가 내리꽂혔다. 유진은 가방을 안고 구덩이 속으로 뛰어 들었다. 어쩐지 아직 따뜻한 소녀를 던져 넣을 수는 없었다. 구덩이 속에 들어간 가방 위로 빗물이 또르르 굴러 떨어졌다. 유진은 구덩이 밖으로 올라오기 위해 하늘을 보았다. 굵은 밧줄 같은 비가 소녀를 구출해 줄 것처럼 쏟아져 내렸다. 유진은 미끄러운 흙 속에 발을 파묻으며 몇 걸음을 디디고서야 간신히 위로 올라왔다.

리나는 오전에 도착했다. 매일 향연이 있었으므로 유진은
안치실에서 오랜 시간을 보낼 수 없었다. 리나와 중개업자들
이 열심히 실어 나른 덕에 안치실 바닥에는 예전처럼 시체가
쌓여 있지 않았다.

"모두 일곱?"

리나가 안치실 침대에 누운 시신을 둘러보며 물었다.

"서른 넷."

유진은 벽면을 가득 채운 스물일곱 개의 캡슐을 가리키며
말했다.

"그 중에 향연 전에 죽은 이가?"

"서른."

시신의 상태를 확인한 리나가 말했다.

"다른 외상은 없고 혀는 보랏빛으로 변했어요. 역시 십자 자
국이 있고요. 아필라몬에 의한 죽음인 것으로 기록해 둘게요."

리나와 중개업자들은 오늘 이송할 옛터들의 번호를 매기며
기록지를 작성했다. 리나는 비고란에 십자가라고 썼다가 지
우고는 '혀의 변색'이라고 고쳐 썼다. 기록지에서 발생되는 빛
이 리나의 얼굴에 반사되었다. 리나는 한동안 기록지에 단어
를 적어 나갔다. 고개가 조금씩 움직이는 동안 빛이 반사된 얼

굴에 음영이 드리워졌다.

"알겠습니다. 바쁘실 텐데 가서 일 보세요. 아마 두 번이면
될 것 같아요."

두 번을 왕복한다는 의미였다. 유진은 남아서 돕고 싶었지
만 겨를이 없었다.

"다른 교도관을 불러 줄게요. 아마 잘 도와 줄 거예요."

유진은 요한을 떠올렸다.

27

로비에서 시작된 소란에 지원은 밖으로 나가 보았다. 소파 옆에 재소자가 엎드린 채로 쓰러져 있었다. 오늘 향연이 예정된, 지원도 안면이 있는 남자였다. 남자를 둘러싸고 있는 다른 재소자를 뚫으며 앞으로 나아가자, 쓰러진 남자가 쏟아 낸 피가 지원의 눈에 들어왔다. 지원은 남자 가까이로 가 앉았다. 남자의 머리칼은 길지 않았지만 엎드려 있어서 측면이 잘 보이지 않았다. 지원은 남자의 뺨이 위로 향하도록 머리를 살짝 돌렸다.

"함부로 만지지 마!"

"교도관이 올 거야. 그대로 둬."

다른 재소자들이 지원을 말렸다. 왼쪽 관자놀이에 아무 흔적이 없음을 확인한 지원은 엎드린 남자의 고개를 돌려 반대

편을 확인했다. 십자가 무늬의 자상이 있었다.

"물러서세요."

귀에 익은 목소리에 지원은 자리에서 일어섰다. 유진이 다가오자 재소자들이 길을 터 주었다. 유진은 한쪽 무릎을 꿇고 머리에 새겨진 자상을 확인했다. 지원이 머리를 돌려놓았기에 마치 남자의 머리에서 출혈이 일어난 것처럼 보였다. 유진은 쓰러진 남자의 양쪽 볼을 잡고 턱을 벌렸다. 변색된 혀가 안쪽으로 말려 있었다. 같은 사건이었다.

"언제 이렇게 됐죠?"

유진이 등 뒤의 재소자들을 향해 물었다.

"방금 그렇게 됐어요."

"나와 보니 쓰러져 있던걸요."

저마다 웅성거리는 소리가 들려왔다. 유진은 남자의 목에 손가락을 갖다 댔다. 온기로 미루어 보아 그리 오래 되진 않은 듯했다.

"8분 되었어요."

한 남자가 말했다.

"10시 14분에 방을 나갔고 곧 이곳에서 쿵, 하는 소리가 들려왔죠. 지금이 22분이니까 약 8분쯤 된 거죠."

유진은 목소리가 나는 방향으로 돌아보았다. 희도였다. 희도는 유진에게 가벼운 목례를 했다.

"같은 방을 쓰고 있어요."

"그렇군요. 특별히 이상한 점은 없었습니까?"

"이상하다면 이상했죠."

"어떻게요?"

"여기서는 좀⋯⋯."

희도가 주변을 의식하며 머뭇거렸다. 유진은 희도에게 잠깐의 시간을 달라고 양해를 구했다. 소장에게 보고해야 했고, 우선은 시신이 되어 버린 재소자를 안치실로 옮겨야 했다. 유진은 담당 교도관에게 그 일을 맡겨야겠다고 생각했다.

"이 재소자의 담당이 누구입니까?"

"권 교도관님이에요."

지원이 말했다.

"로비에서 상담 받는 모습을 자주 목격했어요. 저와 방을 같이 썼던 재생인과 담당이 같아서 한 번씩 더 쳐다봤던 것 같아요."

지원은 죽은 윤아린을 생각했다. 여러모로 운이 좋았다고 말했던 윤아린을 떠올리며 지원은 질 나쁜 운의 낌새를 느꼈다. 유진은 권의행에게 개인 메시지를 전송했다. 의행은 곧 오겠다며 회신해 왔다.

"잠시 후면 권 교도관이 올 거예요. 그때까지 자리를 지켜 줘요."

유진은 지원에게 당부의 말을 전했다.

"걱정 말아요."

유진은 고맙다는 표현을 어떻게 할까 궁리하다가, 결국 아무 말도 하지 않고 자리를 떴다. 희도가 그의 뒤를 따라 걸었다.

두 사람은 수감동 바깥으로 나갔다. 교도관들이 마치 강아지를 데리고 나서듯이 재소자들을 산책시키는 예가 종종 있었다. 그러한 행동은 콜로니에서 일종의 정신치료로 이해되었다. 키 작은 꽃과 풀이 돋아난 돌층계를 두 사람은 나란히 내려갔다.

"예전에는 이런 꽃들의 이름을 전부 외우곤 했었는데요."

희도가 말했다.

"땅을 보며 걸을 때가 많았거든요. 그래서 자연히 이런 식물들에게 관심을 가지게 된 것 같아요."

"이 꽃의 이름은 뭐예요? 여기 이 하얀 꽃."

유진이 길을 걷다 말고 멈춰 서서 물었다.

"그건 봄맞이꽃이에요. 흰 구름 같기도 하고 눈송이 같기도 하죠."

"그렇군요."

딱히 호기심에 의한 질문이 아니었으므로, 두 사람은 더 이상 꽃에 대해 이야기하지 않았다. 말없이 걷다가 둘은 적당한 벤치에 나란히 앉았다.

"이름이 뭐였죠?"

"희도예요."

"아니요. 쓰러진 그 남자요."

"수오였어요. 이름표에는 숫자가 적혀 있었지만, 수오가 진짜 이름이라고 했어요."

"이상한 점이 뭐였나요?"

유진은 곧장 본론으로 들어갔다.

"목이 마르다고 했어요. 서랍 속에 있는 캡슐을 전부 뜯어 마시고는, 제게서도 물 캡슐을 받아가서 또 마셨어요. 그러더니, 그래도 목이 마르다며 다른 재생인들에게 더 구해봐야겠다며 바깥으로 나갔어요. 그 후에 소리가 난 거예요. 쿵, 하고."

"확실히 이상하긴 하네요. 정도 이상의 갈증을 느꼈다는 게."

"그게 아니라요."

희도가 손바닥을 펼치자 손에 쥐고 있던 봄맞이꽃이 바람에 날아갔다.

"목마름 하나 참지 못하는 게 이상했어요. 어차피 몇 시간 후면 죽을 사람이……."

"생리현상은 자연스러운 갈망을 부여하곤 하니까요. 그건 그렇게 이상한 일이 아니라고 봐요."

"그게 전부는 아니에요."

"뭐가 또 있었죠?"

"교도관님도 보셨나요? 십자가를."

희도가 유진을 똑바로 쳐다보았다. 유진도 희도의 시선을 회피하지 않았다.

"아까 죽은 수오 씨의 고개를 돌려 보던 거, 십자가를 확인했던 거죠? 제 자리에 있던가요?"

"위치가 다르긴 했지만. 그래요. 있었어요."

유진이 이어서 물었다.

"십자가에 대해서 알고 있나요?"

"몰라요. 죽음의 표식이라는 이야기를 듣긴 했지만, 자세한 건 몰라요."

"죽음의 표식?"

"죽은 재생인들이 머리에 십자가를 지고 있었다는 거요. 우리가 확인해 본 바로는, 그랬어요."

희도는 방금 자신이 던진 '우리'라는 표현이 몹시 낯설어 고개를 숙였다.

"누가 그런 일을 할 수 있을까요?"

유진은 진심으로 궁금했다.

"피를 흘리고 죽은 이들...혹은 그전에 향연을 치른 이들에게 공통점이 하나 있어요."

유진은 숨죽여 희도의 다음 말을 기다렸다.

"모두 담당 교도관이 겹친다는 거예요."

그들의 담당들 중 한 명과는 유진도 자주 이야기를 나누는 편이었다.

"권 교도관에게 가 보아야겠네요."

"가서 무얼 어쩌시려고요?"

유진은 어깨를 으쓱할 뿐, 대답을 들려주지는 않았다.

"고마워요. 김 교도관님."

"뭐가요?"

"저한테 주사를 놓으셨잖아요."

"그게 고마울 일인가요?"

유진이 생각하기에 인간 실험체로 소용되게 하는 일에 고마움을 느낄 필요는 없었다.

"주사를 맞고 잠을 잘 잤어요. 그간 수면 장애에 시달렸거든요."

"숙면을 취했다니 다행이네요."

"같은 주사를 맞은 이들은 전부 제타동이나 요타동으로 갔어요. 노동이 없다고 하는 곳으로요."

희도는 시아를 생각했다. 테라동을 떠나기 전, 침상에 누워 있던 시아의 모습을. 느리게 오르내리던 시아의 흉곽을. 보이지 않았지만, 느낄 수 있었던 시아의 더운 숨결과 불길한 운명을.

"그런데 저는 잠만 잔 거예요. 정말로 아무 일도 일어나지 않았어요."

"꼭 무슨 일이 일어나야 하는 건 아니니까요."

유진은 살며시 미소지었다.

"하지만 이제는 무슨 일이 일어날 거라는 게 느껴져요. 조만간에."

희도도 유진을 향해 환하게 웃어 보였다.

"그동안 고마웠어요."

희도는 먼저 자리에서 일어섰다. 유진은 그를 잡지 않았다.

28

남자가 들어오자 조 팀장도 소파 쪽으로 걸어왔다. 루이라
고 불리는 작은 개는 관상목 옆에 누워 고른 숨을 내쉬며 잠
을 자고 있었다.

"앉으세요."

조 팀장은 남자가 먼저 소파에 앉게 하고는 자신은 벽면에
서 재생 중인 화면에 시선을 고정했다. 화면을 가득 채운 것은
뇌였는데, 얼핏 수술 장면 같기도 했고 부검 장면 같기도 했다.

"발견된 사항을 알려 주세요."

남자는 허리를 직각으로 세우고 앉아 화면을 올려다보았다.

"검사 결과 측좌핵에서 보고된 바 있던 흥분독성이 전대상
피질과 안와전두엽에서도 동시에 발견되었습니다. 측좌핵에
서 시작되어 뻗어나간 것으로 보입니다."

"그게 의미하는 바가 무엇인지요?"

남자는 고개를 살짝 숙이고는 설명을 이어갔다.

"칩에서 발견된 글루타메이트가 측좌핵에 유입되어 세포자살을 유발한 것으로 보입니다. 글루타메이트에 신경세포가 반응하여 활성화되면 세포 내의 칼슘이온 농도가 높아지는데, 측좌핵과 전대상피질, 안와전두엽의 세포를 조사한 결과 칼슘이온의 농도가 매우 높은 것으로 나타났습니다."

"그곳의 세포자살을 유도해서 얻은 결과란 무엇이죠?"

"측좌핵과 전대상피질, 안와전두엽은 전부 갈망을 조절하는 영역입니다. 추측건대, 갈망을 통해 행동 제어를 한 것으로 보입니다."

"그 제어된 행동이라는 게……."

화면에서는 뇌를 조각내서 무게를 다는 모습이 나오고 있었다.

"자살이라는 겁니까?"

남자는 심장이 철렁 내려앉는 기분이 들었지만 내색하지 않았다.

"그런 것 같습니다."

"어리석군요. 주어진 기회를 발로 차다니. 그렇지 않습니까?"

"그렇습니다."

남자는 고개를 들지 않고 대답했다.

"당신을 믿어 보길 잘했어요. 이렇게 뇌를 확보해내지 않았습니까?"

"운이 좋았습니다."

"머리가 좋은 거죠."

화면에서는 슬라이드 글라스 위에 잘린 뇌를 올리는 모습이 나오고 있었다.

"나는 재생인간의 지능을 인정합니다. 일각에서는 재생되면서 뇌가 기능적 측면에서 약화된다고 하지만, 저는 그 생각에 동의하지 않습니다. 오히려 강화된다고 보죠."

남자는 뭐라고 해야 할지―감사한다고 말해야 할지―알 수 없었다.

"하지만 그들의 양심은 별로 믿지 않는 편입니다. 어떻게 생각하십니까?"

"그건……."

남자로서는 동의도 부정도 할 수 없었다.

"이번에 시신 한 구가 재생센터로 넘겨지지 않았습니다. 나머지 재생센터로 넘겨진 시신도 재생 가치는 없어서, 몇 주째 재생 건수가 0에 달합니다. 재생인간에게 맡겨 놓은 일이란 이렇게 언젠가는 등을 돌리고 그 내막을 드러내지 않습니다."

조 팀장은 돌아서서 화면을 바라봤다. 조각 난 뇌가 푸르게 염색되고 있었다.

"찾아 오세요."

조각 난 뇌 위에 커버글라스가 씌워졌다. 잠시 후 프레파라트를 옮기는 손이 나타났다.

"시체든 도둑이든. 이번처럼 확보해 보세요."

조 팀장이 남자를 향해 돌아섰다. 화면에서는 여자가 현미경을 들여다보고 있었다.

"당신은 유능하고, 또 지능도 높으니까. 이번에도 믿어도 되겠죠?"

"감사합니다."

직각으로 세워져 있던 남자의 허리가 예각을 만들며 굽혀졌다. 뒤를 돌아보며 환하게 웃는 여자가 화면에 나오고 있었다.

29

유진은 안치실로 갔다. 오후에 예정되어 있던 향연은 모두 취소되었다. 향연에 앞서 재소자들이 모두 사망했기 때문이다. 안치실에서는 수오의 이송을 맡은 의행이 유진을 기다리고 있었다. 의행은 캡슐 속에 안치 되지 못한 일곱 구의 시신 주변을 돌며 고개를 돌리거나 머리칼을 넘겨 보고 있었다. 유진이 다가갔다.

"고마워. 나 대신 일을 맡아 줘서."

유진의 기척을 느낀 의행은 시신의 고개를 돌려 천장을 바라보게 했다.

"천만에. 나중에 내가 하게 될지도 모르는 일인데 미리 연습해 두는 것도 좋지."

"나는 그만둘 생각이 없어."

"말이 그렇다는 거야. 그만 가 볼게."

의행이 서둘러 나갈 준비를 했다. 나무유리 바닥에 의행의 신발이 미끄러지는 소리가 들렸다. 유진이 뒷모습을 보이며 돌아서는 의행을 향해 말했다.

"본인이 만든 작품을 보고 있었어?"

의행의 안색이 변했다.

"그게 무슨 말이야?"

유진은 수오의 고개를 왼쪽으로 돌려 오른쪽 관자놀이가 보이도록 했다. 유진이 십자가를 가리키며 말했다.

"이것 때문에 사람들이 쓰러지고 있는 거지."

유진은 골몰하는 얼굴로 수오를 내려다보는 의행에게 물었다.

"향연을 방해하는 이유가 뭔지 물어도 될까?"

"향연을 방해하려던 건 아냐. 환원을 저지하려는 거였지."

의행은 체념한 사람처럼 피식 웃었다.

"재생을 반대하는 건 김 교도관도 같잖아. 그 이유부터 들어볼까?"

"딴소리 하지 말고 묻는 말에 대답해 줘."

의행은 아랑곳하지 않고 말을 이었다.

"다들 김유진 교도관이 사람을 더 죽이고 싶어 하기 때문이라고 하지. 왜냐면, 김 교도관은 우발적인 사건으로 재생인간이 된 우리와는 달리, 재생인간으로 자라도록 설계되었기 때문이라고 믿고 있으니까. 유전적으로 말이야."

유진은 피가 거꾸로 솟는 듯한 느낌을 받았지만 내색하지 않았다.

"믿고 싶은 대로 믿어도 좋아. 내가 궁금한 건 권 교도관이 환원을 막으려는 이유야."

"하지만 나는 알고 있지. 김 교도관이 누구보다도 재생인간을 불쌍히 여긴다는 걸. 그래서 무한히 이용되도록 두고 볼 수 없는 거라는 걸."

"소설을 쓰는군."

의행은 손을 내밀어 악수를 청했다.

"그런 의미에서 우린 동지야. 나도 그래. 인간 실험체로서 재활용되는 걸 모른 체 할 수가 없었어."

유진은 의행의 손을 잡아 악수를 거두게 했다. 의행이 긍휼한 마음을 갖고 자신을 동등하게 바라본다는 걸 유진은 모르지 않았다.

"그래서 죽이는 거야? 아필라몬으로? 그건 너무 고통스러워."

"원래 환원은 아필라몬으로 치러졌었어. 김 교도관도 알잖아."

"더는 아니지. 더는 안 되고."

"미안하지만 우리는 멈출 수 없어."

"우리?"

의행은 뒷걸음질 치며 어깨를 으쓱해 보였다.

"배후에 누가 있지?"

"그건 아직 알려줄 수 없어."

의행이 교도복의 안 주머니에 손을 넣었다.

"언제 알려줄 수 있지?"

의행은 유진에게 다가와 유진을 와락 껴안았다.

"며칠 뒤에 알려줄게."

유진은 관자놀이를 파고드는 찌를듯한 아픔을 느꼈다. 유진의 관자놀이에서 한 줄기 피가 흘러내렸다. 의행의 손에는 중지만한 두께의 볼펜처럼 생긴 것이 들려 있었다. 크로스나인이었다.

"네가 아필라몬을 마신 후에."

유진은 그 자리에 털썩 주저앉았다.

"미안하지만 어쩔 수 없었어. 아직은 멈출 수 없어."

"좀 어지럽군. 어쨌든 고마워."

유진이 뺨을 타고 흐르는 가느다란 핏줄기를 닦아내며 말했다.

"이게 바로 내가 원하던 거야. 내가 원하는 것을 해 줘서 고마워."

유진은 벽에 몸을 기대었다. 몸이 천천히 벽을 타고 미끄러졌다. 털썩 주저앉았다. 의행이 안치실을 빠져나가는 것이 보였다. 유진은 안치실에서 유일하게 뛰는 심장이었다. 고개를 들자 안치실의 밝은 빛이 망막으로 쇄도했다. 눈을 감았다. 글루타메이트, 칼슘이온, 미토콘드리아, 세포자살…… 유진은 리나와 주고받았던 그 단어들을 곱씹어 보았다. 세포 수준의 자살을 직접 체험할 수 있게 된 거였다. 유진은 기다렸다. 자신의 머리 속에서 서서히 진행 중인 죽음의 의식을 느끼기 위해 천천히 숨을 내쉬었다.

30

지원은 의문이었다. 날마다 로비에 나가 게시판을 살펴봤
다. 환원 대상자들의 이름이 연일 새롭게 게시되었다. 지원은
자신의 이름을 찾았다. 하지만 그날도 없고 다음날에도 없었
다. 벌써 2주가 지났지만 향연 명단에 자신의 이름은 언제나
없었다. 혹시 전달이 안 된 걸까? 하지만 그럴수록 환원을 원
한다는 의사를 표시한 일이 또렷이 떠올랐다. 왜 내 이름이 없
는 걸까. 지원은 그것이 의문이었다. 유진이 오면 잊지 않고 이
유를 따져 보리라고 다짐했다.

다음날 유진은 여덟 시가 넘어서 회진을 왔다. 지원은 창백
한 유진의 안색을 바라보며 물었다.

"매일 명단을 확인하고 있어요. 늘 그대로예요. 왜 제 향연
은 없는 거죠? 중간에 무슨 착오라도 생겼나요?"

"아니요, 착오는…… 착오는 없었습니다."

유진은 낱말을 한마디씩 떨어뜨리며 어렵게 말을 이었다.

"내가 대상자에 당신의 이름을 올리지 않았어요."

그는 금방이라도 쓰러질 것 같았다. 유진이 무릎을 꿇으며 물었다.

"물…… 물이 조금 있나요?"

지원은 따져 물으려 했지만, 유진의 안색이 너무 파리해서 엉겁결에 물을 찾아서 주었다. 유진은 물 캡슐 세 개를 순식간에 빨아들이듯 마셨다. 유진은 바닥에 주저앉아 몸이 무너져 내리지 않도록 두 팔을 바닥에 대고 단단히 받쳤다. 등 뒤로 천장이 내려앉을 것 같은 공포를 느꼈다. 호흡이 가빠왔다.

"어디 불편하신가요?"

유진이 고개를 가로저었다.

"아무 데도……."

지원은 그가 간신히 말을 잇는다는 것을 알 수 있었다. 바닥에 받친 유진의 팔이 후들후들 떨려왔다.

"가야 해요……. 나무로……. 서둘러야 해요."

혼신의 힘을 기울였지만 유진의 팔은 스스로의 무게를 감당하지 못하고 꺾였다. 유진은 죄를 지은 사람이 절을 하듯 그대로 바닥에 쓰러져버렸다.

"김 교도관님!"

지원은 바닥에 엎드린 채로 눈을 감은 유진의 몸을 들어 상태를 확인했다.

"세상에 핏기가 하나도 없어요."

지원은 주위를 살폈다. 바깥으로 상담을 받기 위해 교도관과 재소자가 짝을 이뤄 한두 명씩 지나다닐 뿐 안으로 들어오는 이는 없었다.

지원은 유진의 양팔을 잡고 자신의 침대로 끌어올렸다. 상체가 침대에 걸쳐지자 두 발을 잡고 마저 끌어올렸다. 지원은 유진의 머리에 베개를 받쳐 주었다. 유진의 머리가 힘없이 돌아갔다. 그 순간 관자놀이에 새겨진 십자가가 지원의 눈에 들어왔다.

"이건……."

유진의 눈은 감겨 있었지만 가쁜 호흡이 이어지고 있었다. 지원은 유진의 뺨을 때렸다.

"일어나요."

하지만 유진은 눈을 뜨지 않았다. 지원은 더욱 세게 뺨을 때렸다.

"일어나야 해요!"

지원은 유진이 잘못될 것이 두려웠다. 그 감정이 이상하다고 생각하면서도 지원은 계속해서 유진을 흔들어 깨웠다. 유진이 가늘게 눈을 떴다.

"괜찮으세요? 어떻게 된 거예요?"

유진이 깊게 숨을 들이쉬고는 천천히 뱉어냈다.

"……아무 일 아니에요. 목이 마를 뿐이에요."

"교도관님의 머리에 새겨진 십자가를 봤어요. 누가 이렇게 한 거죠?"

"그건 말해 줄 수 없어요."

"권 교도관님인가요?"

지원은 이마의 머리칼을 쓸어 올리며 자랑스럽게 열십자의 자상을 보여주던 윤아린을 떠올렸다.

"역시 이번에도 그랬군요."

유진은 아무 말도 하지 않았지만 지원은 십자가를 새긴 사람이 의행일 거라고 확신했다.

"무슨 일이 일어나고 있는 거예요?"

"가야 해요. 그곳에 있어요."

호흡이 정상으로 돌아온 유진이 대답했다.

"뭐가 말이에요?"

"그건 나도 몰라요. 장면이 보여요. 그리로 가야 해요."

"이 상태로는 어디로도 갈 수 없어요. 잠시 이대로 누워 있어요."

몸을 일으켜 세우려는 유진을 지원이 저지했다.

"지금 나가면 죽을지도 몰라요."

누군가를 살리려 한다는 것이 그녀에게는 매우 낯선 일로 느껴졌다. 지금껏 숱한 사람의 죽음을 도왔던 그녀였다.

동생을 잃은 뒤로 지원은 대상이 불특정한 살의를 느꼈다. 그는 많은 이를 상담했다. 우울은 지원이 맡은 대표 질환이었다. 죽고 싶어 하는 것은 환자들의 공통된 병증이었다. 자신의 삶이 얼마나 보잘것없는지 얼마나 가망 없는 날들을 보내고 있는지 죽고 싶은 마음이 얼마나 진심인지 토로해 오는 환자들을 지원은 도왔다. 손쉽게 도왔다. 중증 환자들의 자살 계획은 매우 구체적이었다. 지원은 환자를 설득했다. 그렇게 하는 것은 너무 고통스럽지 않겠어요? 무섭지 않아요? 환자들은 지원에 설득되었다. 지원은 주사를 놓아 주었고 환자들은 그들이 원하던 날에 고통 없이 죽었다. 그중에는 후견인에 의해 죽고 싶음이 결정된 자들도 있었다. 이 일은 후에 큰 문제가 되었다.

동생이 떠난 후 괴로워한 사람은 지원만이 아니었다. 그들의 부모 또한 극심한 슬픔에 오랫동안 잠겨 있었다. 지원이 삶을 처분하고 싶어 하는 것과 같이 그들의 부모도 삶에서 벗어나고 싶어 했다. 그들은 딸에게 안락사를 부탁했다. 지원은 오래 고민하지 않았다. 지원이 생각하기에 동생이 죽은 데에는 부모의 책임이 컸다. 원망을 안고 지원은 부모의 부탁을 들어

주었다. 불행히도 부모의 죽음은 지원에 의해 부모가 살해되었을지 모른다는 의혹을 낳았다. 의혹은 지원이 지나온 일조차 조사하게 만들었다. 부모의 죽음에 과거에 지원이 피한정후견인을 죽인 것이 더해져 지원은 재판을 받게 되었다. 결과는 재생인간이었다.

재생인간으로 거듭난 지원의 일터는 폐재생인간처리장이었다. 폐재생인간처리장은 환원이 완료된 재생인간을 엘리미네이터로 완전히 없애는 곳이었다. 재생인간들은 거구이거나 왜소하거나 상관없이 모두 1그램에 못 미치는 먼지가 되어 나왔다. 재생인간을 처리한 먼지는 사회의 오염원으로 규정되었기에 밀봉된 상태로 가난한 사람들이 사는 땅에 묻혔다. 지원이 맡은 일은 폐기물을 땅에 묻는 일이었다. 폐기물이라고 해봐야 아주 작은 원통 묶음에 지나지 않았지만 땅은 제법 깊숙이 팠다. 어느 날 지원은 땅 속에 무언가가 이미 매장되어 있는 것을 발견했다. 여자의 시신이었다. 부패의 정도로 미루어 묻힌 지 그리 오래 지나지 않은 것으로 보였다. 여자의 시신은 국과수로 보내졌고 부검 결과 위장 속에서 소화되지 않은 메모가 나왔다. 이름으로 추측되는 글자와 옆에 그려진 직각삼각형이 메모의 전부였다. 경찰은 그것을 다잉 메시지로 간주하고 수사망을 좁혀 나갔다. 수사 결과 메모 속 이름이 피타고라스 살인사건의 진범인 것으로 밝혀졌다. 범인은 피타고라스 살인사건 이후 추가로 범죄를 저질렀던 거였다. 그는 입시에 실패한 아들을 둔 어머니였는데 지원은 그녀를 잘 알았다. 지원이 근무하던 라인의 감독관, 일명 라인장이었기 때문이다. 폐재생인간처리장은 자연인 사이에서도 자랑스럽지 않은 근무지였다. 그녀는 아들만은 엘리트 코스를 밟아 나가길 바랐다. 하지만 아들은 입시에 실패했다. 그녀는 재생인간이 입시 정원을 갉아먹는 것을 그 원인으로 생각했고 아들이 가지 못했던 대학에 들어간 재생인간을 골라 잔혹하게 살해했다. 그런 식으로 그녀는 아들이 들어가지 못한 회사에 들어간 재생인간과 엘게눕을 골라 계속해서 죽였다. 암장된 여자는 그중 일부였다. 사건의 전말을 파악한 지원은 라인장을 불러냈다. "여기, 엘리미네이터가 작동하지 않아요. 고장 난 것 같아요." 라인장은 지원이 부르는 곳으로 갔다. 엘리미네이터는 작동을 멈추고 있었다. "한번 안을 들여다 봐 주시겠어요? 속에 뭐가 낀 것 같아요." 지원은 라인장에게 엘리미네이터 내부를 살펴볼 것을 요구했다. 평소에도 무언가가 걸리거나 끼는 고장이 잦았기에 라인장은 별 의심 없이 안으로 고개를 들이밀었다. 지원은 그대로 라인장을 들어 올려 엘리미네이터 속으로 집어넣었다. 엘리미네이터는 운전을 시작했고 라인장은 한 줌 먼지가 되어 나왔다. 엘리미네이터를 블랙홀이라 부르는 것은 그 때문이었다.

지원은 물을 구하러 로비로 나갔다. 로비에는 상담을 받거나 게임을 하는 재소자들로 북적였다. 모두들 자신의 일에 열중하고 있었기에 지원은 쉽게 말을 붙일 수 없었다. 지원은 희도를 찾아갔다. 희도는 방에서 책을 읽고 있었다. 장정을 한, 종이로 된 작은 책이었다. 지원은 희도에게 혹시 남은 물이 있는지 물어 보았다. 희도는 관물대 서랍을 열어 보였다. 물 캡슐이 수북했다. 지원은 어떻게 이렇게 많은지 물었다. 희도는 자신이 팀파니였다고 말했다. 뭐? 지원이 되묻자 희도는 손이 빠르면 배를 곯지 않는 법이라고 대답했다. 지원은 도통 무슨 말인지 모르겠다는 듯 고개를 저으며 물 캡슐을 하나씩 챙겼다. 수인복의 한쪽 주머니에 물을 가득 넣고 다른 쪽 주머니를 벌려 또 집어넣는 모습을 보고 희도는 심각한 얼굴로 혹시 목이 많이 마른지 물었다. 그러자 지원은 고개를 끄덕이며 그렇다고 말했다. 희도는 지원에게서 십자가를 찾기 위해 앞머리를 살짝 걷어 보지만 십자가는 찾을 수 없었다. 희도의 손을 가볍게 뿌리치며 지원은 자신이 아니라 다른 사람이 목이 마른 것이라고 설명했다. 그게 누구인지 희도가 물었다. 지원은 잠시 고민하다가 김 교도관이라고 사실대로 털어놓았다. 희도의 얼굴빛이 순식간에 납빛으로 변했다. 지원이 물을 가득 챙겨 나가며 고맙다고 말하자, 희도는 자신도 같이 가겠다며 자리를 박차고 나갔다. 가볍게 던져진 책이 펼쳐졌다가 그대로 덮였다. 두 사람은 지원의 방으로 갔다. 방으로 돌아와 보니 유진은 사라지고 없었다.

유진은 바람이 부는 해안을 걸었다. 걸음걸이가 몹시도 빨랐다. 한 차례 강한 바람이 불어왔다. 우—우—하고 나무가 우는 소리를 냈다. 유진은 나무의 표면을 훑으며 주변을 빙 돌았다. 그런 다음 커다랗게 옹이진 부분 앞에 멈춰 서서 그 속을 뚫어지게 쳐다보았다. 한 차례 심호흡을 한 유진은 옹이 속으로 팔을 집어넣었다. 축축한 흙과 나무 부스러기가 손등에 와 닿았다. 이름 모를 벌레가 안에서 기어 나왔다. 유진은 손을 더듬어 무언가를 찾았다. 그 순간 유진의 손끝에 닿는 것이 있었다. 유진은 그것을 잽싸게 잡아 바깥으로 꺼냈다. 갈색 병의 앰플이 동쪽 태양의 뜨거운 빛을 반사시켰다. 표면이 반짝이는 병을 돌리자 글자가 나타났다. 유진은 병의 뚜껑을 열었다. 황이 포함된, 코를 찌르는 냄새가 났다. 유진은 그것을 얼굴 가까이에 가져갔다. 갈색 병에 적힌 글자가 보였다. 아필라몬이었다. 유진은 병을 든 팔을 길게 뻗어 그 속에 든 것을 따라 버렸다. 아필라몬이 모래 속으로 빠르게 스며들었다.

복도를 걷는 동안 유진은 빈 아필라몬 앰플을 꽉 쥐었다. 외벽이 유리로 되어 있었지만 날이 흐려 복도는 어두웠다. 비가 올 모양이었다. 유진의 짧은 그림자가 멈춰 섰다. 유진은 문을 열고 들어갔다.

"김 교도관, 무슨 일이야?"

보고서를 검토하고 있던 소장이 어안이 벙벙한 얼굴로 유진을 바라보았다. 유진은 대답 대신 팔을 뻗었다. 소장의 눈앞에 아필라몬 앰플이 나타났다.

"무슨 뜻이야? 처리 치워."

소장이 위협을 느낀 표정으로 유진에게 말했다.

"해안가 나무에서 발견했습니다."

"비품 관리를 어떻게 하는 거야. 각별히 주의를 기울여야 하는 물품인데."

"제가 그간 소홀했나 봅니다."

유진이 소장에게서 팔을 거뒀다. 그가 빈 앰플을 돌리며 말을 골랐다.

"그러는 동안 누군가 아필라몬을 가져간 것 같습니다."

"그게 누구인지 밝혀내는 게 지금으로선 급선무겠군."

소장이 보고서를 덮고 의자 등받이에 깊게 기댔다. 유진은 두통을 느끼는 듯 머리를 감싸쥐었다. 유진의 얼굴이 일그러지는 것만 보더라도 꽤 극심한 고통인 것을 짐작할 수 있었다.

한 차례 통증이 휩쓸고 간 후 유진이 말했다.

"알고 있죠."

"무얼 말이야?"

"이것에 접근 가능한 사람은 저와 소장님뿐이라는 걸."

소장은 말이 없었다. 언젠가 이런 날이 올 것임을 알고 있었다.

"어째서 이런 일을 벌이는 겁니까? 재소자들이 죽고 있어요."

한동안 침묵이 흘렀다. 소장이 무겁게 입을 떼며 말했다.

"그들이 사람다워지길 바라기 때문이지."

"죽는 게 사람다워지는 겁니까?"

"재생인간은 죽지 않아. 하지만 사람은 죽지."

소장이 냉소 띤 어투로 말했다.

"그래서 죽이는 겁니까? 너무 잔인해요. 너무 고통스럽습니다."

유진은 숨 가쁘게 말을 이었다.

"아필라몬은 죽음에 이르는 과정이 지나치게 고통스럽다는 이유로 사용이 금지되었던 약물입니다. 소장님도 아시지 않습니까?"

소장도 그 사실을 모르지는 않았다. 경구용 아필라몬에서 아필라아즈 주사액까지 독극물을 통한 환원은 여러 차례 시도되었지만 그것의 비인도적 성질로 인해 오래 가지 못했고 결국에는 영구히 폐지되는 수순을 밟았다. 소장이 유진의 깊은 눈을 들여다보며 말했다.

"김 교도관이 나를 설득할 수 있었으면 좋겠어. 나도 다른 대안이 있기를 바라니까. 하지만 나는 알지. 아무도 나를 설득할 수 없으리란 걸. 슬프게도 말이야."

그건 유진도 알았다. 소장의 뜻이 이미 확고하다는 것은, 아필라몬을 발견했을 때부터 이미 예상하고 있던 사실이었다. 그렇다고 소장과 뜻을 함께 할 수는 없다고 생각했다.

"멈추십시오."

"그럴 수 없다는 걸 알잖아."

"멈추지 않으면 저도 멈추지 않겠습니다."

"김 교도관이 무얼 할 수 있지?"

유진은 말문이 막혔다. 달리 할 수 있는 일이 없었다. 기껏해야 아필라몬을 찾아내서 미연에 없애는 것 정도였다.

"아필라몬을 없애더라도 크로스나인을 통한 자살 의지는 유효해."

"그렇더라도 아필라몬을 먹게 하는 행동 통제를 없애 주십시오."

"그건 불가능. 이미 그렇게 되도록 설계되었기 때문에 이제 와서 바꿀 순 없어."

"설계자를 불러 새로 설계하게 하면 되지 않습니까?"

"설계자가 죽었어. 크로스나인을 제 머리에 쏘았지. 그것이 잘 작동하는지 보려고……."

결과는 '그렇다'였다.

"그렇다면 원에 보고하는 수밖에는 없습니다."

"아니."

소장은 소리를 내지 않고 웃었다. 쓸쓸한 웃음이었다.

"그것도 하지 못해."

"왜 그렇게 생각하시죠?"

"섹터F에서 감염자가 나오지 않고 있어. 면역 때문에? 아니, 틀렸어. 이유는 김 교도관이 잘 알겠지. 하지만 테라엑스 대신에 주사한 알헤카딘 역시 금지된 약물이라는 것, 모르지 않겠어."

유진은 물러설 곳을 찾지 않았다. 어차피 소장이 안다면 변명해 봐야 소용없는 일이었다.

"알헤카딘의 유해성은 과장되었습니다. 실제로 그것은 해롭지 않습니다. 많은 임상 결과가 그걸 증명하고 있습니다."

"임상 결과라면, 김 교도관이 그간 테라엑스 대신에 주사한 재소자들에게서 얻은 결과를 말하나?

"그렇습니다."

"그들은 얼마나 안전한가?"

"완전히, 안전합니다."

"다행이야."

둘은 한동안 말이 없었다.

"나는 알았지."

소장이 긴 암묵의 동조를 깨고 먼저 운을 뗐다.

"그들이 무사한 것을 보니까 말이야. 김 교도관이 우리와 같은 목적지를 향해 가고 있다는 걸 알겠더군."

"같지 않습니다. 오해입니다."

유진은 잔인한 고통을 재소자들에게 주고 싶지는 않았다.

"우리는 같은 곳을 보고 있어. 출발지가 조금 다를 뿐 목적지는 같다고."

"우리의 목적지가 어디죠? 무엇보다 우리가 누구죠?"

"김 교도관과 나. 그리고."

유진은 얼마나 많은 이들이 소장의 입에서 열거될지 숨죽여 기다렸다.

"뜻을 함께 하는 몇몇 교도관들. 그 외엔 모두 적이지."

"권 교도관 말씀입니까?"

"권 교도관, 열정적인 건 좋지만 너무 주위를 신경 쓰지 않아서 탈이야. 속도를 늦추라고 그렇게 일렀는데."

덕분에 유진은 좀 더 일찍 크로스나인의 근원에 대해 파악할 수 있었다. 유진이 말했다.

"여기서 그만두지 않으신다면 제가 할 수 있는 일은 한 가

214

지 말고는 없습니다."

"그게 뭔가?"

"치료제를 구하는 것이죠."

"그게 어디에 있나?"

"없다면 만들어야죠."

"할 수 있겠어?"

"해야 합니다."

자신은 없었지만 확신이 있었다.

"그동안 크로스나인의 사용을 멈추어 주실 수 있겠습니까?"

"미안하지만 그럴 수는 없어. 재소자들이 희생되는 것을 두고 볼 수만은 없거든. 만약 나를 막는다면, 그때는 나도 김 교도관을 칠 수밖에는 없어. 맡고 있는 모든 일에서 손을 떼어야 할 거야."

그건 나중의 문제였다. 설사 현재의 알량한 지위를 잃더라도 유진은 어떤 방식으로든 치료제를 만들어 내리라 결심했다.

"저를 저지하시려거든 그렇게 하십시오. 그렇다면 소장님과 저는 다른 목적지에 도착하겠군요."

"그건 나도 원하는 바가 아니야."

"크로스나인의 작동 기제를 파악했습니다. 저는 제가 할 수 있는 일을 하겠습니다."

유진은 소장실을 나갔다. 소장은 닫힌 문을 바라보며 폭우가 내리던 날의 일을 떠올렸다.

　유진은 어느 곳으로도 가고 싶지 않았다. 무엇도 하고 싶지 않았다. 어지러웠고 타는 듯한 갈증이 느껴졌다. 어지러움을 수습하고 정신을 차려 보면 귓가에 어떤 말소리가 들려왔다. 그건 유진을 설득하는 목소리였다.

　포기해. 포기해.

　삶을 포기하기를 종용하는 목소리였다.

　하지만 아직 유진은 포기할 수 없었다. 견뎌내야 했고 앞으로 나아가야 했다. 결국 유진은 그렇게 했다.

31

콜로니에서 재생센터까지 두 번의 왕복을 끝낸 리나는 다시
콜로니의 안치실로 돌아왔다. 다른 중개업자들을 따돌리기 위
해서였다. 리나는 누워 있는 재소자의 귓불을 뒤집어 뒷면을
확인했다. 가위를 꺼내 수인복을 자르자 가슴이 드러났다. 리
나는 죽은 재소자의 몸을 들어 옆으로 세운 다음 옆에 있는 침
대로 옮겼다. 허리부터 등을 가로질러 목까지 가위질을 하자
수인복은 두 동강이 났다. 리나는 엎드린 채로 누워 있는 재소
자의 팔을 하나씩 빼내고 피부를 차근차근 살폈다.

"얼룩덜룩한 멍이 있어요. 마치 마블링 같고요. 역시 전형적
인 아필라몬에 의한 죽음이네요."

옆을 바로보고 엎드린 재소자의 아래턱을 살짝 벌려 혀의
변색을 확인했다. 유진을 바라보며 짧게 고개를 끄덕였다.

"마찬가지."

리나는 수인복의 바지를 윗옷과 마찬가지로 가위로 갈랐다. 허벅지와 종아리가 드러났다.

"어째서 아필라몬을 마시게 되는 걸까요?"

"칩이 침투하면 의식이 통제 돼요."

"그럴 거라는 게 현재로서의 가설이죠."

"문제는 의식 통제에 무엇이 쓰이느냐인데, 일종의 최면 요법을 쓰는 것 같아요."

"동의해요."

"칩이 뇌의 내부로 들어오면 환청과 환시가 일어나요. 아필라몬을 마시라는 명령과 함께 아필라몬을 마시는 자신의 영상이 계속해서 재생되는 거죠."

"그럴듯하긴 한데, 단정 짓기는 어려워요. 현재로서는 말이에요."

유진은 머리카락을 살짝 눌러 관자놀이에 난 상처를 리나가 볼 수 있게 했다. 유진의 머리에 난 열십자의 자상을 살피며 리나는 놀라움을 숨기지 않았다.

"어쩌다가 이렇게 됐어요?"

"추측만으로는 한계가 있었어요. 직접 겪어 봐야 알겠다고 생각했죠."

"지금껏 그 사람들이 어떻게 되었는지 봤잖아요."

리나는 이해하기 힘들다는 표정이었다.

"어떻게 되는지 보았기 때문에 가만히 두고 볼 수만은 없었어요."

"용감한 거예요? 무모한 거예요?"

"무모할 필요가 있었어요. 풀리지 않는 부분이 있었으니까요."

유진이 말을 이었다.

"작은 볼펜처럼 생긴 것을 들고 있었어요. 아마도 그게 칩을 내부에 넣는 역할을 하는 것 같아요. 볼펜의 방아쇠를 담당하는 부분을 누르면 칩이 뇌 속으로 침투하며 십자가의 자상을 남기는 거예요."

리나가 한 구의 머리칼을 흐트러트리며 피부에 새겨진 자상과 유진에게 남은 그것을 대조했다.

"누가 이런 일을 했죠?"

"혼자서 하는 일이 아니에요."

"누구인지 말해 줄 수 있나요?"

"아직은……."

"믿을 수 없다는 얘기겠죠?"

무슨 변명인가를 덧붙이려는 유진을 가로막으며 리나가 말했다.

"덧붙이자면, 아직은 말이에요."

"미안해요."

"그렇다는 얘기네요. 다음에 여기 누워 있을 사람은 김 교도관님인가요?"

농담이라고 했지만, 그다지 농담 같지 않았다. 충분히 가망 있는 일인 것을 두 사람 모두 알았다.

"이제 어쩔 셈이에요?"

"치료제를 만드는 수밖에 없어요."

유진이 느릿느릿 대답했다. 한 마디 한 마디 내뱉는 것이 힘겨워 보였다.

"치료제를 만들어요?"

"죽지 않게 살려야죠."

핏기 없는 유진의 이마에 식은땀이 맺혔다. 유진은 세차게 고개를 흔들었다.

"영상이 자꾸 재생돼요. 내가 아필라몬을 마시는 모습이요."

유진은 머릿속에서 울부짖는 나무의 옹이 속으로 손을 집어넣는 자신을 보았다. 옹이 속에서 앰플이 번쩍, 하고 빛을 냈다.

"개인화된 영상을 뇌 속에서 재생시키는 것 같아요. 재소자들은 대체로 관물대 서랍일 테고요."

"제가 보기엔, 교도관님이 죽지 않고 사는 게 우선일 것 같은데요."

역시 농담처럼 말했지만 농담으로 다가가지는 않았다.

"비웃어도 좋아요."

"비웃는 건 아니에요. 새로운 치료제를 만드는 게 불가능한 일은 아니니까요. 그럴 필요는 없겠지만."

"그럴 필요가 없다는 게 무슨 말이죠?"

유진의 이마에 맺힌 땀이 관자놀이를 타고 흘러내렸다.

"교도관님이 찾고 있는 치료제, 이미 개발되었다고요."

"그게 어디에 있죠?"

"자세한 건 몰라요. 저는 많은 곳을 돌아다니니 어쩌다 소식을 접하게 된 것뿐이니까요. 더 알게 되는 게 있으면 알려줄게요."

유진은 리나가 무언가를 숨기고 있다는 것을 직감적으로 느꼈다. 지금까지 리나가 관여한 문제들만 보더라도 그녀를 일개 중개업자로 치부하기에는 어려웠다. 하지만 지금은 진실을 캐물을 만한 때가 아니라고 느꼈다.

32

모두 네 구의 옛터를 실은 다음 리나는 자신도 운전석에 올라탔다. 옛터를 실은 차체의 뒷부분이 무거웠다. 리나는 서두르지 않았다. 리나의 은근한 가속으로 구형 카펠라는 천천히 하늘 위로 날아올랐다. 콜로니21에서 재생센터가 있는 틴시까지는 약 40분이 소요되었다. 더 빨리 도착할 수 있지만 리나는 빨리 가는 것을 즐기지 않았다. 과속의 충동을 느끼는 때는 콜로니를 에워싼 바다 풍경이 끝없이 이어지는 처음 15분 동안이었다. 그럴 땐 차라리 눈을 감았다. 망망대해에서 미처 살피지 못한 장애물에 치어 부서지는 것도 나쁘지 않겠다 생각하면서. 리나는 이따금씩 사라지고 싶었다. 불의의 사고는 사라짐에 대한 합당한 원인이 되어준다 믿었다. 하지만 리나는 발 아래로 멀리 떨어진 바다를 바라보며 눈을 힘주어 떴다. 함부로 사라질 수는 없었다. 마쳐야 할 일이 남아 있었다.

대양을 벗어나자 정체가 빚어졌다. 신문 보급 로봇 머큐리들이 체증을 틈타 이쪽저쪽의 차문을 두드렸다. 머리가 크고 둥근 머큐리들이 리나의 구형 카펠라의 차창도 톡톡 두드렸지만 리나는 문을 열어 주지 않았다. 읽어 보진 않았지만 리나는 기사의 내용을 알 것 같았다. 새롭게 회복특권을 수여받은 자와 박탈된 자가 매일의 뉴스에서 새롭게 갱신되는 부분이었고, 그래서 뉴스는 더 이상 새로울 것이 없었다.

정체가 풀리자 머큐리들도 뒤로 물러났다. 리나는 오랫동안 참아 온 가속 명령을 내렸다. 목적지는 재생센터였다. 지금 싣고 가는 옛터들은 재생이 불가능한 것들이었다. 재생 불가의 옛터는 폐재생인간처리장으로 가야했지만 현재의 규정대로 재생센터를 거쳤다. 리나는 센터 부근에 차를 세워 두고 부적합 진단이 떨어지기를 기다렸다. 재생에 부적합하다는 진단이 나오기까지는 두 시간이 걸리지 않았다.

리나는 재생이 불가한 옛터를 싣고 폐재생인간처리장으로 갔다. 소민이 일하는 곳이었다. 소민은 조사를 빙자하여 오랫동안 바이러스 개선 연구를 해 왔다. 리나는 자신이 소민과 여전히 한 팀이라고 여겼다. 그랬기에 카펠라를 가득 채우고 폐재생인간처리장에 진입할 때마다 리나는 합류의 기쁨을 잠시 누렸다.

카펠라에 옛터를 싣고 두 번의 왕복을 마치자 점심때가 가까워졌다. 점심시간을 지키는 전통으로 폐재생인간처리장의 분주함도 차츰 잦아들었다. 리나는 자신의 오랜 동료를 찾아 재생센터의 옛터 보급소에서 소민에게 연락했다. 소민은 오래 지나지 않아 보급소 앞 로비로 나타났다. 흰 가운을 입은 모습이었다. 리나는 자신의 가운이 부끄럽다고 느꼈다. 그녀는 팔짱을 끼면서 손끝에 와 닿는 팔 부근의 가운을 조금 구겼다. 그러고는 보급소 안을 너머다 보는 소민에게 말했다.

"지난번이랑 같아. 독극물에 의한 죽음이고 머리 속에는 칩이 심어져 있지. 얼마나 걸릴까? 한 시간? 두 시간?"

콜로니의 안치실에서 일차적으로 조사가 이루어지면, 폐재생인간처리장에서 본격적인 조사가 실시되었다.

"요즘 빨라지는 추세니까 한 시간이면 조사실로 옮길 수 있을 것 같아."

소민이 손에 든 우유를 마시고는 대답했다. 틈틈이 우유를 마시는 것으로 끼니를 대신하는 것은 여전했다. 그날의 사고 이후로 생긴 습관이었다.

"그동안 밥이나 먹지."

"그럴까? 요즘 통 못 먹었는데."

소민은 컵에 든 우유를 마시려다가 그대로 화분에 따라 버렸다. 보급소 앞에 선 커다란 화분이었다.

"가자 이유식 먹으러."

소민이 앞장섰다.

　점심은 도시락이었다. 리나의 선택이었다. 식당에 가지 않
고 도시락을 싸서 들어간 건, 오랜만에 처리장 내부를 둘러보
고 싶었던 이유가 컸다. 두 사람은 옥상으로 갔다. 옥상 정원
이 그럴 듯하게 꾸며져 있었다. 래브라도 레트리버 한 마리가
홍매화나무 아래에서 빈 밥그릇을 핥고 있었다. 개는 리나가
도시락을 들고 다가서자 꼬리를 흔들며 컹컹 짖었다. 소민이
도시락의 뚜껑을 열었다. 갖가지 반찬 냄새가 훅 끼쳤다. 개가
숫제 솟아오르다시피 하며 제자리에서 껑충거렸다.

　홍매화나무 아래에 개의 목줄을 맨 사슬이 있었다. 홍매화
나무를 바라보며 맞은편에 놓인 벤치에 두 사람은 약간의 거
리를 두고 나란히 앉았다. 한때는 같은 공간에서 일하던 동료
였지만 중대한 실수 이후로 두 사람은 멀어지게 되었다. 질병
연구소에서 물러난 이후로도 소민은 처리장 조사실에서 바이
러스 개선 연구를 이어가고 있었다. 리나는 자신이 없었다. 절
대로 개선되지 않을 거라는 일종의 부정적 확신을 리나는 지
속적으로 내비쳤다. 너무 중요한 일을 그르쳤다. 다시 연구소
로 돌아갈 수는 없을 것이다. 리나가 중개업자로서 전향한 것
은 부담감 때문이었다. 중요한 일에서 가능하다면 거리를 유

지하고 싶었다. 하지만 이런 방식으로라도 바이러스에 가까워지려는 몸짓에서 리나에게 아직도 미련이 남았음을 확인할 수 있었다. 바이러스 개선에 성공하면 인류를 구할 수 있을지도 모른다는 희망. 원대함을 좇는 것은 리나도 발견하지 못한 자신의 성정이었다.

바이러스의 정식 명칭은 발명자 리나와 소민의 이름자를 딴 LSV였지만 연구소 내에서는 속칭 킬러바이러스가 통용되었다. 킬러바이러스에 거는 기대는 그야말로 컸다. 겉보기에 인체에 무해할 뿐만 아니라 지구상에 존재하는 가장 강력한 세균인 테라엑스를 숙주로 삼는 바이러스였던 것이다. 질병연구소는 킬러바이러스가 오랫동안 발명되지 못한 항생제의 빈자리를 뿌듯이 채워줄 것이라 믿었다. 그런데 킬러바이러스에도 한계점은 존재했다. 바이러스에 감염되면 아미토를 통한 신체 회복이 불가능하게 된다는 점이었다. 아미토는 방법적으로 인간이 인간을 넘어서게 하면서 내용적으로 인간을 인간답게 살도록 만든다는 이 시대의 불과도 같은 발명품이었다. 아미토를 통한 회복이 불가능하게 된다는 것은, 시간을 2세기 전으로 되돌려 인간을 갑옷 없이 야만적인 전장에 세우는 것과도 같았다. 리나와 소민은 질병연구소에서 바이러스의 약점을 보완하기 위한 연구, 이른바 바이러스 개선 연구를 계속해

왔다. 그러던 어느 날, 킬러바이러스에 감염된 실험 쥐가 연구소를 탈출하는 사고가 발생했다. 리나와 소민이 당직을 서던 날이었다. 잠깐 밥을 먹기 위해 자리를 비운 사이 쥐가 탈출한 거였다. 쥐가 탈출한 경로는 아무도 몰랐다. 어디 하수구나 수풀에 숨어들었다가 다른 개체에 잠입할 가능성을 무시할 수 없었다. 킬러바이러스는 종간 감염을 일으키는 바이러스였다.

킬러바이러스 연구가 한낱 실수로 인해 흐지부지되었다고들 하나, 실은 그 시작 또한 실수로 인한 것이었다. 질병연구소에서는 슈퍼 박테리아와 함께 슈퍼 바이러스 연구도 실시하고 있었는데, 킬러바이러스는 그 연구의 산물이었다. 박테리아 연구팀에서는 테라엑스라는 무시무시한 박테리아를 결과물로 내놓았지만 바이러스 연구팀에서는 그러지 못하던 과정에서 두 팀은 협력 연구를 실시하게 되었다.

말이 협력 연구였지 실상은 바이러스 연구팀이 일방적으로 박테리아 연구팀을 돕는 양상이었다. 테라엑스가 대식세포의 탐식을 회피하는 기제를 강화하기 위한 방법을 모색하는 실험 중이었다. 바이러스 연구를 겸하고 있던 리나는 바이러스에 감염된 쥐의 림프절에서 걸러낸 용액을 운반하던 중 이를 테라엑스 배양액 위에 떨어뜨리고 말았다. 그러자 다음날 테라엑스가 담겨 있던 샬레의 용액이 맑아지는 것을 발견하였다. 리나와 소민은 자신들이 만든 바이러스를 테라엑스에 감염된 쥐에 주사하였다. 그랬더니 수일 내에 증상이 호전되며 결과적으로 완치되는 것을 확인하였다.

연구 과정에서 킬러바이러스에 감염된 개체가 아미토를 통한 신체 회복이 불가함을 추가로 발견하게 된 팀은 해결책을 찾을 때까지 바이러스의 발표를 무기한 미룰 수밖에 없었다. 2년의 시간이 지났고 조바심은 지루함과 실망으로 변해가고 있었다. 어제와 같은 날이 매일 이어지고 있었다. 킬러바이러스가 던져 준 신선한 충격이 많은 이들의 머릿속에서 퇴색되어 가던 그 순간에 사고는 일어났고 아무도 사고 당시의 상황을 포착하지 못한 채로 사고는 사건화 되었다. 탈출한 실험 쥐는 37번이었다. 37번 실험 쥐를 찾는 리나에게 다른 팀원들은 대수롭지 않게 반응했다. 기록을 검색한 결과 37번 실험 쥐는 누구도 사용하지 않은 채로 실험실 외부로 탈출한 것으로 판명되었다. 리나와 소민이 밥을 먹기 위해 자리를 비운 그 순간에 질병연구소를 홀연히 떠나는 모습이 폐쇄회로 텔레비전에 포착된 것이다.

누가 그랬을까? 리나는 박테리아 팀을 의심했다. 어디에도 물증은 없었다. 리나에게 증거를 확보할 시간은 충분히 주어지지 않았다. 연구원들을 대상으로 탐문을 이어가던 리나와 소민이 연구소의 발전을 저해한다고 판단한 임원들이 리나와 소민을 사실상 경질시켰던 것이다.

소민은 폐재생인간처리장을 새로운 터전으로 삼았고 리나는 재생인간을 만드는 공정의 중개업자로서 종사하는 삶을 선택했다. 아미토를 통한 회복에 실패했다는 뉴스 보도를 접할 때마다 리나와 소민은 자신들의 잘못으로 인한 것이 아닐까 하는 죄책감을 느꼈다. 그래도 두 사람은 공공연히 떠들지는 않았지만 킬러바이러스의 치료제로서의 가능성을 포기하지 않았다. 연구소를 떠나오던 날, 리나와 소민은 자신들이 만든 바이러스를 비밀리에 유출했다. 그것이 어디에 있는지는 두 사람만이 알았다.

"잘 있어?"

도시락에 든 새우튀김을 집으며 리나가 물었다. 새우튀김은 눅눅하고 맛이 없었다. 리나는 남은 새우튀김을 레트리버 앞에 던져 주었다. 레트리버는 바닥에 침 자국을 만들며 싹싹 핥아 먹었다.

"잘 있고말고."

단단하고 차가운 밥알을 젓가락으로 뜨며 소민이 대답했다.

"앉아."

꼬리를 흔들던 레트리버가 소민을 바라보며 다소곳이 앉았다. 먹을 것을 더 달라는 듯이 소민과 리나를 번갈아 바라보며 다음 지령을 기다렸다.

33

루이는 축축하게 젖은 주둥이를 흙 위에 갖다 댔다. 성긴 흙
이 코 옆에 달라붙었다. 한쪽에는 잘라낸 풀 더미가 쌓여 있었
다. 멀지 않은 곳에서 재소자로 구성된 작업대가 무리를 지어
풀을 자르고 있었다. 재소자들은 조 팀장과 그의 반려견을 쳐
다보았고 이내 심드렁한 얼굴로 작업에 몰두했다. 눈이 마주
친 몇몇 교도관들이 일부러 가까이 다가와 인사를 하고 갔다.
조 팀장은 심호흡을 크게 했다. 예초를 마친 정원은 식물의 푸
른 시취를 내뿜고 있었다.

— 헝헝헝.

루이가 짖었다.

— 헝헝.

한 번 더 짖더니 이내 빠른 동작으로 땅을 파헤쳤다. 약 30

센티미터 가량을 파헤친 루이는 땅속에 묻힌 것을 주둥이로 물어 정원 바깥으로 던졌다. 겨울잠을 자다가 얼어 죽은 시궁쥐였다.

"잘했어. 루이. 간식 먹어야지."

조 팀장은 개에게 죽은 쥐를 던져 주었다. 개는 허겁지겁 먹어치웠다. 긴 혀를 내밀어 주둥이를 싹싹 핥고는 다시 혀를 길게 빼고 더 먹을 것이 없는지 주위를 두리번거렸다.

— 헝헝.

루이가 기분좋게 짖었다.

루이는 로이스 사에서 출시한 3세대 주문형 견종이었다. 소비자가 원하는 요소를 추가하여 강아지를 만드는 시스템으로 여러 견종의 특징을 섞을 수도 있었고 아예 다른 동물의 생김새를 추가할 수도 있었다. 장모 종에 작은 개의 특징을 섞는 것이 인기였지만 조 팀장은 개의 외모에는 그다지 관심이 없었다. 디자이너를 앞에 두고 원하는 개의 특성을 말할 때 책상 위에 놓인 카탈로그에 있는 개를 선택했다. 무심코 카탈로그를 뒤적이다 맨 처음 펼쳐진 페이지에 있던 개였다.

지능은 어떻게 설정할까요?

디자이너의 질문에 조 팀장은 일말의 망설임도 없이 최대치를 주문했다.

선택 능력을 골라 주시면 됩니다.

조 팀장은 복잡하게 루이를 디자인하지 않기로 했다. 그는 딱 한 가지의 능력을 골라 역시 최대치로 설정하였다. 그것은 수색 능력이었다.

조 팀장은 디자인이 막바지에 다다랐을 때 한 가지 주문을 더 했다.

아, 그리고 짖지 않았으면 해요.

요청이 많은 항목인지 디자이너는 빠르게 해당 특성을 추가했다. 디자인이 마무리되자 이름을 넣는 항목 앞에서 디자이너가 물었다.

이름은 무엇으로 할까요?

조 팀장은 턱을 쓰다듬으며 잠시 생각에 잠기는 듯했다. 약간의 생각 끝에 그는 개의 이름을 말했다.

루이. 루이로 할게요.

조 팀장이 떠올린 루이는 왕의 이름이었다.

약 3주의 기다림 끝에 신제품 루이는 조 팀장에게 도착했다. 루이의 외형은 불테리어와 같았다. 성격은 어떤 개와도 닮지 않게 디자인되어 있었다.

찾아 봐, 루이.

조 팀장은 먹던 귤이나 질려서 버리는 향수 등을 땅이나 나무 높은 곳에 숨겨 놓고 루이가 찾게 했다. 루이의 특기는 수색이었다.

한 무리의 재소자들이 일을 마치고 수감동으로 돌아가는 모습이 보였다. 조 팀장이 보기에 너무 많은 인원이었다. 콜로니의 잡역을 담당하는 데 그만한 숫자는 필요 없었다. 경제활동은 다른 섹터에서 맡아도 되었다. 조 팀장은 인솔하는 교도관을 불렀다. 인철이었다.

"팀장님 부르셨습니까."

"교도관님, 현재 풀을 베는 죄수가 몇 명이나 됩니까?"

인철은 재소자들을 돌아보았다.

"서른 명쯤 됩니다."

조 팀장은 품 안에 안긴 루이의 빠지지 않는 털을 쓸며 침착하게 말했다.

"많군요. 이번 주 내로 전원 테라엑스를 주입하세요."

"네?"

"최근 요타와 제타동으로 이동한 재소자 수가 너무 적습니다. 교도관님들께서 분발하셔야 하지 않겠습니까."

"하지만 일주일 내에 서른 명을 모두 주사하기에는……."

"저는 시간을 넉넉하게 드린 것 같습니다. 회의에 늦지 않도록 하세요."

인철은 고개를 숙여 인사하고는 본관이 있는 건물을 향해 걸어갔다.

— 헝헝헝!

루이가 짖으며 조 팀장의 품 바깥으로 튀어 나갔다. 재빠르게 달려 나가 멈춘 곳은 정원의 키 작은 은목서 옆이었다. 루이는 빠르게 땅을 파기 시작했다. 얕은 땅속에서 나온 것은 담배 꽁초였다. 재소자들이 일을 하는 동안 교도관들이 대마를 피운 흔적이었다. 루이는 꽁초를 물고 뒤돌아 걷는 인철을 향해 달려갔다.

— 헝헝헝!

루이가 거세게 짖었다.

알고 있었다. 최근 요타동과 제타동의 신규 수감자가 줄어든 것은 섹터A의 저조한 실적 때문이 아닌 것을. 회의실 방향으로 걸으며 조 팀장은 이미 일의 모든 측면을 파악하고 있었다. 회의실에서는 각 섹터의 교도관과 소장이 기다리고 있었다. 조 팀장은 간략히 인사하고, 예의 본론으로 곧장 뛰어드는 성격대로 용건을 꺼냈다.

"섹터F의 실적이 저조합니다. 지난 한 달간 요타동과 제타동으로 옮겨간 죄수 숫자는 20여명에 불과합니다. 이유를 들을 수 있을까요?"

조 팀장은 유진을 비롯해 섹터F를 맡은 담당 교도관들에게 차례로 눈길을 보냈다. 유진은 몹시 힘겨워 보이는 얼굴을 하고 있었지만 조 팀장의 시선을 피하지 않았다.

"테라엑스를 주사하지 않았습니다."

유진의 발언에 회의실이 술렁였다.

"분명히 주사하라고 전달 받았을 텐데요."

"다른 것을 주사했습니다."

"그게 뭔지 밝힐 수 있을까요?"

유진은 대답하지 않았다.

"바로 이것이죠."

조 팀장은 주머니에서 앰플을 꺼내 모두 앞에 들어 보였다.

"아필라몬. 리덕터가 도입되기 전 사형수에게 적용. 중독될 경우 6시간 이내 사망."

회의실이 다시 한번 술렁였다. 조 팀장이 앰플을 도로 주머니 속에 톡, 하고 떨어뜨려 넣었다. 그는 청중 앞을 오가며 유진을 제외한 모든 이들과 눈을 맞추며 말하기 시작했다.

"몇 달 전부터 환원을 앞둔 죄수들이 잇따라 죽는 사고가 있었습니다. 부검 결과 그들은 모두 아필라몬에 중독된 것으로 밝혀졌습니다."

조 팀장이 유진을 바라봤다.

"인도적인 죽음을 막고 비참한 최후를 맞이하게 한 고의성을 어떻게 해석해야 합니까? 이유를 물어도 되겠습니까?"

조 팀장의 말은 사실이 아니었다. 유진이 주사한 것은, 향정신성약품으로 분류돼 사용이 금지된 알헤카딘이라는 약물이었다. 알헤카딘은 아필라몬만큼 유해하지 않았고, 4cc 정도의 알헤카딘으로 사망하게 되는 일은 결코 없었다. 그러나 유진은 부인하지 않았다. 자신을 궁지로 몰아넣기 위해 날조된 진실 앞에서 불리한 진술을 이어갔다.

"……반대하기 때문입니다."

의외의 대답에 다소 당황한 조 팀장이 허리를 곧추 세웠다.

"뭐라고요?"

"재소자들을 인간 실험체로 사용하는 것에 반대하기 때문입니다."

조 팀장이 쓴웃음을 지으며 다시 걷기 시작했다.

"하지만 그건 이미 지난 회담에서 통과된 사안입니다. 콜로니의 존립 근거가 상당 부분 인간 실험체 사업에 기대고 있다는 것을 외면하고 싶은 겁니까?"

"재소자들을 인간 실험체로 사용하는 것에 반대하고, 또."

유진은 이마에서 흘러내리는 식은땀을 닦아 냈다. 크로스나인에 의한 후유증일 뿐 대화에서 압박감을 느낀 것은 아니었다. 유진은 천천히 숨을 내쉬었다.

"분노를 느끼기 때문입니다."

"분노라고 하셨습니까? 자세히 들어 봐도 되겠습니까?"

유진은 자리에서 일어났다.

"알고 있습니다. 환원의 끝이, 끝이 아닌 것을요. 그들을 환원시킨 후에 다시 재생시켜 실험체로 사용할 목적이라는 것을요. 지금까지 그래왔고 앞으로도 그럴 거라는 것을 말입니다. 제가 분노를 느끼는 것은 이것 입니다."

"무슨 소리를 하는 거야?"

인철을 비롯해 여기저기서 교도관들의 질문이 빗발쳤다. 한동안 소란이 이어졌다.

"이유를 들어 봐도 되겠습니까?"

유진이 말했다. 아직 회의실엔 어수선함이 남아 있었다. 조 팀장이 손을 들어 제지하자 잡음이 일시에 중단되었다.

"앉으세요. 앉으세요."

조 팀장은 유진을 자리에 앉게 했다. 한 손으로는 주머니 속의 앰플을 만지작거리며 다른 한 손으로는 다소 귀찮다는 듯이 머리를 긁으며 창을 향해 돌아섰다. 전면 유리창을 배경으로 선 조 팀장이 어둡게 그늘졌다. 창밖으로 파도가 밀려오고 있었다. 조 팀장이 다시 돌아서며 물었다.

"문제 있습니까?"

조 팀장은 조금씩 걷기 시작했다.

"흉악범, 사회악, 인간으로서 말종이자 쓰레기. 동물 실험을 해야 한다면 재생인간보다 적합한 대상이 어디 있겠습니까?"

그러고는 유진 앞에 우뚝 서서 말을 이었다.

"동지애 때문에 내키지가 않습니까?"

유진은 내색하지 않으려 했으나 주먹 쥔 손과 팔이 떨리고 있었다.

"재생인간들을 재생시키는 게 두렵다면, 김 교도관님은 그 일을 더는 안 하셔도 됩니다."

유진을 찾아왔던 떨림이 순간적으로 멎는 듯이 보였다.

"당신은 숱한 죄수를 죽인 흉악범입니다. 원칙대로라면 이곳에서 환원을 기다리는 것이 맞겠지만, 그 전에 당신이 경험해야 할 것이 있어서 말입니다."

"경험해야 할 것이란 게 뭐죠?"

유진이 자신의 뒤에 선 조 팀장을 향해 물었다.

"이곳을 떠나십시오."

조 팀장이 유진의 어깨에 두 손을 올렸다. 유진의 어깨를 위로한다는 듯이 꽉 쥐었다.

"당신에게는 새로운 일이 주어질 겁니다."

한 차례 큰 파도가 밀려오고 있었다.

34

유진은 알았다. 자신을 이곳으로 보낸 이유를.

유진은 매일 아침 새로이 들어오는 옛터를 맞이하고 오후가 되면 자신의 구역으로 돌아갔다. 구역에서는 숙련된 기술자들이 일을 했다. 아미토로 수확한 신체에 옛터에서 얻은 뇌를 넣는 일이었다. 유진은 보조를 맡았는데 보조적인 행동도 작업에 전혀 도움이 되지 않았을 뿐더러 도리어 폐를 끼치는 경우가 많았으므로 유진의 실질적인 일이란, 그 일이 일어나는 것을 가만히 지켜보는 것이었다. 재생인간의 반복적인 재생에 반대한 대가로 무한한 재생이 자행되는 현장에 파견된 것이다. 제 손으로 그 일을 하지 않아도 되는 것은, 기술이 미숙한 덕분에 얻은 일종의 혜택이었지만, 지켜보는 것만으로 유진은 그 의도된 바에 맞게 충분히 비참해졌다.

저녁이 되면 사택으로 돌아갔다. 센터에서 보급하는 사택은 재생인간이 되어서 집을 비우게 된 이들의 빈집을 개조한 것이었다. 어딘가 돌아올 수 없는 곳에서 일을 하고 있을, 혹은 환원되어 사라졌을, 또는 무한히 재생되는 고리에 갇혀 노동하고 있을 이의 빈집에서 유진이 하는 일은 씻고 자는 일이 전부였다.

유진은 읽고 싶은 것도 듣고 싶은 것도 없었다. 작업이 없는 날은 오후 네 시부터 잠을 자기도 했다. 너무 잠을 많이 자서 온몸이 아플 정도였지만, 유진은 크로스나인에 의해 자신이 겪고 있는 고통과 그것을 구별해 내지 못했다.

일찍 잠자리에 들면 식은땀을 흘리며 잠에서 깼다. 스스로 아필라몬을 마시는 환영이 번번이 꿈속을 찾아왔기 때문이었다. 일을 하는 도중에도 환영은 수시로 나타났다. '포기해. 포기해.' 속삭이는 소리도 계속해서 들렸다. 하지만 유진은 포기하지 않았다. 자신의 몸에 나타나는 현상이 의식의 조작으로 벌어지는 일이라면 유진은 자신의 의식을 통제할 자신이 있었다. 그래도 언젠가 포기하게 될지도 몰랐지만 적어도 지금은 아니었다. 치료제를 구해야 했다.

리나의 말에 따르면 치료제는 이미 개발되었다고 했다. 리나를 만나야 했다.

리나는 매일 오전에 센터 보급소로 찾아왔다. 둘이 서로를 알아보고도 어째서 여기에 있는지 묻지 않고 이곳에 있는 이유를 해명하지 않은 까닭은, 서로에게 깃든 당혹감을 숨겨 주고 싶어서인지도 몰랐다.

모두 여덟 구. 모두 아필라몬에 의한 중독사예요.

의외의 장소에서 유진을 만나게 되어 어쩐 일인지 시선을 제대로 맞출 수 없게 된 리나가 말하면 유진도 별다른 말은 하지 않고 옛터들을 접수시켰다.

그렇게 봄이 한창 깊어진 오월의 어느 날이었다.

"모두 일곱 구. 두 구는 재생이 가능한 상태고 다섯 구는 중독으로 훼손된 상태예요."

유진은 옛터를 살피며 시선을 돌리지 않고 물었다.

"살릴 수 있습니까?"

리나는 이번에도 놀라지 않은 척을 하며 담담하게 대답했다.

"이들을요?"

"치료제가 있다고 들었습니다."

"뭔가 착각한 것 같습니다."

유진은 리나를 바라봤다.

"말해 주십시오. 어디에 가면 치료제를 구할 수 있는지."

리나는 유진의 눈빛에 반사적으로 고개를 돌렸다.

"지금은 어디에 있는지 몰라요."

"안다는 것, 알고 있습니다."

"이만 가 볼게요."

리나는 가운을 벗어서 가방에 넣고는 출입문을 향해 걸어 갔다. 너무 빠르지도 느리지도 않은 걸음이었다. 부러 경쾌한 발소리를 내며 걷던 리나는 유진의 따가운 시선을 느낀 탓인 지 문 앞에서 팔을 들어 올리며 말했다.

"좋아요. 말할게요."

리나가 돌아섰다.

"폐재생인간처리장에 있다고 들었어요. 그 이상은 나도 몰 라요."

"폐재생인간처리장 말입니까?"

"말했죠. 그 이상은 나도 모른다고."

리나는 한 손을 들어올려 인사를 하고는 출입문 바깥으로 사라졌다.

유진은 줄곧 그곳에 대해 생각했다. 폐재생인간처리장. 재 생인간들을 완전히 멸절시키는 곳. 갈 수 있는 방법을 찾아 봐 야 했다. 지금으로서는 재생센터에서 사택까지가 유진이 운 신하여 갈 수 있는 한계 범위였다. 유진은 더 멀리 나가 보기 로 했다. 재생인간인 일꾼은 함부로 외출할 수 없었다. 유진은 구역장의 허가를 받기 위해 간식을 사 오겠다는 핑계를 만들어 둘러대고 처리장 소유의 차를 몰기 위한 시동 코드를 복제 받았다. 유진은 손등에 부착된 코드를 차의 전면 계기판 앞에 갖다 댔다. 목적지를 묻는 질문이 나타났다. 구역장에게 허가받은 목적지는 근처의 로보켓—로봇에 의한 자동화 시스템이 구축된 슈퍼마켓. 필요한 물품을 전달받은 로봇이 대신 물건을 골라주고 최저 비용을 계산해 담아 주는 서비스를 하는 등 소비자 편의적인 실내 시장—이었지만 유진은 폐재생인간처리장이라는 낱말을 들려줬다. 자동차는 유진의 목적지를 수락하고 외곽까지 내달리기 시작했다.

콜로니 바깥의 풍경을 보는 것은 근 삼 년 만이었다. 소장이라면 정확한 일수를 계산해 주었을 거라고 유진은 생각했다. 소장은 여전히 콜로니에서 인도적 목적의 살인을 해 나가고 있을지 유진은 그것에 대해서도 잠시 생각해 보았다. 아마도 달라진 것은 없을 것 같았다. 신호에 걸려 차가 멈춰 섰다. 차의 조수석부터 운전석까지 그늘이 졌다. 유진은 창밖에 무엇이 있는지 보기 위해 고개를 살짝 숙였다. 창밖으로 커다란 나무가 보였다. 폐재생인간처리장까지 앞으로 7분 2초. 계기창에 안내가 떴다. 유진은 핸들을 잡고 손가락을 핸들 위에 몇 번 딱딱 부딪쳤다. 신호가 바뀌자 차가 급한 커브를 돌며 유턴을 했다. 목적지가 바뀌었다.

새로운 목적지까지는 약 15분이 소요되었다. 창밖으로 걸는 사람이 줄었고 차들도 줄었지만 길이 좁아졌기에 도로 사정은 더 나빠졌다. 유진은 가다 서다를 반복하며 끈기 있게 달렸다.

— 도착했습니다. 지금 계신 장소는 솔로몬 새 출발 보금자리입니다.

안내가 여러 번 이어졌다. 유진은 시동을 끄고 차 밖으로 나왔다. 멀리 운동장에서 공을 차는 청소년들이 보였다. 조금 가까이 다가가자 가려졌던 문이 나타나 유진을 막았다. 문 옆에는 장소에 대한 설명이 적혀 있었다.

이곳 솔로몬 새 출발 보금자리는
청소년에게 새로운 삶을 제공하기 위해
마련된 교정 시설입니다.

와아. 와아. 운동장 쪽에서 한 차례 함성이 들려왔다. 누군가 찬 공이 골문을 맞고 튕겨 나온 모양이었다. 유진은 발길을 돌려 문에서 돌아섰다. 멀지 않은 곳에 나무가 한 그루 서 있었다.

유진은 나무 곁으로 다가섰다. 연한 초록빛의 잎이 새로 자라나 있었고 땋은 머리처럼 수꽃이 대롱대롱 달려 있는 가운데 분홍빛이 도는 암꽃이 피어 있었다. 유진은 팔을 올려 나무를 자신의 키 높이에서부터 아래로 한 차례 쓸었다. 이곳에서 사람을 죽였다. 유진은 눈을 질끈 감았다. 무참하게 살해하고 말았다. 그것은 자신의 본능이었을까? 자신은 그저 폭력성을 드러낼 구실을 평생 찾아오고 있었던 것일까? 재소자들의 재생에 반대하는 것도 죽음을 더 원하는 자신의 본능 때문인 것일까. 유진의 감은 눈 안으로 붉은 빛이 비쳐 들었다. 나뭇가지 사이로 햇빛이 내리쬐고 있었다. 유진은 눈을 뜨고 나무를 한 차례 더 쏠었다.

한참을 나무 아래 앉아 있던 유진은 차에 올라탔다. 목적지로 어디를 말해야 할지 조금 난감했다. 유진은 이왕 늦어버린 것, 당초의 계획대로 처리장까지 내달리기로 했다. 폐재생인간처리장을 말하자 차는 목적지를 수락하고 앞으로 나아갔다. 차는 20여 분 만에 처리장 앞에 도착했다. 무턱대고 찾아오긴 했지만 어디로 가서 누구를 만나야 할지, 간다고 해서 만날 수는 있을지 아무런 기약된 바가 없었다.

유진이 재생센터로 복귀했을 때 유진의 손에 들려진 것은 갈참나무 잎이 전부였다. 유진은 손등에 복제 받았던 시동 코드를 즉각 삭제 당했다. 외출 구실로 댔던 간식은 사 가지 않고 몇 시간을 바깥에서 허비한 일꾼 유진에게 내려진 징계는 처치실에서 옛터 40구를 닦는 일이었다.

35

다음날은 토요일이었다. 유진은 해가 뜨기 전에 잠에서 깼다. 전날의 무리로 인해 온몸이 아팠다. 창문은 열려 있었다. 잠은 한참 전에 달아났지만 유진은 침대에서 일어나는 대신 끙, 소리를 한 번 내고는 홑이불을 턱밑까지 끌어당겼다. 잠시 후 해가 뜨자 유진은 등을 돌려 햇빛을 피했다.

유진이 일어난 것은 열 시가 지나서였다. 허기는 거의 느끼지 않았지만 목마름은 참을 수 없었다. 크로스나인에 공격당한 뒤로 유진은 지나치게 많은 물을 마셨다. 공통된 후유증이었다. 공격받은 대부분의 사람과 다른 점이 있다면 그들은 이내 아필라몬을 마시고 사망하는 바람에 오래 갈증에 시달리지 않았다는 점이다.

갈증만큼 유진을 괴롭히는 것이 있다면 역시 환청과 환영이었다. 자신의 기억과 합성되어 생겨나는 환영은 유진이 처한 환경에 맞게 새롭게 조작되었다. 유진은 이제 자신의 집에서 아필라몬을 찾기 위해 애썼다. 유진은 부엌에 있는 모든 수납장의 문을 열어젖혔다. 아필라몬을 찾기 위해서였다. 유진은 거실에 나와서도 그곳에 아필라몬이 있는지 보려고 구석구석을 뒤졌다. 다행스럽게도 아무도 아필라몬을 미연에 숨겨두지 않았기 때문에, 유진의 수색은 번번이 실패했다.

리나의 연락을 받은 것은 정오가 다 되어서였다.

'주소 알려 줄 수 있어요?'

개인적 용무로 연락을 해 온 적이 이전에 없었기에 유진은 의아해하며 주소를 보내 주었다. 리나는 한 시간이 지나지 않아 유진이 지내는 사택 초인종을 눌렀다. 어쩐 일이에요? 유진이 리나를 맞이하며 물었을 때 유진은 또 한 번 놀랐다. 리나가 혼자 온 것이 아니었기 때문이었다.

"인사해요. 이름은 마스티프예요."

"마스티프가 아닌 것 같은데요?"

유진이 래브라도 레트리버를 내려다보며 말했다.

"그러니까 이름일 뿐이에요. 우리 모두 마스티프를 원했었거든요."

유진은 리나가 말하는 우리가 누구인지 구태여 묻지 않았다.

"3개월일 때 브리더에게 이 개를 입양했는데 벌써 아홉 살이 되었어요."

브리더에게 입양했다는 말에 유진은 마스티프를 한 번 더 내려다 보았다.

"공학적 교배종일 줄 알았어요. 로이스 사 같은 데서 만드는."

유진은 자신의 짐작을 숨기지 않았다.

"우리 모두 돌연변이가 아닌 개를 원했거든요."

유진은 문설주에 몸을 기대고 팔짱을 꼈다. 리나가 한쪽 무릎으로 쭈그려 앉으며 마스티프의 목을 쓰다듬었다.

"이만 들어가도 될까요?"

자신의 옆에 세워 둔 커다란 가방을 두드리며 리나가 물었다.

"아, 네."

유진은 엉거주춤 길을 터 주었다. 리나는 개를 이끌고 들어와 집을 둘러보았다.

"생각보다 넓은데요."

유진은 다시 문설주에 등을 기대고는 그런 리나를 지켜보았다.

"어쩐 일이에요?"

"그냥."

리나가 바퀴 달린 가방을 소파 옆에 내려놓았다.

"부엌이 어디예요?"

유진은 대답 대신 팔을 뻗어 방향을 알려 주었다. 리나는 가방을 끌고 부엌까지 들어갔다. 마스티프가 온순한 걸음걸이로 리나의 뒤를 따랐다. 거실부터 부엌까지 걸어가며 리나는 바닥 여기저기에 떨어진 물 캡슐 껍질을 주웠다.

"물만 먹고 살았어요? 뭘 먹기는 한 거예요? 굶어 죽기 전에 오는 덴 성공했네요."

마침내 식탁 옆에 가방을 내려놓고 리나가 가방 속에서 꺼낸 것은 간단한 식재료였다.

"오래 걸리진 않을 거예요. 마스티프와 좀 놀아 줘요."

리나는 식탁 위에 널어 둔 식재료를 그러모아 조리대로 가져갔다. 양파와 대파, 부추와 고추, 두부와 된장. 그리고 소량의 차돌박이를 넣어 차돌된장찌개를 끓여낸 리나는 식탁 위에 그것을 올렸다. 몇 가지 판매용 밑반찬과 포장된 밥을 함께 올리자 그럴듯한 차림이 되었다.

오래 굶은 유진은 많이 먹지 못했다. 숟가락을 놓은 유진은 컵에 따라 놓은 물을 한 모금 마셨다. 그러고는 자신이 먹는 것을 지켜보고 있던 리나에게 물었다.

"용건을 말해 봐요."

유진은 컵을 두 손으로 감싸 쥐고 리나를 쳐다봤다.

"이곳에 온 이유."

"좋아요. 알았어요. 말할게요."

리나는 항복한다는 듯이 두 손바닥을 앞으로 펼쳐 보이고는 유진에게 말했다. 엎드려 있던 마스티프가 상체를 세우고 낮게 으르렁댔다. 리나는 마스티프의 목덜미를 쓰다듬으며 개를 안심시켰다. 두 손으로 개의 귀를 지그시 누르며 리나가 말했다.

"사실은 아파요. 마스티프가."

마스티프가 머리를 흔들며 귀를 누르는 손을 떼어냈다.

"그래서 이곳저곳을 함께 다니고 있어요. 늘 옥상 한 구석에 묶여 지내서 세상 구경을 못 해 봤거든요."

"그런데 왜 저를 찾아왔어요?"

"비슷한 처지인 것 같아서요."

개와 자신이 다르지 않은 형편에 놓여 있다는 말이 유진은 어쩐지 듣기 싫지 않았다.

"수영하는 것 좋아해요?"

"저는 잘 못해요."

리나가 대답하자 유진이 고개를 저었다.

"당신 말고 마스티프 말예요."

유진이 손을 내밀자 마스티프는 유진의 손바닥을 핥으며 꼬리쳤다.

"두 구역 너머에 반려 동물용 수영장이 있어요. 그곳부터 가요."

리나가 의아하다는 표정을 짓자 유진이 말했다.

"콜로니에 갇히기 전엔 저도 이 세계 사람이었어요."

유진은 가뿐하게 자리를 털고 일어나 짐을 챙겼다.

빛은 수영장 바닥에 기린의 얼룩무늬를 그려내며 쏟아지고 있었다. 마스티프는 물을 보자마자 달려들었다. 리나는 이따금씩 수영장 밖으로 올라오는 개에게 육포를 먹여 주었다. 리나가 물놀이용 공을 던지자 마스티프가 다시 물속으로 뛰어들었다. 유진은 등을 기대고 햇볕을 쬘 수 있도록 만들어진 긴 의자에 한 쪽 무릎을 세우고 앉아 발목을 만지작거렸다.

"병이 있다고 걱정할 건 없어요. 요즘 같은 시대에."

유진의 말에 다음에 줄 육포를 뜯고 있던 리나는 희미한 미소를 지으며 대답했다.

"아미토로 회복할 수 없는 병에 걸렸어요."

"아미토로 회복할 수 없는 병도 다 있군요."

"말하자면 병에 병이 더해진 거죠."

"무서운 병이네요."

"희망일지 몰라요."

"희망?"

"교도관님이 찾던 희망 말이에요."

유진은 리나의 말뜻을 한 번에 알아차리지 못했다.

"테라엑스의 치료제를 찾는다고 하셨죠. 그 치료제가 바로

저 개예요. 정확히 말하자면 개가 앓고 있는 병이죠."

마스티프가 앞서 가는 공을 잡기 위해 앞발을 재게 움직이고 있었다.

"어떻게 병이 치료제가 될 수 있죠?"

유진의 물음에 리나는 킬러바이러스에 대해 설명했다. 연구소를 나오며 동료였던 소민이 바이러스 샘플을 빼돌렸고, 그것을 마스티프에게 주사했다는 이야기까지였다. 현재 개는 살아있는 바이러스의 운반체 역할을 하며 누구든지 개에게 있는 바이러스를 통해 테라엑스를 극복할 수 있을 것이라는 말도 덧붙였다. 설명을 듣고 난 유진이 얕은 한숨을 내쉬었다. 가슴이 뛰는 것을 억누를 수 없어서였다. 하지만 짚고 넘어가야 할 문제들이 있었다.

"병에 걸린 개로 어떻게 사람들을 치료하죠? 개를 가까이 데려가면 되나요?"

유진은 질문을 쏟아냈다.

"알약 형태로 개발 중이에요. 개의 골수에서 바이러스를 채취해야 하는데, 암이 퍼지는 중이라 서둘러야 하고요."

공을 잡은 개가 공에 앞발을 얹고 천천히 바깥으로 헤엄쳐왔다. 리나에게 공을 넘긴 개는 잠시 후 육포와 함께 작은 핏덩어리를 토해 냈다.

"벌써 장기 전체로 암이 퍼졌어요."

리나는 흰 거즈를 꺼내 개의 주둥이를 닦아 주었다. 거즈가 붉게 물드는 것을 유진이 말없이 바라보았다.

암에 걸려 살 날이 얼마 남지 않은 개. 하지만 테라엑스에는 면역인 개. 유진은 콜로니에 남은 재소자들을 떠올렸다. 만약 그들에게 약을 먹일 수 있다면, 끝없는 재생의 고리로부터 그들을 해방시킬 수 있었다. 하지만 돌아갈 기약이 당장은 없었다. 그래도 유진은 리나에게 부탁했다.

"제게도 나눠 줄 수 있나요? 약 말이에요."

"그럴게요."

리나는 흔쾌히 수락했다. 현재로서는 콜로니에 접근이 용이한 사람이 유진보다는 리나였다. 유진은 기다렸다. 콜로니가 자신을 부를 날을.

36

치료를 마친 요한은 무인 택시에 몸을 실었다. 재생 이후로 받아온 고통 경감 치료였다. 재생센터에서 폐재생인간처리장 까지는 10분 정도가 소요되었다. 잠깐 눈을 붙일 수도 있었지 만 요한은 눈을 힘주어 떴다. 따라 오는 사람은 없는 것 같았 다. 매월 받던 재활 치료는 그날 이후 주 1회로 늘어났다. 밀 고에 대한 격려 차원이었을까. 치료보다는 만남에 방점을 두 는 외출이라는 것을 조 팀장도 모르지는 않았다. 요한이 모 든 것을 털어 놓은 이후, 조 팀장은 더는 요한을 불러내지 않 았다. 요한에게서 얻어낼 것이 다했다는 의미였다. 필요를 다 한 재생인간이 되자 요한은 다시금 초조해졌다. 초조함은 그 의 지병이었다. 요한은 경직된 자세로 앉은 자신을 발견하고는 등받이에 몸을 기댔다. 앞으로 6분 정도가 남았다. 불안과 더불어 억누를 수 없는 기대로 가슴이 뛰었다. 잠시 후면 아내를 만날 수 있었다. 아내에게는 아무 일도 없었다. 아직까지는. 아무 일도 없었다, 적어도 아직까지는. 요한이 조 팀장의 명령을 거부할 수 없었던 것은, 혹시나 아내에게 일어날지 모를 불행한 사건 때문이었다. 원의 요원이라면 일개 교도관의 가족 앞에 펼쳐질 운명도 좌지우지할 수 있을 거라는 망상 섞인 믿음이 요한의 발목을 붙잡았다. 어떤 불운도 다시는 가족 앞에 드리워지지 않기를 바랐다. 요한의 충성심의 근본은 편집증이었다.

처리장 앞에는 소민이 서 있었다. 요한은 얼른 그녀를 타게 했다. 소민이 뒷좌석에 탑승한 후로도 요한은 보는 눈이 없는지 한동안 확인했다.

"아무도 없어."

조수석에서 뒤를 돌아보고 있는 남편에게 소민이 말했다.

"아직은 몰라."

여전히 뒤를 보고 있는 요한이 말했다.

"얼마나 있어?"

요한에게 남은 시간을 묻는 말이었다.

"2시간."

그 안에는 복귀해야 했다.

"밥이나 먹자."

소민이 행선지를 대자 무인 택시가 방향을 틀었다.

"미쳤어. 거긴 사람이 너무 많아."

요한이 다시 목적지를 대자 택시가 부드러운 곡선을 그리며 유턴을 했다. 택시 화면에 나타난 목적지를 살피고는 소민이 말했다.

"집까진 너무 멀어. 두 시간 안에는 무리야."

"나는 밥을 먹으려는 게 아냐."

요한은 그제야 앞을 보고 앉았다. 좌석 등받이 위로 솟아오른 요한의 뒤통수를 바라보며 소민이 물었다.

"그럼 돌아가지 않으려는 거야?"

요한이 헛웃음을 지었다.

"도망갈 수 없다는 거 알잖아."

처음 재생인간이 되었을 때, 콜로니에 가지 않고자 도망친일이 있었다. 요한이 집으로 돌아온 것은 딸의 실종 소식 때문이었다. 증거는 없지만 원에서 딸을 데려갔을 거라는 심증이 요한에게는 있었다. 지금 도망치면 아내가 위험해질 수도 있었다.

"도망갈 이유도 없어. 그들은 내 편이니까."

원의 요원에 충성을 다한 만큼 재생기술개발원 역시 자신의 편이 되어줄 거라고 요한은 믿었다. 자신이 누군가처럼 콜로니의 죄수로 잡히는 일은 없을 거였다.

"그럼 무엇을 두려워하는 거야?"

"이제 감염이 다시 본격화 될 거야."

"당신이 두려워 할 것은 없잖아. 소장이 잡혔더라도 동료들은 당신이 말했다는 사실을 모르잖아. 테라엑스 역시 마찬가지야. 감염된 재소자들은 격리동에 둔다면서."

"나는 감염될 게 두려운 게 아냐."

"만에 하나 잘못되더라도."

소민은 침을 삼켰다. 그러고는 자신이 뱉을 말이 부적절한 말은 아닌지 다시 한 번 점검해 보았다.

"당신은 다시 태어날 수 있잖아."

"그게 두려워."

요한은 등을 돌려 소민을 응시했다.

"당신은 내가 적응이 돼? 두 번이나 바뀐 얼굴. 다른 목소리. 조금씩 달라지는 성격과 기억. 무얼 보고 나라고 판단하지? 지금의 내가 그때의 나라는 확신이 있어?"

가족을 위해서라면 무엇이든 할 수 있다고 생각하면서도 가족에게 자신이 어떤 의미일지는 헤아려 보지 못한 요한이었다.

"이제 무슨 말인지 알겠어? 내가 두려운 건 바로 그거라고."

요한과 소민은 창밖만 바라보았다. 여러 층위로 얽힌 차도

중에서 가장 낮은 도로를 달리고 있는 택시 안에서 보이는 것은 키 높이와 그리 다르지 않은 풍경들이었다.

"일단은 밥을 먹자."

소민이 말을 이었다.

"다음 일은 그 다음에 생각하자."

"다음은⋯⋯."

요한이 잠시 뜸을 들였다.

"없을지도 몰라."

소민은 가슴이 철렁 내려앉는 것을 느꼈다. 어느 정도 예상하지 못했다면 거짓말이었다. 그래도 지금 같은 순간, 이런 방식으로는 아니었다. 아주 조금은 먼 미래의 일로 예상하고 있었다.

"약을 만들었다면서."

소민은 대답하지 않았다.

"내게도 약을 좀 줘."

소민은 무슨 말을 해야 좋을지 몰랐다. 개의 골수에서 분리해 낸 바이러스가, 테라엑스의 마수로부터 벗어날 수 있는 백색의 설하정이 지금 가방 속에 있노라고 털어놓아도 좋을지 알 수 없었다.

"매일 열 명 이상의 젊은이에게 테라엑스를 주사하고 있어. 어차피 그들은 다시 태어나겠지.⋯⋯나는 아냐. 그러고 싶지 않아."

소민은 가방 손잡이를 꼭 쥐었다. 손잡이를 쥔 손이 떨렸다.

"그래도 일단은 집으로 가."

소민이 잠긴 목소리로 말했다. 요한은 화면을 확인했다. 앞으로 2분 후 도착이었다.

"늦으면 늦는 대로 밥부터 먹자."

소민이 생각하기에는 그게 순서였다.

37

소장은 외투를 입으며 앞으로 걸어갔다. 온기와 냉기 중간
쯤에 있는 바람이 소매 속으로 파고 들었다. 꼬리가 긴 바람
이었다. 바람을 피하기 위해 소장은 눈을 가늘게 떴다. 속눈썹
에 내려앉은 햇빛이 반짝였다. 눈썹이 젖은 것 같았다. 오랫동
안 의자에 걸쳐 놓았던 얇은 외투를 들고 바깥으로 나온 것은
조 팀장의 호출 때문이었다. 하지만 소장은 팀장에게 가지 않
았다. 어디로 가야 할지는 오래 고민하지 않았다. 소장은 언제
나 그곳으로 갔다.

다시 배드민턴의 계절이 돌아왔다. 아직 병이 들지 않은 재
소자들이 뜰에 나와 민들레가 핀 짧은 풀밭 위에서 라켓을 휘
둘렀다. 셔틀콕이 날아와 소장의 발밑에 떨어졌다. 소장은 셔

틀콕을 주워 황급히 달려오는 재소자에게 내밀었다. 안녕하세
요. 재소자는 인사를 하고 벌이 날아다니는 풀밭으로 돌아갔
다. 소장은 멈춰 서서 그들을 바라보았다. 화단 속에는 키 작
은 백묘국과 키 큰 루드베키아가 함께 서서 이따금씩 바람에
한들거리며 배드민턴 치는 재소자들을 지켜보았다. 눈으로 사
진을 찍는 것처럼 소장은 한자리에 한동안 서 있었다. 그러고
는 두텁게 쌓인 먼지를 털어내듯이 멈추어 선 관성을 끊어내
고 다시 앞으로 나아갔다. 일단 다시 걷기 시작하자 출발을 오
래 준비해 온 사람처럼 소장은 망설임 없이 걸었다.

어릴 때 소장은 많이 걸었다. 40분이 넘는 거리를 걸어 다
녔다. 주행용 신발이나 차가 없었기 때문에 소장은 도로를 점
유할 수 없었다. 소장은 언제나 좁은 전용 보도로 다녔다. 그
때도 소장은 목적지가 정해진 사람 특유의 빠른 걸음으로 길
을 걸었다. 집과 학교. 학교에서 집. 갈 곳이 명확했던 것은 갈
곳이 달리 없었던 까닭이기도 했다. 가난했던 소장은 학령기
이전 교육을 교육기관에서 받을 수 없었고 그곳에서 친구를
사귈 수도 없었다. 입학 후에 첫 2년 동안 소장은 친구가 없었
다. 소장에게 친구가 생긴 것은 비상한 두뇌 덕분도 수려한 외
모 덕분도 아니었다. 소장은 따돌림 당하는 아이에게 먼저 다
가가 말을 걸었고 공부를 못하는 아이의 숙제를 도와주었다.

배를 곯는 친구에게는 얼마 없는 자신의 먹을 것을 나눠 주었다. 주로 약자들이었지만 소장에게도 친구가 생긴 것은, 친구를 기다리고 있던 소장의 인격 때문이었다.

친구가 생긴 뒤로 집부터 학교까지의 거리는 40분보다 늘어났다. 마치 집이 없는 아이처럼 소장은 학교를 마치면 친구의 집에 가서 자주 놀았다. 집에는 재생인간이 되어 버린 아버지와, 아버지를 미워하는 어머니가 있었다. 어머니마저 재생인간이 된다면 그땐 아마도 아버지가 곁에 없어진 후일 거라고 소장은 막연히 짐작했다. 어머니를 제치고 자신이 먼저 재생인간이 되어 버렸을 때, 소장의 어머니는 울었다. 어머니는 미움을 견디며 소장을 키워냈고 번듯한 인간으로 대우 받으며 살아가기를 바랐다.

하지만 소장은 사람을 죽이고 말았다. 분노를 제어할 줄 몰랐던 아버지처럼 소장도 분노를 조절하는 데 무능했다는 말이 어쩌면 옳았다. 뉴스에서 소장은 길에 떨어진 쓰레기를 줍는 힘없는 노인을 이유 없이 공격한 장년층 남자에 관한 기사를 접했고 참을 수 없는 분노를 느꼈다. 그는 머리를 얻어맞고 죽은 노인을 대신해 그 남자를 죽였다. 어머니는 제 아버지를 닮아 그렇다고 말했다. 아버지는 자신을 닮아 그런 거라고 했다. 소장은 생각이 조금 달랐다. 자신의 가난과, 자신의 신분이 자신의 분노에 승인을 하는 인장을 새긴 거라고 생각했다. 그러한 사고의 과단성을 짚어 주는 인물이 소장의 곁에는 없었다.

소장이 도착한 곳은 울부짖는 나무가 서 있는 바닷가였다. 소장이 침몰하는 나무라 이름붙인 나무였다. 소장은 나무에 기대 바다를 바라보았다. 아필라몬을 마시고 죽은 숱한 재소자들이 떠올랐다. 같은 방식으로 죽는다. 그래야 공평하다. 소장은 생각했다. 사형 선고는 곧 내려질 것이었다. 동료들 간의 화합을 중시했던 그는 교도관들 사이에서 지지층이 두터웠다. 사실상의 사형 선고는 내부의 고발자가 나온 순간 이미 받은 것이나 다름없었다.

파도가 잠잠한 해안은 평화로워 보였다. 바람도 거의 불어오지 않았고 하얀 나비가 어느 상을 치른 여인의 머리칼에서 나온 듯 팔랑이며 날아다니고 있었다. 소장은 외투 주머니에서 작은 갈색 유리병을 꺼냈다. 빛살에 찍힌 듯 유리병에 반짝이는 반사광이 일어났다. 소장에게 남은 시간은 많지 않았지만, 같은 이유로 서두를 것이 전혀 없었다. 소장은 파도가 밀려 올 때까지 해안을 바라보았다. 물은 언제나 두려운 대상이었다. 만약 더 바랄 것이 있다면, 구슬이나 가루가 되어 나무에 뿌려지는 것이었다. 나무에 흡수되고 스며들어 물을 빨아먹고 사는 나무의 일부가 되는 것이었다. 하지만 그 작은 바람을 귀 기울여 듣는 대상도, 고개 끄덕이듯 밀려오는 파도 말고는 없는 것 같았다.

38

유진은 그날 아침에 도착한 옛터를 확인했다. 유진이 아는 얼굴이었다.

"아필라몬 중독사예요."

관자놀이를 살피려는 유진에게 리나가 말했다.

"자상은 없어요."

유진은 옛터가 되어 누워 있는 소장의 뜬 눈과 눈을 맞추었다.

"스스로 선택한 일이었을 거예요. 한참 만에 발견되어서 스위칭은 되지 못한 상태예요."

유진은 그 말의 의미를 알고 있었다.

"곧바로 폐재생인간처리장으로 가야 할 거예요."

재생될 수 없게 되었다는 것은 소장에게도 유진에게도 다행이었다.

"이제 끝인가요?"

크로스나인으로 인한 죽음은 이것으로 끝인 걸까. 유진은
혼잣말처럼 물었다.

"소장을 비롯해서 가담한 교도관들이 모두 잡혔어요."

"이제 끝이겠군요."

유진은 손바닥으로 소장의 얼굴을 쓸어 눈을 감겨 주었다.

소민이 리나에게 알려 준 덕에 유진은 소장이 묻히는 곳을
알 수 있었다. 그곳은 유진이 사는 사택에서 멀지 않은 곳이었
다. 저녁 무렵부터 비가 내렸다. 유진은 식사를 거르고 소장이
묻힌 곳을 보러 갔다. 식진기(埴塵機)가 심고 간 곳에는 땅 위
에 붉은 띠가 그려져 있었다. 엘리미네이터에서 나온 티끌을
매립한 후에는 그곳에 사흘간의 애도 기간이 주어졌고, 가난
한 구역의 사람들은 그 기간 동안 붉은 띠가 둘러진 곳을 피해
걸었다. 매일 티끌을 심고 갔기에 가난한 사람들은 미로를 찾
듯이 자신의 집을 찾아가기도 했다. 유진은 바깥에 서서 띠 안
쪽을 너머다 봤다. 굵어진 빗줄기가 여린 땅을 뚫으며 쏟아졌
다. 그 어느 부근에 소장이 묻혀 있었다. 물을 무서워했던 소
장에게는 꽤 얄궂은 엔딩 신이라고 유진은 생각했다. 일부러
시간을 내어 소장을 보러 온 것에 의미를 두려 했지만 의미 있

는 일은 아무 것도 할 수 없었다. 불러 줄 노래도 들려 줄 이야기도 없었다. 선수가 쓰러진 붉은 링 같은 영역을 유진은 하릴없이 바라보다 자리를 떴다. 그때까지 비는 멈추지 않았다.

39

　루이의 행동에는 묘한 구석이 있었다. 조 팀장은 소장을 발견하던 당시의 상황을 떠올렸다. 긴 시간 모습을 드러내지 않던 소장의 위치 신호를 알아내기 이전부터, 소장이 있던 방향을 향해 루이는 짖고 있었다. 콜로니의 통신로봇과 교도로봇들이 소장을 찾아 나설 때 조 팀장은 루이의 주둥이가 향하는 곳을 향해 함께 걸어갔다. 소장을 찾아 나선 로봇들과 같은 지점에서 만나게 되자 팀장은 루이가 소장을 찾아낸 것이라 생각했다. 소장의 피부 밑에 삽입된 인식용 칩이 로봇들을 부를 때, 소장의 냄새가 수색견 루이를 불러낸 것이라 여겼다. 그런데 소장을 이송하기 위한 준비를 마친 뒤에도 루이는 계속해서 짖었다. 마치 자신을 부른 것이 아직 그곳에 남아 있는 것처럼. 아무 것도 없는 땅 위를 때론 으르렁대고 앓는 듯 짖으며 코로 훑어 댔다.

"루이, 가야지. 루이."

떠날 줄 모르는 개를 채근하며 본관으로 돌아 온 뒤로도 팀장은 계속해서 울먹이는 소리로 짖는 루이를 보았다.

"무슨 일이니, 루이?"

루이는 대답 대신 짖었다. 종전보다 한층 맹렬해진 짖음이었다. 엉덩이를 높이 치켜들고 엎드려 짖는가 하면 문 앞으로 가까이 다가가 발톱으로 문을 긁기도 했다.

"워워, 루이. 바깥으로 나가고 싶니?"

루이가 이빨을 드러내며 으르렁거렸다. 조 팀장은 희한한 일이라 생각하며 루이를 데리고 나가 그 개가 이끄는 곳을 향해 걸었다.

루이가 도착한 곳은 해안가의 커다란 나무 아래였다. 은근한 울음을 흘리며 걷던 개는 나무 부근의 한 지점에 멈춰 서서 크게 짖기 시작했다.

도드라진 핏줄처럼 뿌리가 불거진 나무 아래였다. 조 팀장은 막연한 조바심을 느끼는 채로 루이를 주시했다. 곧 루이가 앞발로 흙을 파내기 시작했으므로, 팀장은 개를 도와서 해야 하는 일이 무엇인지 어렴풋이 짐작할 수 있었다. 팀장은 작업로봇을 호출했다. 잠시 후 도착한 작업로봇은 팀장의 지시에 따라 자신의 팔에 부착된 굴착용 곡괭이를 땅 속에 찔러 넣었다.

— 헝헝헝!

개가 짖었고 팀장은 더 깊은 곳까지 땅을 파도록 했다. 땅속 깊은 곳으로 들어가는 곡괭이를 보며 루이는 주변부의 땅을 발톱으로 긁어냈다. 그 모습을 본 팀장은 로봇에게 반경을 넓혀 파기를 지시했다. 작업로봇은 컴퍼스를 꺼내 개의 발길이 미친 범위까지 원을 그리고는 삽으로 흙을 파내는 작업을 이어갔다. 곡괭이와 삽이 땅속 깊은 곳으로 침투할수록 루이의 짖음은 점점 더 커져갔다.

삽이 움직임을 멈추었다. 작업로봇이 다가가 엷은 흙을 걷어내자 커다란 가방이 나타났다. 조 팀장이 턱짓으로 지시하자 작업로봇은 가방의 지퍼를 열었다. 곧 웅크린 시신이 모습을 드러냈다. 시신은 시랍화가 진행된 상태였다. 얼굴은 분별할 수 없었지만 조 팀장은 그 시신의 주인공이 누구인지 대번에 알 수 있었다. 몇 달 전 향연 후 사라진 죄수. 환원되고도 재생센터로 이송되지 않은 단 하나의 죄수. 이름을 기억할 수 없는 한 소녀였다.

— 이런 것이 있습니다.

작업로봇이 시신의 가슴에서 무언가를 집어 올려 팀장에게 건넸다. 팀장은 작업로봇에게서 넘겨받은 것을 펼쳐 보았다. 일기장이었다. 루이가 코를 씰룩댔다. 팀장은 자세를 낮추어 한 쪽 무릎을 굽혀 앉았다. 그러고는 개의 목덜미에 손을 올리고 개에게 물었다.

"누구의 것인지 알 수 있겠니?"

— 헝헝!

개가 짖었다.

팀장은 일기장을 다시 펼쳐 내용을 확인했다. 정황상 죽은 소녀가 쓴 것이 분명해 보였다. 팀장은 통신로봇에게 상황을 알렸다. 호출을 받은 통신로봇이 곧 작업로봇들을 더 보내겠다고 회신해 왔다. 원에 알릴까 하다가 팀장은 그만두기로 했다. 회의도 소집하지 않기로 했다. 팀장은 일기장을 덮고 표지를 살펴보았다. 지문이 군데군데 찍혀 있었다. 작업로봇이 커다란 가방을 구덩이 위로 들어올렸다. 루이가 짖으며 달려갔다. 개가 흥분 상태였다. 침을 흘리며 짖는 루이에게 다가가 팀장이 물었다.

"루이, 누구의 가방인지 알 수 있겠니?"

개가 가방을 물고 늘어졌다.

"가자. 가서 얼굴을 보며 찾아보자."

팀장은 루이를 이끌었다. 루이는 짖으며 그 뒤를 따랐다.

집무실로 돌아간 팀장은 입체 사진을 열었다. 팀장이 자주 펼쳐 보이는 것이었다. 팀장은 루이를 옆에 두고 입체 사진에 나타난 인물들에 대한 시시한 농담을 주고받을 때가 왕왕 있었다.

"루이, 게임을 하자."

팀장은 언제나처럼 루이에게 게임을 제안하며 사진을 펼쳐 보였다. 저마다 특유한 몸짓으로 움직이는 교도관들의 모습이 탁자와 바닥 위에 증강되어 기다란 병풍 모양으로 펼쳐졌다. 늘어선 입체 사진들 중 선택된 한 명이 커다란 모습으로 나타날 때마다 루이는 코를 킁킁대며 사진 앞에 다가갔다. 4차원 감각 지원을 하는 사진 입자에서 체취를 맡으려는 것이었다. 루이는 냄새를 맡는 데 몰두해 사진 입자를 뚫고 지나가기도 했다.

그러면 입체 사진을 통과해 저쪽 편에서 루이가 나타나곤 했다. 몇몇 교도관의 모습이 지나갔지만 루이는 코를 킁킁대거나 꼬리를 흔들어 댈 뿐 별다른 조짐을 보이지는 않았다. 의행이 나타났을 때 루이는 관심이 없다는 듯 뒤로 돌아앉았고 인철이 나타나자 소리가 잘 나지 않는 목으로 낮게 으르렁댔다. 요한이 중앙에 나오자 루이는 꼬리를 치며 짖었다. 그러다가 유진이 중앙 화면에 커다랗게 모습을 드러냈을 때는 뒷걸음질 치며 꼬리를 배 쪽으로 말아 넣고 낑낑거리듯 연신 짖어댔다. 겁에 질린 모습이었음에도 사납다고, 팀장은 생각했다. 주저앉아 짖던 루이의 엉덩이 밑으로 누런 소변이 번졌다. 루이는 찔끔찔끔 물러서다 해안에서 가져 온 가방에 다리를 부딪혔다. 루이는 가방을 향해 잘 들리지 않는 목소리로 깨갱거리며 짖었다. 그러고는 입체 사진에 나타난 유진과 가방 사이를 오가며 같은 양상으로 짖었다. 팀장은 통신로봇 자라를 호출했다.

"김유진 교도관의 개인 녹화 영상을 송출해 주세요."

잠시 후 자라가 회신해 왔다.

― 모두 유실되었음이 확인되었습니다. 누군가 삭제한 것으로 보입니다.

"그게 누구인지 알 수 있습니까?"

― 접근이 금지된 중앙기록장치에 접속한 아이디가 있습니다. 아이디 지문이 중앙기록장치에서 검출되었습니다. 감식 결과 '1'이라는 아이디였습니다. 현재는 폐기된 아이디이며, 복원결과 얼마 전 죽은 소장의 것으로 나왔습니다.

"소장이 접속한 기록을 복원해 보세요. 중앙기록장치의 영상은 삭제했어도 공명 영상의 찌꺼기가 내부에 남아 있을지 모릅니다."

― 시도해 보겠습니다.

얼마간의 시간이 흐른 후 자라가 회신해 왔다.

— 아이디'1'에서 기록의 파편을 발견했습니다. 조각을 맞춘 영상을 보내드리겠습니다.

잠시 후 조 팀장의 왼쪽 손바닥 위에 통신로봇 자라가 보낸 영상이 솟아올랐다. 조각을 맞춘 영상은 이음매가 거칠어서 재생 중 이따금씩 총천연색의 줄무늬가 나타나곤 했다. 하지만 소소한 방해에도 팀장은 영상의 내용을 파악할 수 있었다. 유진이 소녀를 가방에 은닉하여 해안으로 가서 매장하는 장면이었다. 루이의 짖음이 거세져갔다. 조 팀장은 손바닥을 일그러뜨려 왼손을 주먹 쥐었다. 영상이 손바닥 위에서 바스라졌다. 루이가 숫제 늑대처럼 울부짖었다. 루이가 그런 목소리를 낼 수 있을 줄은 아무도 몰랐다.

40

주말 아침이었다. 유진은 사택의 뒤뜰에서 홀로 배드민턴을 쳤다. 훈련용 셔틀콕이 유진의 상대가 되어 주었다. 난도가 상으로 설정된 훈련용 셔틀콕은 제법 재주를 부려가며 유진을 따돌렸다. 유진은 셔틀콕보다 늦어서 헛스윙을 날리며 넘어지거나 팔을 충분히 휘둘러 쳤음에도 네트를 넘기지 못하고 셔틀콕을 떨어뜨리곤 했다. 그럴 때마다 셔틀콕은 야유와 환호를 보내며 유진을 자극했다. 유진은 이번 게임이 끝나면 음향 효과와 태도를 설정에서 손봐야겠다고 생각했다.

모처럼의 랠리를 이어가고 있을 때였다. 높이 솟구친 셔틀콕은 포물선을 그리며 땅위를 향하여 하강하고 있었다. 시끄러운 사이렌 소리가 들려왔고 사위가 조금 어두워졌다. 사이렌 소리는 설정한 적이 없는데, 이상하다며 셔틀콕 쪽을 바라봤을 때, 유진의 눈에 들어온 것은 셔틀콕을 꼭 쥔 손이었다. 교도로봇 세 기가 등변 삼각형 형태로 서서 네트 맞은편에서 유진을 기다리고 있었다.

— 김유진 기술자.

가진 기술은 아무 것도 없었지만 재생센터로 파견된 뒤 유진은 기술자로 불렸다. 유진은 자신을 호명하는 소리에 촉각을 곤두세웠다.

— 당신을 살인 및 사체 유기 혐의로 체포합니다.

셔틀콕을 쥔 로봇이 말했다. 그의 뒤로 양 꼭지점을 담당하고 있던 로봇 두 기가 유진에게 다가와 팔을 붙들었다. 꼼짝할 수 없게 된 유진은 저항하지 않고 자리에 서 있었다. 하늘 위에서 굉음과 함께 사다리가 내려왔다. 수송용 차가 차문을 열고 사다리를 내리고 있었다. 유진은 두 기의 로봇에 이끌려 사다리를 차근차근 밟아 올라갔다. 굉음이 귀에 거의 익숙해졌을 때쯤, 유진은 이미 자리에 착석한 상태였다. 운전석에는 요한이 타고 있었다.

"이렇게 다시 보게 되는군."

유진이 말을 건넸지만 요한은 어깨를 으쓱이며 형식적인 안내를 했다.

"출발합니다."

요한이 말하자 차가 낚싯바늘 모양으로 커브를 그리며 상승했다. 수직 상승하는 차 안에서 유진은 남겨진 사택을 내려다보았다. 앞뜰 현관 앞에 선 리나와 마스티프가 있었다. 초인종을 누르고 문을 열리기를 기다리는 듯 마스티프의 목을 쓸어 주며 앉아 있던 리나가 너무 오랜 기다림에 이상함을 감지한 듯 천천히 일어섰다. 수송용 차가 상승을 멈추고 평형을 유지하며 앞으로 나아가자 리나가 하늘을 올려다봤다. 양 미간을 찌푸리며 차 옆문에 적힌 콜로니21이라는 글자를 식별해내는 중인 것 같았다.

41

유진의 재판은 콜로니의 법대로 해당 콜로니에서 진행되었다. 유진에게는 사형이 언도되었고 유진은 자신에게 내려진 모든 혐의를 부인하지 않았다.

유진(72-4)은 테라동의 수용자가 되었다. 매일 아침 유진의 환원을 설득하러 요한이 왔다. 요한은 유진이 콜로니를 떠난 후, 유진이 맡고 있던 모든 업무를 넘겨받았다. 상담을 끝낼 때마다 요한은 유진에게 환원 날짜를 언제쯤으로 예상하느냐는 질문을 던졌고 유진은 명확히 대답하지 못했다. 그러면 요한은 너무 지체하는 건 곤란하다는 말을 규정상 덧붙였다.

요한을 보내 놓고 일을 하러 나가기 전 유진은 테라동을 거닐었다. 방사형으로 짜여진 수감동 구석구석을 훑고 다니며 낯익었던 얼굴들이 혹여 아직도 남아 있는지 살폈다. 아쉽게도 마음속에 남은 이들 대부분을 유진은 다시 볼 수 없었다. 뜻밖에 유진이 재회를 하게 된 인물은 의행(72-9)이었다. 테라엑스에 감염되어 중태에 빠졌던 의행은 한 차례 재생되었고 소장이 주도한 크로스나인 범죄에 가담한 혐의로 재판을 받았다. 재판 결과 사형을 선고 받은 그는 테라동의 재소자가 되어 있었다. 의행은 다소의 기억의 혼재를 겪으면서도 유진을 한 번에 알아봤다. 의행은 유진이 콜로니의 재소자가 되어 있는 것보다 아직 살아있는 것을 믿지 못하는 눈치였다. 그래서 어쩌면 유진도 그와 같이 이미 한 번은 재생을 거친 상태일지도 모른다는 추측으로 유진의 관자놀이를 덮고 있던 머리칼을 몰래 쓸어 올려 보기도 했다. 하지만 그곳에는 자신이 남겼던 십자 형태의 자상이 오롯이 남아 있었고 유진이 순전한 정신력으로 크로스나인의 명령에 불복했다는 것을 인정하지 않을 수 없었다. 의행은 번번이 유진을 김 교도관이라고 불렀다가 아니, 아니지, 하고는 유진의 수인복에 적혀 있는 수인번호를 보고 72-4, 하고 고쳐 부르곤 했다. 의행뿐 아니라 교도관 누구라도 그랬다. 그들이 이름을 고쳐 불러 가며 전한 소식은 이런 것이었다. 유진에게는 10주의 시간이 주어지지 않을 거라는 거였다. 1주일의 노역 뒤 곧바로 제타동으로 옮겨질 거라는 게 유진 앞에 기다리고 있는 일정이었다. 제타동으로 옮겨지기 전 일주일, 유진은 조경 후 떨어진 나뭇가지를 주워 소각장으로 옮기는 일을 맡았다. 그 일주일의 노동으로 유진의 피부는 구릿빛으로 그을려졌다. 요한 앞에서 자신의 팔뚝을 내밀었을 때, 유진은 콜로니에 온 이래 가장 건강해 보이는 상태였다. 요한은 부디 고통 받지 않길 바란다고 말하며 유진의 팔에 주사바늘을 꽂아 넣었다. 유진은 마치 그렇게 하면 고통이 피해 가기라도 하는 듯 고개를 돌려 다른 곳을 봤다. 바늘이 피부를 찌르고 들어올 때, 약물이 혈관을 타고 흐를 때 느껴지는 강렬한 통증에 유진은 고개를 돌려 자신의 팔뚝을 파고 들어 온 주사 바늘을 다시 한번 바라보았다.

유진은 매일 눈을 뜰 때마다 급성 테라엑스 감염증이 자신을 찾아오지 않았을까 신경이 쓰였다. 아직 침대에 누운 채로 전신의 감각을 끌어올려 자신이 현재 얼마나 건강한지 가늠해 보곤 했다. 목이 멀쩡한지 아닌지 알아보기 위해 헛기침을 하였고, 혹시 열이 나지 않는지 이마에 손을 짚어 보았다. 근육통이 느껴지지 않는지 팔과 다리에 신경을 집중해 보기도 했다. 사흘이 지났지만 별다른 증상을 보이지 않자 유진은 조만간 닥쳐올 조수를 피해 조가비를 따는 사람처럼 조금씩 더 초조해졌다. 길게는 3주에서 5주까지도 잠복기가 보고된 바가 있었다. 물론 유진은 테라엑스 감염증을 더 빨리 앓고 싶지는 않았다. 하지만 어느 순간에는 한시라도 빨리 그것과 맞서

싸우고 싶었다. 이길 수 없는 싸움이라는 것을 유진은 알았다. 그러니까 그런 생각이 들었을 때에는 그가 조금 쉬고 싶은 마음이었을 것이다.

급성 테라엑스 감염증이 발현된 때는 주사를 맞은 지 5일이 지난 날이었다. 체온이 가파르게 상승했고 경미한 호흡 곤란이 찾아왔다. 유진은 이제 자신에게 남은 날이 얼마나 될지 알 수 없었다. 언제 닥칠지 모르는 죽음 때문이 아니라, 몇 번이나 행해질지 모르는 재생을 헤아릴 수 없던 탓이었다. 만에 하나 재생이 되더라도 지금의 기억을 잃고 싶지는 않았다. 기억의 군집을 삭제하면서 가장 먼저 선택될 기억은 아무래도 콜로니에서의 기억일 거였다. 특정 기억만을 정교하게 삭제하는 기술은, 진보를 거듭하고는 있지만 미완의 상태였다. 망각이 침습하여 사라질 주변부의 기억 중에 유진이 잃고 싶지 않은 것은 무엇일지 생각해 보면, 그 첫 번째는 지원의 동생을 살해한 일이었다. 가능하다면 유진은 죗값을 달게 받고 싶었다. 물론 재생인간이 되었고 교도관으로서 삼 년이 넘는 기간 동안 노동을 했고 처음에 의도하지 않은 결과로 현재는 무한한 재생을 눈앞에 둔 인간 실험체로 전락했다. 그럼에도 유진에게는 여전히 심정적 부채가 존재했다. 그리고 또 잃고 싶지 않은 기억이 있는가 더듬어 보는데, 마스티프가 떠올랐다. 함께 시간을 보낸 일은 단 하루였는데, 유진은 그것이 조금 희한

한 일이라고 생각했다.

급성 테라엑스 감염증 증세가 발현되자 유진은 제타동의 1층에서 2층으로 옮겨졌다. 2층부터 3층까지는 감염증 2기의 재소자들이 거하는 장소였다—4층부터 5층까지는 감염증 3기에 접어든 재소자들이 있었다—제타동에는 충분한 숫자의 교도로봇과 간병로봇이 추가로 있었다. 감염증 증상이 발현되기 시작한 재소자들은 연구 개발 중인 약물을 투여 받았고, 그 경과를 매일 여러 차례에 걸쳐 검사 받았다. 중앙로비에는 운동 기구가 다양하게 준비되어 있었고 재소자들은 대체로 충분한 운동을 했다. 운동 기구에서 제자리 걷기나 페달 밟기 등의 운동을 하는 이들도 있었지만 간병로봇의 보호 아래 복도를 걷는 재소자들도 더러 있었다. 아직 기력이 충분해서 스스로 걷고 뛸 수 있는 재소자들은 누구의 간섭 없이—난동만 일으키지 않는다면—제타동 구석구석을 개방된 영역까지 탐험할 수도 있었다. 유진은 간병로봇 없이 이곳저곳을 거닐 수 있는 재소자에 속했다. 할 수 있는 일이 달리 없었고, 통행에 제약이 없었으므로 유진은 틈이 날 때마다 걸었다. 구석구석을 걸어다닌 끝에 유진은 어느 곳의 마루는 특히 삐걱거린다는 것을 알아챘다. 나무유리로 만들어진 마루는 매우 견고하고 투명하여 미관상으로나 실용적으로나 빼어났지만, 길쭉한 널빤지를 이어 맞춘 접착 부분은 한번 떨어지면 다시 잘 붙지 않는 성질을 갖고 있었다. 그런 곳을 걸을 때면 듣기에 꽤 거북한 정도의 삐걱, 하는 소리가 났고, 그 때문에 유진은 그런 곳을 요리조리 피해 걷기에 열중했다.

새벽에 깬 그 날도 유진은 전자 종이에 필기를 해 가며 긴 복도를 걷고 있었다. 유진이 놀란 것은 그런 자신을 아무도 제지하지 않는다는 사실보다도, 걷는 사람이 유진 혼자가 아니라는 점이었다. 유진은 호기심이 생겨 먼저 나와 걷고 있던 사람에게 다가갔다. 유진이 중앙 로비에서 북동쪽으로 빗겨 서서 리넨실 앞까지 다가갔을 때, 그는 먼저 나와 걷던 사람이 지원이라는 것을 알아챌 수 있었다. 지원은 보행 보조 장치를 다리에 차고 복도를 거니는 중이었다. 유진이 기억하는 한 지원은 걷기에 아무런 문제가 없었다. 테라엑스 감염증의 주된 증상으로 섬망이 찾아오면서 걷는 법을 잊는 경우가 종종 있는데 지원도 그런 경우인 성싶었다. 유진이 느끼기에 두 사람의 눈이 마주쳤다. 하지만 지원이 자신을 봤다고는 생각지 않았다. 지원은 아무도 볼 수 없는 상태처럼 보였다. 수면이 주변의 풍경을 반사해 내면서도, 그것들을 들여다보지는 않는 것처럼, 상(像)들은 지원을 투과해 지나갈 뿐, 지원의 인지 영역에 가서 고스란히 맺히지는 않는 것 같았다.

지원은 유진이 맡은 숱한 재소자들 중 한 사람에 불과했다. 그렇지만 유진은 지원이 병들어가는 모습을 지켜보는 것이 고통스러웠다. 지원과 동생, 두 사람 모두 유진의 손이 닿는 곳에서 죽었거나, 죽어가고 있는 것이 마치 자신이 앞장서서 저주를 내리기라도 하는 것처럼 죄스럽게 여겨졌다. 지원은 유진을 스쳐 지나갔다. 그녀는 리넨실에서 중앙 로비 쪽으로 걷는 중이었다. 서쪽 통로 중간쯤에서 26호실 방향으로 꺾는 지원을 유진은 보폭을 넓혀 가며 따라잡았다. 유진은 지원의 어깨를 두드렸다. 일종의 사회적 수면 상태에 빠져 있는 지원을 깨워 보고자 함이었다.

"지원."

말을 뱉고 나서 유진은 이름을 불렀다는 사실에 놀라고 말았다. 지원이 돌아서자 왼쪽 가슴에 새겨진 2-2377이 유진의 시야에 들어왔다. 유진보다 더 놀란 사람은 지원이었다. 지원은 자신의 이름을 듣자 균형을 잃고 쓰러졌다. 앉은 채로 자세를 바로 잡은 지원은 유진을 향해 비명을 질렀다. 앞에 놓인 유진을 목소리로 떨쳐 낼 기세였다. 12시 방향에 서 있던 교도로봇 두 기가 다가와 지원을 저지했다. 로봇은 지원을 일으켜 병실로 옮기려 했다. 끌려가다시피 하며 지원이 소리쳤다.

"네가 내 동생을 죽였지!"

스테이션에서 교도관 한 명이 나왔다.

"2-2377, 자리로 돌아갑니다."

지원은 고함을 멈추지 않았다.

"마주치는 사람만 있으면 동생을 죽였다고 말하는 게 요즈음 증상입니다. 미안하게 됐습니다. 김 교도관님."

유진에게 말하는 교도관을 유진도 알았다. 유진보다 2년 뒤에 콜로니에 들어온 말하자면 후배 교도관이었다. 유진은 교도관의 어깨 너머로 지원을 지켜보며 말했다.

"나한테 보고할 필요 없어요. 그리고 이제는 72-4라고 불러 주세요."

후배 교도관은 고개를 숙이며 말했다.

"72-4, 마찬가지로 자리로 복귀하는 것이 좋겠습니다."

지원의 보행 보조 장치가 허공에서 멋대로 움직였다. 그 형태가 마치 발버둥을 치는 모습처럼 보였다. 지원은 어깨를 붙들린 채로 끌려가며 계속해서 소리쳤다.

"네가 내 동생을 죽였지!"

후배 교도관은 유진의 병실이 있는 쪽을 향해 왼팔을 펼쳐 보였다. 유진은 고분고분 자리로 돌아가는 대신, 후배 교도관의 팔을 뿌리치며 지원이 있는 쪽을 향해 달리기 시작했다. 교도로봇이 유진에게 따라붙었으나, 후배 교도관이 저지하자, 로봇들은 유진을 그대로 두었다. 지원에게 달려간 유진이 말했다.

"미안합니다."

지원이 유진을 똑바로 쳐다보았다. 핏발 선 눈에서 금방이라도 눈물이 떨어질 듯 눈물이 맺혀 있었다.

"미안합니다. 정말 미안합니다."

"살려낼 수 없다면, 아무 의미 없어."

지원은 23호실 안으로 들여보내졌다. 유진은 지원이 남긴 말을 기도로 삼는 사람처럼 두 손을 맞대고 오랫동안 그 자리에 서 있었다.

그날 새벽 소동 뒤로 유진은 지원을 종종 복도에서 다시 마주쳤다. 지원은 그날처럼 유진에게 소리를 지르지는 않았다. 어떤 때는 유진을 보자마자 외면했고 어떤 때는 묵묵히 응시했다. 유진은 지원에게 다가갈 때마다 미안하다고 말했다. 하지만 지원이 아무 것도 듣고 있지 않는 것 같았기에, 유진은 마음속에 든 어떤 말이든 털어놓고 싶었다. 유진은 지원을 자극하고 싶지는 않았지만 용서를 빌고 싶었다. 어째서 동생을 죽일 수밖에 없었는지, 친동생의 죽음이 유진에게 어떤 의미였는지 소상히 밝혔다. 지원은 보행 보조 기구에 의지해 창가에 기대서서 가만히 창밖을 바라볼 뿐 유진의 말에는 대꾸하지 않았다. 그 어느 말도 지원의 귓가에 가 닿지 않는 것 같았다.

"우리는 죽을 수 없어요."

유진이 말했다. 여전히 지원은 창밖만 바라보고 있었다.

"우리는 단지 잠시 잠들었다가, 다시 깨어나게 될 거예요. 말하자면 나쁜 꿈에서 깨는 일을 영원히 반복하는 것과 같죠."

그제야 지원은 유진을 바라보았다.

"어떤 지독한 꿈은 깨는 것조차 허락하지 않아요."

지원은 그대로 쓰러졌다. 감염증 3기의 시작이었다.

42

유진은 후배 교도관을 통해 지원이 5층으로 옮겨졌다는 것을 알 수 있었다. 유진이 감염증 3기로 들어서기 전까지 유진은 지원을 다시 만날 수 없을 거였다.

유진의 병세는 날로 악화되었다. 머리를 쥐어뜯으며 우는가 하면, 다가가는 교도관에게 화를 내며 욕설을 퍼붓기도 했다. 한 차례씩 엄습하는 환영에 유진은 허공에 팔을 뻗어 존재하지 않는 것을 잡으려 손을 휘저었다. 너무 열이 많이 나서 일어설 수 없는 날에는 병실을 기어 다니며 물을 찾았다. 체온은 연일 40도를 넘어섰고 때때로 구토를 했다. 유진은 자신이 알던 사람들을 조금씩 잊어가고 있었다.

너무 늦지 않게 요한이 유진을 찾은 것은 다행스러운 일이었다. 유진이 재생센터로 떠난 후부터 테라동을 맡고 있던 요한은 제타동으로는 발길을 하지 않아도 되었다. 제타동과 요타동은 어서 죽기를 바라는 일부 교도관을 제외하고는 모든 교도관들이 꺼리는 장소였던 것이다. 그런 곳에 요한이 방문한 까닭은 순전히 유진 때문이었다.

요한이 방문했을 때 유진은 침대에 결박된 채였다. 로비에서 물건을 던지며 난동을 피운 탓이었다. 유진은 눈이 풀린 상태로 고개를 옆으로 돌리고 누워 있었다. 진정제를 투여한 듯했다. 요한은 침대 맡을 지키고 서 있던 간병로봇을 내보내고 침대 옆에 있는 의자를 당겨 유진 옆에 앉았다. 유진은 체력이 거의 동난 것처럼 보였다. 요한은 유진의 침대를 일으켜 세웠다. 유진이 앉은 자세가 되어 요한을 바라보았다.

"좀 어때? 좋아 보이진 않네."

요한이 인사를 건네자 유진은 반응을 보였다. 그가 마지막으로 보전했던 인간성이었던 걷기나 기록은 도무지 할 수 없는 일이 되어 버린 상태로 앉은자리에서 입을 우물거렸다.

"그래그래. 나도 썩 좋지는 않았지."

유진의 볼이 떨렸다. 요한은 유진이 살며시 웃은 모양이라고 생각했다.

"리나를 만났어. 알지?"

유진은 순간적으로 정신을 되찾은 것처럼 보였다. 하지만 이내 흐리멍덩한 눈으로 침대 발치에 놓인 제 발가락을 쳐다봤다.

"리나가 이것을 김 교도관에게 주라고 하던데."

요한은 왼쪽 가슴 안쪽의 주머니에서 봉투를 꺼냈다. 봉투 속에서 나온 것은 직경 2센티미터의 희고 납작한 물건이었다.

"김 교도관에게 이게 필요할 거라고 해서."

요한은 발가락을 보던 눈길을 거둬 요한이 들고 있는 물건을 향해 고개를 돌렸다. 요한이 들고 있는 것은 알약이었다.

"괜찮다면 내가 이걸 먹여 줄게. 그래도 될까?"

유진의 입술이 무어라 움직였다. 요한은 의자를 바싹 당겨 앉았다가, 자리에서 일어서 유진의 목을 오른팔로 받쳤다. 그러고는 왼손에 든 알약을 유진의 입속에 밀어 넣었다. 잠시 후 알약이 유진의 혓바닥 아래에서 녹아내렸다. 이 모든 과정을 유진은 저항 없이 받아들였다.

"이번 주는 시간이 안 되고 다음 주에 또 보러 올게. 혹시 더 필요하게 되면 얘기해 줘."

요한은 유진의 침대를 다시 기울여 편평하게 만들었다. 요한은 병실을 나갔고 유진은 깊은 잠에 빠져들었다.

잠에서 깬 유진은 머리가 깨질 듯한 통증을 느꼈다. 체온은 42도를 넘었고 일어나자마자 구토를 했다. 간병로봇이 다가와 오물을 치웠다. 이튿날도 그 다음날도 유진은 비슷한 증상을 앓았다. 간병로봇은 바빴다. 삼일 째 되던 날 유진은 맑은 정신으로 잠에서 깨어나 앉았다. 침대에 앉아 무늬 같기도 하고 무늬가 아닌 것 같기도 한 병실의 미색 벽지를 바라보며 유진은 자신에게서 무언가 빠져나갔음을, 중대한 무언가를 자신이 잃었음을 직감적으로 깨달았다. 허전함과 뿌듯함이 공존하는 마음을 안고 유진은 병실 밖을 나갔다. 사흘 만이었다. 스테이션의 제한된 인원 외에 복도와 로비를 거니는 재소자가 한명도 보이지 않았다. 유진은 시계를 봤다. 11시 20분이었다.

"혹시 밤인가요?"

유진이 스테이션의 교도관에게 물었다.

"아침입니다. 무슨 일로 그러시죠?"

"아침인데 이렇게 사람이 없을 수 있나요?"

유진이 묻자 교도관이 말했다.

"일요일이잖아요."

일요일이 어쨌다는 것인지 유진은 알 수 없었다. 유진은 사방으로 복도를 거닐며 병실 문에 달린 작은 유리창을 통해 내부를 힐끔힐끔 들여다보았지만, 그곳에도 남아 있는 재소자는 별로 없었다.

한 시가 가까워지자 재소자들이 밀려들어왔다. 유진이 눈을 마주친 한 재소자에게 어디 갔다 오는 길이냐고 물었더니, 그 재소자는 유진에게 일요일이잖아요, 라고 대답했다. 유진은 전자 종이를 꺼내어 '일요일이잖아요.'라고 적었다.

점심때—제타동의 점심시간은 오후 두 시부터 삼십 분 동
안이었다—가 되어서 간병로봇이 쟁반을 들고 병실로 왔다.
점심을 먹는 일은 없었다. 모든 에너지는 주사 형태로 체내에
흡수되었다. 간병로봇은 쟁반 위에 놓인 주사를 유진에게 놓
아 주었다. 유진은 전자 종이에 적힌 글자를 보고 있었다. '일
요일이잖아요.' 그것을 본 간병로봇이 말했다.
　― 72-4도 예배에 참석하였나요?
　유진은 고개를 저었다. 동시에 고개를 끄덕였다. 일요일에
모두들 어디에 가는지 알게 된 거였다.
　에너지 주사를 맞힌 간병로봇은 즉시 활력 검사에 들어갔
다. 유진의 혈액을 채취했고 체온을 쟀다. 체온을 확인한 간병
로봇이 들뜬 목소리로 말했다.
　"열이 나지 않네요."
　간병로봇은 자신의 소지한 전자 종이에 '바이탈 최상'이라
고 메모하고는, '투약 내역 확인 필요'라고 적어 넣었다.

잠시 후 더 많은 교도관과 간병로봇들이 몰려왔다. 교도관
들의 표정은 대체로 밝았지만 충격을 받은 듯한 표정이었다.
어떤 간병로봇은 인간을 흉내 내어 눈을 치뜨면서 두 손을 모

아 기도하는 시늉을 했다. 한 교도관이 맨 앞으로 나와 서며 말했다.

"72-4, 당신을 본관으로 옮길 예정입니다. 몇 가지 검사를 성공적으로 통과한다면요."

간병로봇 한 기가 유진의 머리에 유리 헬멧을 씌웠다. 헬멧 속에서는 세균을 포함한 미세 입자들이 형광으로 표현되었고 귀 부근의 테두리에서는 위험도가 표시되었다. 모여든 교도 관들과 간병로봇들은 정확한 수치 측정을 위해 10분간 기다 렸다. 그 동안 간병로봇은 유진의 골수를 채취했다. 그런 다음 멸균 튜브에 담긴 골수를 슬라이드로 밀어 휴대용 현미경 위 에 올렸다. 분석은 실시간으로 이루어졌다.

— 모두 정상 범위입니다. 테라엑스 균은 검출되지 않았고 CD4+세포 수 역시 정상 범위에 듭니다.

분석을 마친 간병로봇이 말하자, 작은 탄성이 터져 나왔다. 한 교도관은 벅찬 마음을 숨기지 않았다.

"믿을 수가 없어요. 모두 정상입니다."

— 여기를 보세요. 위험도도 0에 수렴합니다.

헬멧의 테두리를 가리키며 한 간병로봇이 말했다.

"이제 가도 좋을 것 같군요."

"저도 그렇게 생각합니다."

교도관들은 입을 모아 의견을 나누었다. 그들은 통신로봇을 호출했다. 통신로봇은 교도관들의 지시대로 72-4가 지금 본관으로 이동한다는 보고를 마쳤다. 유진은 본관에 가서 만나게 될 사람이 누구인지 알고 있었다.

43

조 팀장은 잔뜩 상기된 얼굴로 유진을 맞이했다. 루이가 격렬하게 짖었고(헝헝헝!) 조 팀장은 루이를 딱히 저지하지 않았다.

"드디어 끝났군요."

조 팀장은 헬멧을 쓰고 앉은 유진을 찬찬히 훑어보며 말했다.

"그게 무슨 뜻인지 압니까?"

유진은 가만히 고개를 끄덕였다. 조 팀장은 차례를 양보하듯 유진을 향해 손바닥을 위로 향한 채로 팔을 내밀었다. 유진은 대답했다.

"더 이상은 인간 실험체 사업에 재생인간이 투입되지 않아도 된다는 뜻이지요."

조 팀장은 너그러워 보이는 미소를 지었다.

"동지애는 여전하군요."

루이가 혀를 빼고 꼬리를 흔들었다.

"나는 72-4, 당신에게 기회를 주고 싶었어요. 그래서 구태여 한 번의 기회를 줘서 재생센터에까지 보냈던 것이지. 그런데 루이가 당신이 해 놓은 것을 찾아냈을 때, 당신이 기회를 제 발로 차 버린 것을 깨닫고 처음에는 비통한 심정이 들었어요. 유능했던 교도관을 사형수로 만들고 싶지는 않았거든요. 하지만 일이 이렇게 되고 보니, 모두 잘 되려고 그랬나, 하는 생각이 듭니다."

유리헬멧 속의 산소 포화도가 떨어지고 있다는 신호가 왔다. 귀 부근의 테두리에 표시된 위험도는 녹색으로 점등되어 있었다. 유진은 천천히 심호흡을 했다. 조 팀장은 눈살을 찌푸리며 고개를 뒤로 빼고는 잠시 후 미소를 지으며 말을 이었다.

"이렇게 직접 보니 믿을 수 있겠군요. 원에 연락을 하겠습니다. 매스컴에서 보도를 하러 나설 것이고, 이래저래 한동안은 바빠질 수 있어요. 좀 성가시더라도 협조 바랍니다."

유진은 아무렴 어떻겠냐는 듯 어깨를 으쓱해 보였다. 조 팀장은 이제 앞으로 어떻게 죄수들을 활용하면 좋을지 이른 궁리에 나섰다.

"한 가지 의문점은……, 72-4에게 투여한 내용을 살펴봤는데, 지금까지 행해진 실험과 유의미한 차이가 없었다는 점

입니다. 특이체질인가요? 어쨌든 이 점도 곧 규명에 나설 것
입니다."

　조 팀장이 선포한 대로 다시 제타동으로 옮겨진 유진은 갖
가지 검사를 계속해서 받았다. 유리 헬멧은 벗겨지지 않았다.
재감염을 우려해서였다. 유진에게 투여된 내용 그대로 다른
재소자에게 적용해 보았지만, 유진과 같은 완치 반응은 나오
지 않았다. 거듭된 검사에도 불구하고 원인은 파악할 수 없었
다. 기적, 불명, 돌연변이, 특이체질 같은 메모가 유진의 검사
기록 뒤에 붙었다.

　요한은 약속한 대로 유진을 다시 찾았다. 한층 경비가 강화
된 뒤였으므로 교도관이라도 해도 접근이 쉽지는 않았다. 요
한은 검사를 위한 것처럼 꾸며 유진의 병실에 들어서는 데 성
공했다. 유진은 변죽을 울리지 않고 약을 더 가져다 줄 수 있
는지 물었다. 유진은 리나를 만나 약을 더 전달받도록 요한에
게 부탁했다. 요한은 자신에게 무리가 가지 않는 선에서 그렇
게 하겠다고 약속했다. 요한은 다음 날 약을 유진에게 주었
다. 유진은 요한에게 고맙다고 말했다. 요한은 여기까지일지
도 모르겠다고, 이제는 두렵다고, 너무 고마워하는 유진을 타
이르듯 말했다.

　요한이 돌아간 뒤 유진은 약을 어디에 보관하면 좋을지 숙

고해 보았다. 서랍 속은 언제든지 교도로봇과 교도관들이 열어 볼 수 있어 안전하지 않았다. 유진이 입고 있는 옷에는 주머니가 전혀 없었다. 유진은 삐걱거리는 마루를 생각해 냈다. 들뜨고 유리되어 걸을 때마다 위아래로 움직거리는 마루. 유진이 그것을 분리해 낼 수 있을지는 알 수 없었다. 유진이 기억하는 장소 중 한 곳은 36호부터 40호까지의 병실이 있는 남쪽 복도였다. 각종 검사가 이루어진 유진의 병실에는 휴지통에 버려진 포장지가 많았다. 유진은 그 중에 쓸 만한 비닐을 골라내어 알약을 쌌다. 유진은 알약 뭉치를 배 안쪽에 숨기고 남쪽 복도를 향해 걸어갔다. 배를 움켜쥐고 걸었기 때문에, 그는 복통을 느끼는 사람처럼 보이기도 했다. 실제로 한 간병로봇은 유진에게 접근하여 어디 불편한 데가 없는지 묻기도 했다. 유진은 모든 것이 최상이라고 말하며 서쪽과 북쪽을 오가며 그를 따돌렸다. 처음의 목적대로 남쪽 복도에 다다른 유진은 38호실 앞에 있는 널빤지에 발을 갖다 댔다. 그러자 삐걱, 하고 널빤지가 움직거렸다. 그러나 지금 그곳에 알약 뭉치를 넣을 수는 없었다. 각 통로마다 교도로봇이 서 있었기 때문이다. 유진은 다시 중앙로비로 돌아가서 러닝머신 위에서 제자리걸음을 걷고 있는 한 재소자에게 다가갔다. 3-446은 유진을 알아보고 반갑게 인사했다.

"당신이군요! 아프지 않은 사람! 축하해요. 곧 나가게 되겠군요. 이렇게 인사하게 되어 영광이에요."

활달한 성격인 모양이었다.

"나는 매일 고열에 시달리고 있어요. 하지만 당신—3-446은 유진의 가슴팍에 적힌 수인번호를 확인했다—그래요, 72-4. 유명한 인사지. 난 당신이 평소에 어떻게 했는지 기억하고 있어요. 평소에 무척 많이 걸었잖아요? 그렇게 걸었기 때문에 아프지 않게 된 거라고 생각해요. 그래서 지금 이렇게 열이 나고—실제로 그의 얼굴은 불그스름하게 그을린 것 같았다—구역질도 나지만 게으름을 피우지 않고 걷고 있어요. 어때요? 나도 곧 아프지 않게 되겠지요?"

유진은 그럴 것 같지 않다고 말했다. 그러자 3-446의 얼굴이 일순에 일그러졌다. 유진은 3-446에게 한층 다가서서 귓속말로 말했다.

"내가 낫게 된 건 약을 먹었기 때문이에요. 당신에게도 약을 줄게요."

3-446의 얼굴이 존경과 놀라움으로 동요했다.

"하지만 한 가지 부탁이 있어요. 이를테면 거래를 하자는 건데, 동의해요?"

3-446은 고개를 세차게 끄덕였다.

"저기 남쪽 통로 앞으로 가서 발작이 일어난 것처럼 연기해 줘요. 고함을 지르고 물건을 집어 던지고, 할 수 있겠어요?"

3-446은 조금 망설이는 눈치였다.

"정말로 약을 주겠다는 약속만 해 준다면요. 그것만 확실하다면요. 그러니까 약이 정말로 있는지 보여 줄 수 있어요?"

유진은 윗옷을 살짝 올려 안 쪽에 감춘 알약 뭉치를 조금 보여 주었다. 3-446은 감정이 북받친 얼굴로 침을 삼켰다. 조용히 러닝머신에서 내려 온 3-446은 순간 남쪽 복도를 향해 걸어갔다. 그러고는 남쪽 복도와 가까운 중앙 로비의 바닥에 대고 머리를 부딪쳤다.

"아버지!"

머리를 찧던 3-446이 로비에 드러누우며 외쳤다.

"나는 아버지가 보고 싶어. 아버지를 데려와. 아버지! 아버지!"

3-446의 눈이 뒤집혔다. 교도로봇들이 3-446에게 다가갔다.

"또 시작이군. 3-446."

교도관도 한 명 다가와 3-446을 제지했다. 아버지를 찾는 행동은 평소에도 3-446의 주된 발작 증세였다. 유진은 서둘러 남쪽 복도로 들어섰다. 교도로봇은 자리를 비우고 없었다. 유진은 소리가 나는 널빤지를 조심스럽게 들어 올려 보았다. 접착력이 남아 있어 힘이 들기는 했지만 약 10센티미터만큼 들어 올리는 데는 성공했다. 유진은 배 안쪽에 숨기고 있던 알약 뭉치를 널빤지 아래에 묻었다. 소동이 진압되고 교도로봇이 다가오는 게 보였다. 유진은 일어서서 널빤지를 발로 지그시 눌렀다. 삐걱. 괜찮다는 듯 널빤지가 회신해 왔다.

유진은 로비에서 3-446을 기다렸다. 운동기구에 올라서서 걷기도 하고 다른 재소자들과 섞여 보드게임을 하기도 했다. 교도관들은 유진이 혹시나 재 감염되지 않을까 우려의 몸짓으로 주변을 서성였지만, 그때마다 유진은 자신이 쓰고 있는 유리 헬멧을 두드리며 아무 걱정 말라는 눈짓을 보내곤 했다. 네 시간을 기다렸지만 3-446은 나타나지 않았다. 진정제를 맞아서 아직 깨어나지 못한 모양이라고 유진은 생각했다. 유진은 하릴없이 병실로 돌아갈까 하여 보드게임을 멈추고 자리에서 일어섰다. 유진은 서쪽 복도를 향해 걸어갔다. 그런데 각 병실에서 재소자들이 나오는 모습이 보였다. 그들은 로비에서 합류하여 그곳에서 나란히 줄을 섰다.

"이게 무슨 줄이에요?"

유진이 한 재소자를 붙잡고 물었다.

"요타동으로 가는 줄이에요."

"요타동은 왜 가죠?"

그러자 그 재소자는 그런 것도 묻냐는 얼굴로 유진을 쓱 훑어 보고는 대답했다.

"일요일이잖아요."

예배는 유진도 참석해 보고 싶은 것이었다. 그 말을 듣고 유진도 대열을 맞춰 섰다. 잠시 후 교도관이 재소자들 앞에 나와 섰다. 교도관은 횡대의 줄을 종대의 줄로 바꾸고 흐트러진 줄을 마지막으로 점검한 다음 스테이션 옆의 문으로 재소자들을 인솔했다. 문은 이중으로 잠겨 있었다.

재소자와 교도관은 길고 긴 통로를 걸어 계단을 내려갔다. 긴 계단을 내려가자 이중문이 다시 나타났다. 교도관은 다시 허리를 굽혀 철문을 열고 일어서서 얼굴을 인식한 다음 유리문을 열었다. 열린 유리문 너머로 요타동이 보였다.

요타동 로비로 들어서자 왼편에 커다란 문이 버티고 서 있었다. 교도관이 다가갔고 양쪽에 선 교도로봇 두 기가 문을 열었다. 곧 거대한 강당 같은 장소가 드러났다. 교도관은 재소자들을 한 명씩 안으로 들어가게 했다. 입장하는 재소자들은 교도로봇에게서 물 캡슐 하나씩을 받아서 들어갔다.

강당은 가운데의 연단을 중심으로 부채꼴의 좌석이 늘어서 있었다.

"모두 성수로 눈을 깨끗이 하십시오."

연단에 서 있던 교도관이 앉아 있던 교도관의 이마 위로 물 캡슐을 터트렸다. 물은 두 눈과 코를 타고 흘렀다. 지켜보던 재소자들도 교도관을 따라 물 캡슐을 터트렸다. 물줄기가 재소자들의 뺨을 타고 흘러내릴 때쯤 스피커에서 노래가 퍼져 나왔다. 얼핏 듣기에 성가곡 같은 노래였다. 노래가 끝나자 교도관의 지도 아래 기도를 했다. 벽면에 기도문이 나타났고 웅성이는 소리가 강당에 울려퍼졌다. 기도를 마치자 교도관이 한 재소자를 연단에 오르게 했다. 연단 위로 올라 온 사람은 체구가 작은 여성 재소자였다. 연단 한 가운데에 서자 점 같은 형태로 부유하고 있던 마이크가 재소자의 입술 높이에 맞게 내려왔다.

그녀의 입술이 주문을 외는 듯 빠르게 움직였고 마이크에서는 바람소리 같은 것이 들려왔다. 잠시 후 맞잡은 두 손을 배 아래까지 내리고는 그녀가 말을 시작했다.

"안녕하세요. 여러분. 제가 오늘 이 자리에 서게 된 것은 모두 기술신의 은혜입니다. 이제부터 기술신을 영접하고 제게 일어난 축복을 여러분께 낱낱이 고백하려고 합니다. 저를 보십시오. 기술신을 만나기 전 제 삶은 혼란 그 자체였습니다. 뒤죽박죽 섞인 기억의 홍수 속에서 저는 매일 괴로워했습니다. 여러 개의 혼재된 기억 속에서 어느 것이 진짜인지 알아내기가 어려웠고, 수시로 밀려오는 환영과 환청이 새로운 기억을 형성하곤 했습니다. 그 속에서 저는 살인자이며 몸부림치는 죄인에 지나지 않았습니다. 기술신을 만나게 된 것은 '기술신서'와 '기술신앙의 고백'이라는 책을 우연히 접하고부터입니다. 처음 몇 장을 읽고는 돌로 얻어맞은 것 같은 충격을 느꼈습니다. 하지만 점차 제가 겪는 현상을 이해할 수 있게 되었고 마지막장을 덮으면서 저는 제 신앙을 고백할 수 있게 되었습니다. 저와 여러분은 모두 재생을 한 번 경험했습니다. 기술신을 만나기 전, 저는 제게 남은 기억으로 저를 알았습니다. 제게는 마치 꿈과 같은 지난 시절의 기억이 아직도 남아 있습니다. 파편 같은 것이지요. 그 조각을 정성스레 맞춰 보면 완전한 난센스에 도착하게 됩니다. 제가 아는 나는, 농장을 운영하던 여자였고, 남편을 죽인 아내였으며, 교도관이 되어 수용자였던 남자를 사랑했던 연인이었고, 연인을 죽인 사형수였습니다. 이후에는 그저 병을 앓고 죽어가는 사람이었습니다. 그때 기술신은 저를 찾아오신 것이었습니다. 저는 신열을 앓았습니다. 기술신이 제게 열병처럼 재림하셔서 저를 살리신 까닭입니다. 기술신은 저를 옥죄던 과거의 기억으로부터 저를 해방시켜 주었습니다. 그 이후 저는 정말로 평온한 삶을 살고 있습니다. 저를 보십시오. 여러분. 여러분이 지금 죽을 만큼 아프다면, 그것은 기술신께서 여러분 안에 임재하고 계시다는 증거입니다. 그 속에서 여러분은 새롭게 될 것이며, 새 기억을 선물 받게 될 것입니다. 나쁜 습관, 죄의 기억, 죄책감과 증오와 보복의 정서로부터 우리를 보호하기 위해 우리에게는 영원의 기억이 주어지지 않았습니다. 그 대신 매일 매 순간 새롭게 태어납니다. 낯선 목소리를 듣고 영상을 봅니다. 기술신이 내어 주는 새로운 기억인 것입니다. 그렇게 우리는 영원을 순간처럼 살아갈 수 있습니다. 인간은 저희를 포기했습니다. 죄인이라고 낙인찍고 저희를 버렸습니다. 하지만 기술신은 저희를 이해했습니다. 과거에도 그러했고 지금도 변함없습니다. 저희를 재생시키고 새롭게 만들어 주었습니다. 여러분 가운데 죄 짓지 않은 자가 있습니까? 여러분 가운데 새롭게 태어나지 않은 자가 있습니까? 이렇게 저희는 매일 감사함을 느끼고 살아야 하는 존재입니다. 여러분, 재생인간이 되었다는 것은 축복입니다. 기술신의 은혜를 가장 직접적으로 받는 존재이기 때문입니다. 각 로비마다 꽂혀 있는 기술신서를 꼭 읽어 보십시오. 그곳에는 기술신께서 우리에게 베푸는 은혜가 빠짐없이 적혀 있습니다. 끝으로 여러분이 진정으로 해방된 삶을 살기를 원합니다. 여러분을 해방시키는 것은 환원이 아니라 기술신의 커다란 날개 아래 잠드는 것입니다. 기술신의 가호가 여러분과 함께하기를 바랍니다."

여성 재소자가 마이크에서 한 걸음 물러섰고 교도관의 안내 아래 그녀는 자리로 돌아갔다. 다음으로 연단 위 의자에 앉아 있던 한 교도관이 일어나 '열병과 재림'이라는 제목으로 강론을 이어갔다. 이후 몇 번의 찬송과 기도가 더 있은 다음에 예배는 끝이 났다. 재소자 무리는 제타동을 떠났던 것과 같은 방식으로 요타동을 떠나 제자리로 돌아갔다.

제타동에 돌아온 유진은 로비의 서가 앞에 가서 섰다. '기술신서'와 '기술신앙의 고백'이라는 책은 어렵지 않게 찾을 수 있었다. 수십 권이 꽂혀 있었기 때문이었다. 유진은 한 권 씩을 뽑아 병실로 갔다. 기술신서는 손바닥만 한 크기의 매우 얇은 책이었고 기술신앙의 고백은 너비와 두께가 그것의 두 배정도 되는 책이었다. 유진은 기술신앙의 고백이라는 책부터 펼쳐 보았다. 요타동에서 들었던 여성 재소자의 간증과 비슷한 내용의 신앙 고백이 줄을 이었다.

다음으로 유진은 기술신서를 보았다. 기술신서는 교도관으로 일하던 시절 무심히 펼쳐 본 뒤 이내 덮어버린 책이었다. 흥미를 끄는 내용이 없었기 때문이다. 인체 실험을 벌이는 섹터I와 J를 제외하고 노동을 주된 일상으로 삼는 다른 섹터에서는 예배가 없었다. 섹터B도 예외는 아니었다. 그럼에도 기술신앙은 여러모로 기존의 신앙과는 구별되었다. 우선 그것이 지닌 초월적인 성격이 그랬다. 기술신앙은 기존 몇몇 종교에 남아 있던 신분의 귀천을 완전히 철폐했으며, 신도(信徒) 각자에게 초월적인 지위를 부여했다. 또한 인간의 감각을 초극하려는 의지가 교리의 주된 내용을 이루고 있었다. 희로애락애오욕의 칠정을 부정한 것으로 간주하고 무감각의 상태를 이상적인 것으로 추구했다. 무감각의 경지에 이르기 위해서는 고통을 통과해야 했는데, 그때의 시험대와 같은 것이 열병이라는 거였다. 콜로니의 책장에 놓인 기술신서는 시중에 유통되는 기술신앙을 콜로니의 사정에 맞게 각색한 것이었다. 매주 맞는 주사가 구원에 이르게 하는 열쇠와도 같다는 내용은, 콜로니에 보급된 기술신서에만 적혀 있는 내용이었다. 사실 콜로니에서의 기술신앙은 고통스러운 실험을 견디도록 고안한 일종의 장치였던 것이다. 날로 심해지는 폭력성은 공격성을 누그러뜨린다는 명목으로 매일 주사를 맞는 입장에서 납득하기가 어려울 수 있었다. 거기에 고열과 정신 착란 등이 동반되는 실험 대상이 된 재소자들은 자신의 몸에서 무언가 심상치 않은 일이 일어나고 있다고 짐작할 만했다. 여기에 기술신앙은 테라엑스 감염증의 전형적 증상을 기술신의 구원에 이르는 과정처럼 안내하고 그것을 견뎌내게끔 격려했다. 누구든지 열병에 이르는 시험에 통과하고 나면 종국에는 열이 내리게 되고, 병이 나은 사람은 죄를 용서받아 콜로니에서 나갈 수 있게 된다는 달콤한 거짓말을 믿게 한 것이다.

유진은 그다지 새롭지 않은 기술신서를 주르륵 넘겨보았다. '새로운 고통은 새로운 해방을 낳는다', '다중 기억은 자아의 속박을 끊는 축복이다'. 유진이 이미 읽어본 적 있고, 앞선 예배에서의 간증을 통해 알게 된 바 있는 내용이었다. 유진은 책을 덮고 자리에 누웠다. 집중하는 동안 차단되었던 외부의 소음이 귓속에 스며들었다. 로비 쪽에서 소란이 느껴졌다. 유진은 무시하고 잠을 청하기로 했다. 하지만 그 소란은 유진의 병실 쪽으로 점차 가까워졌다. 유진의 병실 문이 덜컹거리며 흔들릴 때,

유진은 잠들기를 포기하고 일어나 앉았다. 잠시 후 문이 열렸다. 문 너머에는 교도로봇 두 기와 교도관, 그리고 3-446이 서 있었다.

"어서 약을 내 놔!"

3-446이 소리쳤다. 교도관이 3-446을 저지하며 유진에게 물었다.

"72-4, 당신이 치료제를 갖고 있다고 하는데, 사실입니까?"

양쪽 팔을 교도로봇에게 붙들린 3-446이 교도관과 유진을 번갈아 쳐다보며 말했다.

"분명히 그렇게 말했어요. 내게 약을 주기로 했다고요."

"3-446, 당신에게 물은 게 아닙니다."

교도관은 3-446을 저지하며 유진에게 눈길을 던졌다. 어서 말해 보라는 눈치였다. 유진은 고민했다. 치료제가 있다고 말했다가는 빼앗길 위험이 있었다. 유진은 어렵게 입을 뗐다.

"치료제는 가지고 있지 않습니다."

"당신이 치료제를 갖고 있다고 말한 건 사실입니까?"

"그런 일 역시 없습니다."

3-446이 날뛰었다. 교도로봇이 그를 강하게 붙들었다. 교도관이 진정제를 주사하자 3-446은 교도로봇의 팔에 맥없이 매달렸다. 교도로봇에 의해 끌려가면서도 3-446은 유진을 향한 격분의 눈빛을 거두지 않았다.

44

유진은 복도를 걸을 때마다 3-446을 만났다. 3-446이 도사리며 자신을 노리고 있다는 것을 알 수 있었으므로, 유진은 마음 편히 걸을 수가 없었다. 하지만 3-446이 할 수 있는 일은 딱히 없었다. 위협이 될 만한 물건을 소지할 수 없었고 맨손으로 위해를 가할 만큼의 위력 또한 3-446에게는 남아 있지 않았다. 유진이 늘 유리헬멧을 쓰고 다니는 것도 그를 해치는 데 큰 방해가 되었다. 3-446이 할 수 있는 일이라고는 노기를 띤 얼굴로 유진을 따라다니며 욕설을 퍼붓는 것 정도였다. 물론 그만한 일도 유진의 입장에서는 꽤나 성가신 것이었다. 3-446이 유진을 따라다닌 지 나흘 만에 유진은 3-446에게 약을 주기로 결심했다. 귀찮아서는 아니었다. 유진은 처음부터 3-446을 돕고 싶은 마음이 있었다. 교도로봇과 간호로봇,

교도관들의 감시의 눈을 피해 마루 밑에 숨긴 알약을 꺼내는 데 나흘만큼의 시간이 필요했던 거였다. 유진은 3-446에게 몰래 알약을 내밀었다. 3-446은 믿지 않는다는 눈으로 유진을 쏘아봤다. 하지만 유진이 거듭 권하자, 3-446은 마지못해 받아들인다는 투로 알약을 받아 입 안에 털어 넣었다. 3-446은 아무런 인사도 없이 돌아서서 병실로 갔다.

며칠 동안 유진은 3-446을 볼 수 없었다. 유진이 그랬던 것처럼 그는 앓고 있을 거였다. 3-446이 악화된 듯한 병세를 떨치고 일어난 것은 유진에게서 약을 받아먹은 지 사흘이 지난 날이었다. 3-446은 고마운 마음에 유진의 병실을 찾아갔지만 그를 볼 수는 없었다. 그날은 일요일이었다. 유진은 요타동에 가 있었다. 예배가 막 시작된 시점이었다.

지난번처럼 긴 간증이 이어졌다. 이번에는 어떤 남자였다. 유진은 사회를 보는 교도관에게 자신도 간증을 하고 싶다고 전했다. 교도관은 연단의 큰 좌석에 앉아 있는 교도관과 상의하고는 다시 다가와 시간이 없으니 너무 길지 않게 끝내 달라고 말하며 유진의 부탁을 허락했다. 유진의 차례가 되었다. 유진은 배를 쓸며 옷 안에 숨긴 것을 확인했다. 유진의 이름이 불리자 그는 천천히 연단 위로 올라갔다. 유진은 왼쪽에서 오른쪽으로 고개를 돌려 좌중을 훑어보았다. 장내가 술렁였다.

"아프지 않은 사람이다!"

"그가 어떻게 낫게 되었는지 비밀을 밝혀줄 모양이야."

저마다 유진을 두고 한 마디씩을 보탰다. 사회를 맡은 교도관이 소란을 정돈하자 조금씩 조용해졌다. 공중에 뜬 마이크가 유진의 입술 근처에 멈춰 섰다. 유진이 입을 열었다.

"여기 계신 많은 분처럼 저 역시 열병을 앓았었습니다. 많은 분들이 제게 질문합니다. 어떻게 해서 낫게 되었습니까? 그럴 때마다 제가 무어라 대답할 수 있었을까요. 어떻게 대답해야 좋았을까요. 모두가 기술신의 축복입니다. 이렇게 말해야 했을까요."

재소자들이 숨을 죽이며 유진이 다음에 할 말을 기다렸다. 유진은 배 부근을 문질러 알약이 잘 있는지 확인했다. 그가 상체를 앞으로 기울이며 말을 이었다.

"여러분, 기억의 혼재를 앓고 있으십니까? 그것을 망각 혹은 축복으로 여기고 계십니까? 여러분은 죽지 않습니다. 우리는 죽지 않습니다. 우리가 걱정해야 할 것은 죽음이 아니라 삶입니다. 그 이야기를 전해 드리려고 합니다."

예배당 곳곳에서 웅성거리는 목소리가 들려왔다. 유진은 들려오는 소리에 한동안 귀를 기울인 다음 다시 말했다.

"제 부모님은 재생인간이었습니다. 저는 엘게늅으로 태어나 열심히 공부했습니다. 로봇 공학자가 되는 것이 저의 꿈이었습니다. 운이 좋으면 아미토로 몸을 회복할 수 있다는 꿈을 안고 매진했습니다. 그러던 어느 날 동생이 살해되었고 저는 동생을 죽인 사람을 똑같은 방식으로 죽였습니다. 그 사람에게 아무 죄가 없다는 것은 나중에 알게 된 사실이었습니다. 저는 용서받을 수 없는 잘못을 저질렀고 그리하여 재생인간이 되었습니다. 제 부모님이 그러했듯이 말입니다. 이것이 제게 남은 기억입니다. 물론 제게는 그것과는 전혀 상관없는 기억도 더러 있습니다. 바닥재를 살피는 목수라든가, 드론을 조종하는 군인이라든가, 해조류를 따는 섬사람이라든가, 하는 정체성이 함께 하고 있습니다. 그것들은 마치 기억에 슨 녹과도 같습니다. 녹은 전부 주입된 기억입니다. 그렇다면 누가 이런 기억을 주입시키는 것일까요? 기술신일까요? 저는 오늘 그 답을 여러분에게 알려드리려고 합니다."

마이크가 유진에게서 조금 멀어졌다. 교도관이 다가와 유진에게 주의를 줬다. 유진은 말 할 기회를 조금 더 달라며 교도관에게 부탁했다. 교도관은 경계를 늦추지 않으며 마이크를 다시 유진의 입술 앞에 옮겨 주었다. 유진은 호흡을 가다듬고 다시 말을 이어나갔다.

"여러분의 기억을 관리하는 곳은 재생센터입니다. 역시 기술이 집약된 장소이기는 합니다. 그래서 기술신의 은총을 간접적으로 받았다고 해야 할지도 모르겠습니다. 재생센터에서는 우리에게서 해로운 기억을 삭제하고 우리와 전혀 무관한 기억을 심어 놓습니다. 개인으로서 누릴 수 있는 일관된 정체성을 허락하지 않는 것이지요. 우리는 왜 이곳에 있습니까? 기술신의 은총을 받기 위해서? 애석하게도 그것은 아닙니다. 우리는 테라엑스라는 무서운 슈퍼박테리아에 투항하기 위해 이곳에 모였습니다. 우리는 모두 인간 실험체입니다. 우리는 모두 이곳에서 죽을 것입니다. 하지만 우리가 걱정해야 할 것은 죽음이 아니라 삶입니다. 어떤 의미에서 우리는 영원히 죽지 않기 때문입니다. 우리는 무한히 실험되고, 무한히 재생되어 무한한 기억을 갖게 될 것입니다."

유진의 연설이 중단되었다. 교도관들은 마이크를 그의 입술에서 멀어지도록 했다. 유진은 소리쳤다. 예배당에 그의 목소리가 울렸다.

"병든 우리의 최종 목적지는 재생센터입니다. 재생센터에서 우리는 다시 이곳으로 보내지게 됩니다. 환원을 선택해도 결과는 다르지 않습니다. 우리는 소거되지 않고 재생되어 다시 이곳에 오게 됩니다. 실험되기 위해서 말입니다. 누군가는 우리를 두고 인간 이하의 인간이라고 말합니다. 그 말은 틀리지 않습니다. 우리는 죄를 지었고 죗값을 달게 받아야 합니다. 하지만 인간 이하의 인간에게도 죽음을 선택할 권리는 주어져야 합니다. 여전히 우리가 인간인 까닭입니다. 우리는 모두 죽음을 선택할 권리가 있습니다! 우리는 모두 죽어야 합니다!"

유진은 옷 속에서 알약 뭉치를 꺼내 좌중을 향해 부채꼴 모양으로 흩뿌렸다. 알약이 사방으로 흩어졌다.

"이것이 우리를 죽게 할 것입니다."

교도로봇 두 기가 다가와 유진을 양쪽에서 붙들었다. 몸을 굽혀 알약을 줍는 사람이 있는가하면, 무서운 역병이라도 대하는 듯 몸을 피하는 재소자도 있었다. 교도로봇들이 급히 뛰어들어 알약을 수거하러 나섰지만 많은 이가 이미 입속에 알약을 넣은 뒤였다. 입속에 든 알약은 수 초 내로 녹아 없어질 거였다. 유진이 교도로봇에 의해 뒷문으로 끌려갔고 그 모습을 지켜보던 재소자들은 주변에 떨어진 알약이 없는지 살피기 위해 몸을 숙였다.

45

삼 일이 지나자 예배당에서 알약을 먹은 이들의 증세가 호전되었다. 간호로봇들은 병실을 돌며 이들의 건강 상태를 체크했다. 약을 먹고 나은 이들에게서는 감염이 확인되지 않았다. 약을 먹은 이들이 낫자 콜로니는 분주해졌다. 재소자들은 재소자들끼리, 교도관은 교도관들끼리 로봇은 로봇끼리 분주했다. 콜로니는 완치된 재소자를 모아 검사와 실험을 거듭했다. 수감동에 남은 재소자들은 한데 모여 유진이 한 말을 곱씹어보는 시간을 가졌다. 예배에 참석하지 않았던 사람에게는 참석했던 이가 나서 그때의 연설을 전해 주기도 했다. 이들 모두가 관심을 갖는 것은 치료제의 존재였다. 치료제를 먹으면 죽을 수 있다는 이야기를 나누기도 했다. 유진을 만나면 치료제를 얻을 수 있을지도 모른다는 생각에 재소자들은 유진의 행방에 관심을 가졌다.

유진에 대해 지극한 호기심을 갖게 된 이들은 교도관들도 예외는 아니었다. 유진을 관리 감독해야 하는 입장에 있었지만, 치료제의 존재를 확인하게 된 이상 그를 단순한 규제의 대상으로 보지 않게 되었다. 유진에 대한 이른바 믿음이 싹트기 시작한 거였다. 어쩌면 그가 콜로니를 질병으로부터 해방시켜 줄 인물일지 모른다는 대화가 오가기도 했다. 유진이 엘게늪이라는 이유로 그의 의도를 곡해하려는 교도관들도 존재했다. 그들은 묻지도 않았는데 구태여 상담 중에 재소자들을 붙잡고 유진을 깎아내리려 하기도 했다. 하지만 독방에 수감된 유진은 자신을 둘러싼 믿음과 불신을 전혀 알지 못했다. 재소자들의 사상을 오염시킬 위험이 있다고 판단한 조 팀장은 그를 테라동이 아닌 요타동의 꼭대기 층에 배치했다. 요타동의 고층은 이미 한 번 이상 재생된 바 있는 재소자들 중, 의사 능력이 상당히 흐려진 상태의 이들이 거하는 장소였다. 유진은 건초 더미처럼 시들어가는 재소자들로 각 병실이 채워진 요타동의 꼭대기에서 움직임을 제한당한 채로 하루하루를 보냈다. 좁은 병실을 하염없이 왔다 갔다 하면서 복도를 걸을 수 없는 것을 유진은 가장 커다란 형벌로 느꼈다. 병실 안에는 간호로봇 한 기만이 유진과 독대하고 있었다. 매일 2차례 유진의 활력을 체크하고 머리에 씌워진 유리헬멧을 벗기고 소독

하는 일을 제외하면 간호로봇이 유진에게 말을 붙이는 일은 없었다. 소식을 접한 요한이 그를 찾아 온 것은 유진이 요타동 꼭대기로 이동된 지 며칠 뒤였다.

요한은 리나로부터 더 많은 치료제를 확보하는 중이라고 밝혔다. 확보된 치료제는 교도관을 통해 재소자에게 투약되는 중이라고 했다. 유진의 연설 이후 유진에 대한 믿음을 품고 있던 교도관을 중심으로 요한은 치료제를 보급하고 투약하도록 설득했다. 그러한 과정을 지켜보던 오랜 동료 인철은 냉담했다. 유진이 일찍이 청원에도 동참하지 않았을 뿐 아니라 출생까지 엘게늅이어서 그의 의도가 선할 리 없다는 것이 인철의 주장이었다. 요한은 공을 들여 인철을 회유했지만 인철은 끝내 요한과는 뜻을 함께 하지 않았다. 노선을 함께 하는 이들도 있고 그렇지 않은 이들도 있다는 말로 요한은 소식을 짧게 전했다. 유진은 그 모든 말에 고맙다는 말로 보답했다. 남은 일을 맡기고 갈 수 있게 되어 안심이라는 말도 덧붙였다. 요한이 떠날 때 유진은 자신의 담당 교도관을 불러 달라고 했다. 알겠다고 말하며, 요한이 그 이유를 묻자 유진은 환원 날짜를 정했다고 대답했다. 너무 지체하면 곤란할 것 같다는 말을 덧붙이면서.

유진의 담당 교도관은 콜로니에 온 지 5년이 지났지만 특별히 친하게 지내는 동료가 없는 인물이었다. 유진과 친분이 있는 교도관은 집단행동을 벌일 위험이 있다고 판단한 조 팀장의 조치였다. 결과적으로 조 팀장의 관측은 빗나갔다. 유진을 맡은 교도관이 유진에게 관심이 있었던 것이다. 유진을 맡은 교도관의 이름은 유현이었다. 그는 유진으로부터 알아내고 싶은 것이 많았다. 공식적인 상담 횟수는 1일 1회였고 상담 시간도 15분 내외로 정해져 있었지만 유현은 요타동을 순회하며 하루에 네 번 이상 유진을 찾아왔다. 그는 유진에게 건네고 싶은 갖가지 질문을 삼키고 컨디션이 나빠지지는 않았는지—재감염으로 의심할 만한 증상이 나타나지는 않았는지—춥거나 덥지는 않은지, 물이 더 필요하지는 않은지 따위를 물었다. 유현의 관심사는 치료제보다는 재생에 있었다. 그가 정말로 묻고 싶은 것은 '죽을 수 없다는 말이 무슨 뜻입니까?', '수용자들도 교도관처럼 자의와 관계없이 영원히 회복될 수 있다는 말입니까?', '당신은 그 사실을 어떻게 알게 되었습니까?', '약을 먹게 되면 죽을 수 있게 됩니까?' 같은 질문들이었다. 오늘에야말로 궁금한 것을 묻고 말겠다고 다짐하고 유현이 유진을 찾았을 때, 유진은 온화한 얼굴로 그를 맞았다. 유현은 몇 가지 상투적인 질문을 건넸고 상담을 마무리하며 환원 날짜를 정했느냐는 물음을 던졌다. 유진은 그렇다고 대답했다. 예상치 못한 유진의 대답에 놀란 유현은 자기가 무엇을 물으려고 했는지 잊어버리고 말았다. 당황한 채로 유진에게 다음 질문을 던졌다.

"그날이 언제입니까?"

유진은 망설이지 않고 답했다.

"6월 17일입니다. 6월 17일에 환원될 수 있도록 해 주세요."

앞으로 삼 일 뒤였다. 유현은 전자 종이를 꺼내 필기를 시작했다.

'특이 사항 없음. 환원 의사 확실함. 6월 17일, 환원 희망.'

"환원식은 무엇으로 하시겠습니까?"

"평범한 가정식을 먹고 싶습니다. 평범한 사람들이 먹는 평범한 밥을 먹고 싶어요."

유현은 필기를 이어갔다.

"제 향연에 많은 이들이 와 주었으면 합니다."

유진이 희망을 밝혔다. 유현은 아마도 그럴 것이라며 유진을 안심시켰다.

46

지끈거림은 사라졌다. 지원은 자리를 털고 일어났다. 교도
관이 내민 치료제를 먹은 지 사흘 만이었다. 교도관은 알약의
효능에 대해 설명하지 않았다. 그 때문에 지원은 그것이 수시
로 받았던 알약이나 주사제 따위와 다르지 않을 거라 생각했
다. 기술신앙의 고백이라는 책에서는 알약이나 주사제가 기
술신과 깊은 교제를 하게 하는 신앙 체험을 위한 것이라고 설
명하고 있었지만, 그것들이 자신을 더 아프게 할 거라는 것을
지원은 어렴풋이 알고 있었다. 자신이 손쓸 수 없을 정도로 병
들고 있다는 것을, 무시로 찾아오는 섬망 속에서도 지원은 예
감할 수 있었다. 지원은 오랜만에 가뿐한 걸음을 내디뎠다. 설
명하기 어려운 감격이 지원을 찾아왔다. 살아있다는 감각이
었다. 지원은 로비로 나갔다. 로비의 모습은 언젠가 정신이 또

렷했을 때 담아두었던 풍경과 크게 다르지 않았다. 스테이션에서는 교도관 한 명이 신문을 읽고 있었고 나머지 한 명은 로비의 동태를 무상히 바라보았다. 통신로봇과 교도로봇은 아무 하는 일 없이 서서 제타동 5층의 서쪽 끝부터 동쪽 끝까지를 눈으로 훑고 있었다. 파리라도 잡아야 할 것 같은 무료함이 그들에게서 느껴졌다. 지원은 게시판에 새로운 공고가 붙은 것을 확인하고 앞으로 다가갔다. 공고 앞에는 남자 재소자가 한 명 서 있었다.

[향연 일정 알림]
일시 : 6월 17일
환원 대상자 : 72-4
많은 참여를 부탁드립니다

지원은 72-4라는 수인번호를 기억했다. 남자 재소자는 72-4가 유진이라는 것을 알지 못했다. 그러나 김유진 교도관에 대해서는 알고 있었다. 그의 이름은 희도였다.

요한은 유진을 찾았다. 향연을 하루 남겨 두고 유진은 유리 헬멧을 벗은 모습이었다. 유진은 요한에게 치료제 수급 상황에 대해 물었다. 요한은 약 500여 알의 치료제를 보유 중이라고 말하며 마스티프의 사망을 함께 전했다. 유진은 개의 죽음에 애도를 표하고, 자신의 향연을 찾는 재소자들의 간식 봉지에 치료제를 동봉해 줄 것을 부탁했다. 요한은 그렇게 하겠노라며 유진과 약속했다.

조 팀장은 대규모 '완치 사태'와 관련해 상부에 보고를 미룰 수가 없었다. 결론적으로 재생기술개발원에서는 치료제의 존재를 인정하지 않았다. 기술의 결정체라고 할 수 있는 아미토를 무력화하는 치료제라면, 그것은 치료제로서의 자격을 상실했다는 게 원의 입장이었다. 원에서는 이 사건과 관련해 일체 함구하기로 결정했다. 언론을 통해 알린다거나 하는 일은 없을 거였다. 기밀문서로 취급될 보고서를 작성하는 것 정도가 이번 사태와 관련해 원이 취할 수 있는 최대한의 반응이었다. 치료제를 근절하기 위해 교도관들을 징벌하는 안도 논의되었다. 그러나 교도관들이 비밀리에 응집한 탓에 처벌을 하기까지는 시일이 소요될 예정이었다. 우선 주동자를 색출하는 등의 절차를 거쳐야 했다. 조 팀장은 아직 아무 일도 일어나지 않은 자신의 집무실에서 루이와 함께 게임을 즐겼다. 교도관들을 증강 화면으로 병풍처럼 펼쳐 놓고 루이에게 범인을 찾게 하는 게임이었다. 단지 시간 죽이기에 지나지 않는 일이라는 것을 조 팀장도 루이도 알고 있었다. 유진의 향연이 하루 앞으로 다가온 6월 16일 오후의 일이었다.

47

　　"수수기장밥, 근대된장국, 파래무침과 콩나물무침, 두부조림과 애호박볶음, 배추김치."

　　요한은 식단과 차림을 차례로 대조했다. 화려할 것 없는 보통의 가정식 식단이었다. 요한은 무명 헝겊으로 깨끗이 닦은 새 은수저를 식판 위에 나란히 놓았다.

　　"숟가락과 젓가락."

　　빠지거나 더해진 것은 없었다. 음악 봉사자들이 입장했다. 평생학습관이나 문화센터에서 오케스트라 수업을 받은 주부와 직장인, 노인과 젊은이 등으로 구성된 악단이었다. 향연 곡은 말러의 교향곡 2번이었다. 대 편성 곡이었기에 상당한 악기는 전자음악으로 대체되었다. 장내를 채운 단원들의 수는 현악기 연주자 아홉을 포함해 고작 열네 명이었다. 현악 단원들이 연습 삼아 활을 켜자 갈비뼈를 가로지르는 듯한 찌르는 음색이 현 위에서 울려 퍼졌다.

"72-4, 향연장으로 이동바랍니다."

잠시 후 유진이 교도로봇과 함께 향연장으로 들어왔다. 모처럼 다시 열리는 향연을 찾은 재소자들이 뒤따라 들어와서 향연장은 금세 붐볐다. 소음 속에서 유진은 자리를 찾아 앉았다. 된장의 구수한 냄새가 유진의 코를 자극했다. 유진은 가벼운 어지럼을 느꼈다.

"어때?"

요한은 유진의 컨디션을 살폈다.

"나쁘지 않아."

유진이 대답했다. 잠시 후 소장이 들어왔다. 소장의 죽음 이후 새롭게 소장이 된 자로, 십오 년 이상 일했던 교도관이었다. 유진은 자리에서 일어나 소장에게 목례했다. 어수선한 분위기에서 조 팀장이 루이와 함께 들어왔다. 팀장은 향연에 웬만하면 참석하지 않았다. 별로 관심을 두지 않았던 탓이었다. 유진은 다시금 자리에서 일어나 팀장과 루이에게 인사했다. 팀장은 본심과 다르게 예의를 거두라는 양의 손짓을 했다. 형형형. 루이가 짖었다.

지원은 간식 봉지를 뜯었다. 알약이 보였다. 지원은 그것이 무엇인지 한 번에 알아봤다. 먹을 필요는 없었다. 지원의 옆에 앉은 누군가가 봉지 속에 든 알약을 의아한 표정으로 들여다보았다. 손가락 위에 놓고 한참을 톺아보는 그에게 지원은 고개를 끄덕이며 먹어도 좋다는 눈짓을 보냈다. 그 재소자가 입을 벌리고 알약을 입가에 가져가자 지원은 한 번 더 고개를 끄덕였다. 그러면서 누군가 아픈 재소자를 만나면 건네주리라 마음먹고 자신의 알약을 챙겼다. 알약을 뺀 간식 봉지를 열자 들큼한 음료와 버석한 쿠키, 끈적한 젤리 등이 눈에 들어왔다. 지원은 양갱을 꺼내 먹었다. 유진이 수저를 드는 모습이 보였다. 쨍한 바이올린 소리와 함께 교향곡이 시작되었다.

향연에 이토록 많은 재소자가 참석하는 일은 드물었다. 희도는 어리둥절한 얼굴로 장내를 둘러보았다. 앞줄에 밀려 엉거주춤 뒤로 밀려나며 희도는 왠지 모를 안도감을 느꼈다. 다행이다. 다행이다. 향연에 많은 이가 와 주어서 다행이다. 희도는 72-4가 누구인지도 모르면서 그렇게 생각했다. 발돋움을 하여 천천히 밥을 먹는 72-4를 보며 희도는 그가 상당히 낯익다는 인상을 받았다. 또렷하게 기억하진 못하지만 희도는 그가 언젠가 자신에게 나쁘지 않은 기억을 준 사람임을 직감했다. 유진을 기억하지 못하는 상태에서 알헤카딘을 맞을 때와 같은 기분 좋은 이완된 감각이 희도를 감쌌다.

헝헝헝. 루이가 향연식을 향해 짖으며 꼬리를 흔들었다. 조팀장은 주머니에서 육포를 꺼내 루이의 입에 물려 주었다. 연단의 가장자리에 서서 향연을 지켜보고 있던 인철을 발견한 루이가 육포를 떨어뜨리며 다시 짖어댔다. 팀장은 쉬, 소리를 내며 검지를 입술 가운데로 가져가 루이를 단속했다. 인철은 고개를 숙였다.

인철은 탐탁지 않았다. 유진의 향연에 이렇듯 많은 재소자가 참석한 것도, 그들에게 치료제랍시고 간식봉지에 알약을 숨겨 나눠준 것도 마음에 들지 않았다. 향연이 끝나면 요한을 필두로 한 치료제 보급의 주동자 명단을 조 팀장에게 넘길 참이었다. 인철은 조바심이 났다. 죽는 것이 권리일 수는 없었다. 더 많이 죽더라도, 다시 산다는 것에 방점을 찍어야 했다. 그런 게 인철에게는 삶이고 생명이었다.

유진은 성의껏 밥을 먹었다. 자신이 정성을 다해 밥을 먹고 있는 모습이 한편으로 우습게 생각되었지만, 마지막 식사이니만큼 남김없이 꼭꼭 씹어 삼키고 싶었다. 또 다른 한편으로는 자신이 너무 오래 살았다는 생각도 들었다. 지원의 동생을 죽인 순간에, 이미 자신도 죽었어야 하는 것 아닌가, 하는 죄책감이 그를 엄습했다. 유진은 기도처럼 읊조렸다. 미안합니다. 미안합니다. 마지막 밥알을 입에 넣고 물 캡슐을 깨물어 물을 마셨다. 유진은 요한을 향해 준비가 되었다는 신호를 보냈다. 유진이 자리에서 일어섰다.

교도로봇이 유진의 팔짱을 끼고 환원실로 데리고 갔다. 요한이 그 뒤를 따랐다. 지원이 두 손을 모으고 기도하듯 중얼거렸다. 당신을 용서합니다. 유진이 과거를 회상하듯 뒤를 돌아보았다. 죽음을 응원하는 듯한 재소자들의 물결이 넓게 펼쳐져 있었다. 유진은 그들을 향해 미소지었다. 2악장이 시작되고 있었다.

48

그해 여름엔 죽음이 속출했다. 다행스러운 일이었다.